마도천하

박현 新무협 판타지 소설
FANTASTIC ORIENTAL HEROES

魔道
天下

마도천하 8

박현 新무협 판타지 소설

초판 1쇄 찍은 날 § 2012년 3월 7일
초판 1쇄 펴낸 날 § 2012년 3월 14일

지은이 § 박현
펴낸이 § 서경석

편집부장 § 권태완
편집 § 박우진

펴낸곳 § 도서출판 청어람
등록번호 § 제1081-1-89호
등록일자 § 1999. 5. 31
어람번호 § 제2-2209호

주소 § 경기도 부천시 원미구 심곡2동 163-2 서경B/D 3F (우) 420-822
전화 § 032-656-4452 팩스 § 032-656-4453
http://www.chungeoram.com
E-mail § chungeoram@chungeoram.com

ISBN 978-89-251-2798-9 04810
ISBN 978-89-251-0759-2 (세트)

박현 新무협 판타지 소설

마도천하

FANTASTIC ORIENTAL HEROES

◆ 8 ◆

완결 [마도천하]

청어람

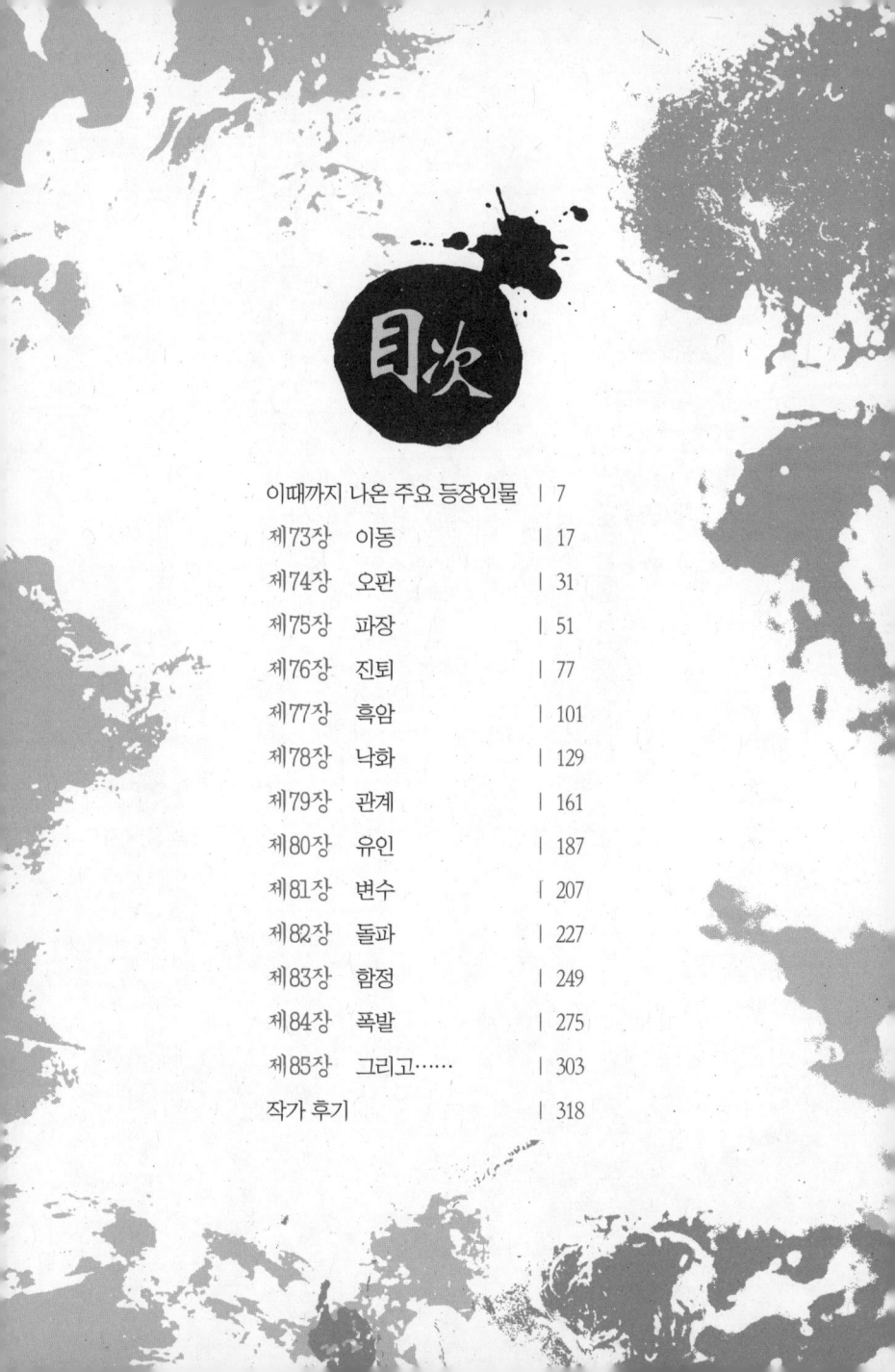

目次

이때까지 나온 주요 등장인물

1. 주인공과 주변 인물들

♣ 묵자후
천금마옥 마인들의 공동전인이자 당대 마도지존.
　마도천하를 이룩하기 위해 지존행을 선포, 강호를 파란에 일으키고 있는 그는 서글서글하고 화끈한 성격이지만 가끔 정에 약한 모습을 보이기도 한다.

♣ 흑오
까마귀를 몰고 다니는 소녀.
　옛 나부파의 고대술법과 천마의 유진을 해석해 만든 천마유혼합일대법(天魔幽魂合一大法)을 거쳐 절대비기인 파멸안과 끝을 알 수 없는 기이한 능력을 갖고 있다.

♣ 은혜연
남해 보타암의 당대 검후(劍后).
　천수여의검을 지녔고 묵자후 앞에서 이기어검을 펼친 여중제일고수.
　원인 모를 불치병을 앓으면서도 천진난만한 성격. 강호출도 후 지극한 슬픔에 잠겨 있다.

♣ 희사

마도의 비밀거점인 천화루 루주이자 당대 마등령주.

아름다운 미모와 지혜로운 두뇌를 가진 그녀의 삶의 목표는 오직 지존을 위해 사는 것.

♣ 음풍마제 모진악

옛 철마성 장로이자 현 마도의 대장로.

무풍수라와 흡혈시마의 의형이며, 정파인들에게 절대사신이라 불린다.

전대 대장로인 혈영노조와 함께 묵자후의 이름을 지어주고, 묵자후의 홍역을 고쳐 주려다 폐관에 든 전력이 있다.

♣ 무풍수라 육지평

음험한 성격으로, 섭혼술의 일종인 마안섭혼공과 절세의 경공법 유령환환신법으로 강호를 울리던 마두.

푸르뎅뎅한 안색에 얼굴 반이 흉측하게 얽어 있는 그는 하체가 허벅지 아래에서부터 댕강 잘려 있다.

♣ 흡혈시마 사공두

포악한 성격으로, 둔겁탄마공과 금강폭혈공을 익혀 강호를 공포에 떨게 만든 마두.

칠 척에 달하는 키에 비대한 살집. 그러나 양팔을 잃어버렸다. 주화입마를 고치려고 묵자후의 피를 갈구하다가 생사도 묵잠과 앙숙지간이 되기도 했다.

♣ 광마
흑오의 보호자.
마탑의 호존십팔승 중 서열 이위에 해당하는 초강자.
정신이 온전치 않아 흑오를 따라다니다가 묵자후를 지존으로 섬기고
있다.
무풍수라와 흡혈시마에게 은근히 힘을 과시하며 대형 취급 받길 원
하고 있다.

2. 묵자후의 가족들

♣ 생사도 묵잠
묵자후의 부친.
옛 철마성 최고 전투 집단인 파천혈룡단의 단주.
냉혹무정한 손속과 일도양단의 기세를 자랑했으나 무당제일검에게
패하고 한쪽 팔을 잃어버렸다. 그리고 천금마옥에 갇히면서 신경선을
다쳐 감정 표현을 거의 하지 못한다.

♣ 마도요화 금초초
묵자후의 모친.
산서성 대부호의 딸이었으나 생사도 묵잠과 사랑하는 사이가 되었
다. 옛 철마성에서 정파 요인들의 정보를 총괄하는 군영당을 맡았고, 천
금마옥에 갇히면서 정조를 지키기 위해 스스로 얼굴을 그어버렸다.

♣ 금적산
옛 금화상단의 단주이자 금초초의 부친.
생사도 묵잠과 금초초의 결혼을 한사코 반대한 그는 현재 치매와 중풍을 앓고 있다.

♣ 금건건
금적산의 아들이자 금초초의 오빠.
현 은월상단의 단주이며 태평대인(太平大人)이라 불린다.

♣ 금수련과 금사옥
금건건의 딸과 아들.

3. 영웅성의 인물들

♣ 뇌존 탁군명
현 영웅성 성주.
화산파 속가제자 출신으로, 20년 전 철마성 성주인 철혈마제 곽대붕을 꺾었다.

♣ 비룡검 양욱환
뇌존의 세 번째 제자이자 군림전 척마단 단주.
천금마옥에서 죽은 검웅 이시백이 그의 후견인이었고, 금소선자 양화연과 모종의 관계가 있다.

♣ 옥척수사 이일화
영웅성 천밀각 산하 광주지단주였으나 지단총령으로 승진했다.

─이들 외에도 뇌존의 세 자녀와 고왕 종리협, 창왕 이군영, 정사대전 당시 뇌존의 그림자라 불리던 삼십육천강, 이십팔 봉공, 십절 등이 있다.

4. 구대문파 인물들

♣ 금정신니
은혜연의 사부이자 남해 보타문의 문주.
악을 원수처럼 미워하는 마두관음의 화산, 마두검후(馬頭劍后)라 불리지만 은혜연에게만큼은 한없이 자애롭다.

♣ 불마성승
소림사의 전설적인 기인.
강호인 모두의 존경을 받고 있으며 금정신니와 의자매처럼 지낸다.
과거 묵자후의 모친인 금초초를 위해 온정을 베풀기도 한 그는 강호의 혼란을 막기 위해 구대문파 회합을 주도하고 있다.

♣ 규지신개
개방의 전대 방주.
하얀 백발과 수염을 배배 꼬아 목을 휘감고 다니며 허리에는 열 개의 매듭이 지어져 있다.
은거 중이던 불마성승과 금정신니를 설득해 다시 강호로 불러낼 만큼

천하를 두루 살피는 개방의 살아 있는 전설이다.

♣ 매화산인
당대 최고 배분의 화산파 은거기인.
뇌존의 사숙조이자 현 화산파 장문인인 벽송 진인의 사부.

♣ 소요선옹
목우형과 주옥란의 사부로, 뇌존 탁군명의 사형뻘이 된다.

♣ 우진검 목우형
소요선옹의 제자로, 화산파 예비 속가장문인에 내정되어 있다.

♣ 주옥란
목우형의 사매로, 그를 짝사랑하고 있다.

─이들 외에도, 정수 사태와 정화 사태, 화산파 장문인인 벽송 진인, 무
당파 정석 도장, 소림사 광혜 대사, 종남파 장문인인 운진자, 개방 방주인
철심협개 고태독과 장로인 적면주개 봉달평, 소림신룡(少林神龍)이라 불
리는 장화린 등이 있다.

5. 흑마련과 마탑 인물들

♣ 금소선자 양화연
철혈마제 곽대붕의 아내였고, 현 흑마련 련주이자 마탑의 탑주. 과거,

남편의 비급을 훔쳐 아들과 함께 달아난 그녀는 지금 황궁에서 무소불위의 힘을 발휘하고 있다.

♣ 흑암승

마탑의 수좌.

이미 무공의 극에 달한 초마인으로, 광마조차 은근히 그를 두려워한다.

천하에서 그를 움직일 수 있는 사람은 오직 금소선자 양화연뿐이다.

―이들 외에도 흡혈승과 밀밀승, 저주승, 이간승, 황금승, 독목승 등의 마탑 호존승들과 혈편복, 파면주작 등의 흑마련 고수들이 있다.

6. 전설적인 인물들

♣ 천마 이극창

사백 년 전의 천하제일인.

휘하에 음마, 혈마, 투마라는 초거마를 거느렸고, 당시 천하제일인이던 신창(神槍) 양기진(楊基振)을 베었다.

♣ 철혈마제 곽대붕

삼십대 중반의 나이로 철마성을 세운 입지전적인 인물.

천마의 비급을 얻고 칠대마가를 거느렸으나 뇌존 탁군명에게 패해 유명을 달리하고 말았다.

7. 묵자후를 가르친 인물들

♣ 혈영노조 곡령풍
천금마옥 마인들의 정신적 지주.
심장이 찔려도 죽지 않는 불사혈영신공을 익혔고 묵자후에게 양의합
일도인법으로 자신의 모든 것을 물려줬다.

♣ 마뇌 공손추
옛 철마성의 총군사.
눈 깜짝할 사이에 수백 번씩 바뀌는 희대의 역용술을 익혔고 기관진법
의 달인이었다. 묵자후에게 글과 진법을 가르침.

♣ 귀검 손포
항상 흐릿한 안개에 싸여 있어 그의 본모습을 제대로 본 사람이 없다.
묵자후에게 풍운조화결을 비롯한 살수들의 무공을 가르쳤다.

♣ 폭마 막여립
오 척 단구에 통통한 뺨을 가졌으며 묵자후를 무척 귀여워했다. 옛 철
마성의 화기 담당이었고 묵자후의 부친인 생사도 묵잠과 막역한 사이다.

—이들 외에도, 광풍창 한비와 오보추혼 사무기, 다정마도 양휘옥, 곡
두표 상진 등이 있다.

8. 기타 인물들

♣ 백리혜혜

광동 백리상단의 후계자.

해남도에서 묵자후를 보고 막연한 설렘을 느꼈으나 이후 남해검문의 참상을 목격하고 충격에 빠진다.

♣ 신품귀수 냉희궁

옛 철마성 부군사(副軍師) 출신으로 마뇌가 가주로 있던 천외독심가의 총관이었다.

심계가 깊고 손재주가 뛰어난 그는 등을 만들다가 묵자후를 만났고, 회사를 지존후 자리에 앉히기 위해 노력하고 있다.

♣ 혈우검마 위지극

정사대전 당시 단천호왕단(斷天虎王團)의 수석대주.

오보추혼 사무기와 의형제지간이었고, 산서 인근에서 활동하고 있는 낭인들이 대형처럼 따르는 마인이다.

♣ 능풍염라 육구달

무풍수라의 제자이자 환영문의 문주.

♣ 무음흡혈 사공극

흡혈시마의 조카이자 흡혈마동의 동주.

―이들 외에도 천화루 최고 고수 흑백무상과 천외독심가의 생존자들.

그리고 유명마곡과 지저음부동, 귀곡탑, 밀막 등의 마도 거물들. 바다에서 표류하는 묵자후를 건졌다가 신세를 망친 흑경방주 좌무기와 포뢰백리 오백리, 백교천리 장천리 같은 해적들이 있다. 물론 이보다 많은 모래알 같은 강호인들도 등장하고……

제73장

이동

魔道

道

天下

두두두두두!

　얼어붙은 들판 위로 수만의 기병이 질주하고 있다.

　하얀 입김을 뿜으며 말을 달리는 병사들.

　기치창검 번뜩이는 갑주 사이로 이질적인 그림자가 어른거렸다.

　한겨울 삭풍마저 숨을 죽이게 만드는 그림자!

　십여 명의 승려였다.

　저마다 검고 붉은 가사(袈裟)를 걸친 그들 주위엔 기이한 압력이 회오리바람처럼 일고 있었다.

　그중 한 사람이 무엇을 발견했는지 먼 하늘로 손을 뻗었다. 그러자 시커먼 물체가 그의 손아귀로 빨려들었다.

　푸드득!

　전서응이었다.

공포에 질려 몸을 떠는 전서응의 발목에 작은 첩지가 매달려 있었다.

"나무비로자나불⋯⋯."

무심히 전서응을 바라보던 승려의 입에서 나지막한 불호가 흘러나왔다.

목소리 하나만으로도 주위를 권태롭게 만드는 승려.

그의 눈은 심연처럼 어두웠고 목엔 주먹만 한 해골을 휘감고 있었다. 또한 그를 중심으로 공간이 기이하게 왜곡되고 있었다.

"존사(尊師). 무슨 하명하실 일이라도⋯⋯?"

기괴한 분위기의 승려가 첩지를 살피는 동안 기병을 통솔하고 있던 황금빛 투구의 장수가 다가와 극공의 예를 취했다. 그와 동시에 질주하던 기병들이 일제히 말고삐를 움켜쥐었고, 으스스한 기운을 뿌리던 나머지 승려들 역시 고개를 돌려 그를 주시했다.

모두의 시선을 받으며 마안(魔眼)의 승려가 중얼거렸다.

"귀찮은 놈이로군. 기껏 따라잡았다 싶더니 그새 섬서로 튀어버렸어."

그 말이 떨어지기 무섭게 황금빛 투구의 장수가 휘하 무장들에게 명을 내렸다.

"승께서 방향을 틀랍신다. 모두 섬서로 기수를 돌리도록."

"존명!"

"섬서로 기수를 돌리랍신다!"

"섬서로 기수를 돌리랍신다―!"

복명복창 소리가 울리고, 기병들이 잇달아 말머리를 틀었다.

이히히힝.

푸르르륵!

요란한 투레질 소리를 내며 방향을 트는 전마들.

잠시 후 천지를 울리는 굉음이 황토고원 서남부로 향했다.

혹한의 날씨에도 표정의 변화가 전혀 없는 병사들.

마치 기계처럼 움직이는 그들의 원래 임무는 황궁을 수호하는 것이었다. 하지만 이번엔 마인들을 척살하기 위해 궁을 나섰다.

마탑의 수호자라 불리는 아홉 명의 호존승과 일당백을 자랑하는 삼만의 정예기병!

그들이 호존십팔승의 수좌인 흑암승과 함께 신강 땅을 휘젓다가 섬서로 방향을 틀어 묵자후 뒤를 추격하고 있는 것이다.

                    *   *   *

휘이이잉—

바람소리가 귀곡성처럼 울려 퍼지는 곳.

생명체라곤 존재하지 않을 것 같은 산봉우리에 작은 점 하나가 나타났다.

"훅, 훅, 훅……."

가쁜 숨을 흘리며 설원을 질주하는 그림자.

놀랍게도 사람이었다.

황하의 발원지라 불리는 파안객랍산맥(巴顔喀拉山脈).

그중에서도 높이가 무려 이천 장(丈)에 달하는 연보옥즉산(年保玉則山)을 무서운 속도로 달리고 있는 사내, 그의 얼굴은 파리하게 얼어 있었고 한쪽 소매는 바람에 흔들리고 있었다. 그런데도 그의 신형은 발을 구를 때마다 이십 장씩 획획 나아갔고, 텅 빈 소매 반대편의 손아귀엔 시퍼런 칼날이 태양빛을 반사하며 연신 아지랑이 같은 기운을 흘리고 있었다.

그러나 나는 새도 방향을 틀 정도로 험한 연보옥즉산을, 그것도 눈과 얼음으로 뒤덮인 산봉우리를 숨 가쁘게 달리고 있는 이유가 뭘까.

답은 사내의 등 뒤에서 들려오는 고함 소리를 통해 유추할 수 있었다.

"이놈! 게 섯거라!"

"네놈이 날개가 달렸다 한들 본 파의 포위망을 빠져나갈 수 있을 것 같으냐?"

노성을 터뜨리며 사내의 뒤를 쫓는 그림자.

푸른 도포 자락을 펄럭이는 도인들이었다.

얼마나 오래 추적해 왔는지 얼굴과 도포 자락에 하얀 서리가 내린 도인들.

그들의 눈엔 원한과 살기가 이글거리고 있었다.

도인의 기본은 어떤 상황에서도 마음을 흩뜨리지 않는 청정심에 있거늘 대체 무슨 까닭일까.

이유는 금방 알 수 있었다.

"후우. 닭 쫓는 개처럼 추종술 하나는 끝내주는 말코들이군. 하지만 안타깝게도 네놈들이 놓치고 있는 사실이 있지."

갑자기 사내가 질주를 멈추고 뒤돌아섰다.

"우리가 놓친 게 있다고?"

"그게 무슨 헛소리냐, 이놈!"

덩달아 신형을 멈추며 사내를 포위하는 도사들.

그들을 향해 사내의 외눈이 하얗게 반달을 그렸다.

"그동안 내 뒤를 따라오느라 수고 많았다만, 이곳이 어딘지 한번 둘러봤으면 좋겠군."

"어디긴 어디야. 바로 네놈의 무덤, 음……? 이, 이럴 수가!"

"으드득! 이 잔인하고 교활한 놈! 본파의 사존(師尊)을 시해하고 동료 사형제들의 우화등선을 막더니 이젠 우릴 갖고 장난을 쳐?"

상황은 도사들이 격노할 만했다.

며칠 전, 그들 문파의 원로 고수를 살해하고 도주하던 정체불명의 괴한들.

그중 흉수로 의심되는 사내를 쫓아 여기까지 추적해 왔건만 정신을 차려보니 돌고 돌아 제자리다. 애초에 괴한들을 추적하던 원점으로 되돌아온 것이었다.

"원시천존. 네놈이 무엇 때문에 이런 짓거릴 벌이는지 모르겠다만, 여기까지다! 더 이상 도망칠 기력이 없을 테니 순순히 목을 내놔라!"

차츰 냉정을 회복한 도사들이 포위망을 좁히며 사내를 압박했다. 그러나 사내의 눈은 여전히 반달을 그리고 있었다.

"후후. 아직 말귀를 못 알아먹었군. 내가 왜 힘들게 여기까지 네놈들을 다시 데려왔을까?"

"……?"

사내의 조소에 도사들은 일순간 어리둥절한 표정을 지었다. 그러다가 무심코 주위를 살피던 도사 하나가 흠칫한 표정으로 소리쳤다.

"장로님! 그리고 보니 이쪽을 담당하고 있던 이대제자들이, 이대제자들이 보이지 않습니다!"

"뭐라고?"

그때부터 도사들의 표정이 급변했다. 왜냐면 사내를 추적하던 날, 그의 일행으로 추정되는 두 명의 부상자를 척살하기 위해 십여 명의 제자를 이곳에 남겨두었기 때문이다. 그런데 지금, 제자들은 물론이고 두 명의 부상자까지 하늘로 솟았는지 땅으로 꺼졌는지 모두 보이지 않았던 것이다.

"그러고 보니… 주변 지형도 조금 변한 것 같습니다."

"주변 지형이 변하다니?"

사실이었다. 찬찬히 살펴보니 좌우의 둔덕이 조금 낮아진 듯했다.

"이놈! 무슨 짓을 한 것이냐? 우리 아이들은 모두 어디 가고……?"

도사들 중 가장 배분이 높은 무담자(武談子)가 창노한 표정으로 고함을 지를 때였다.

"푸흘흘. 이놈들을 찾고 있는 것이냐?"

갑자기 저 언덕 위쪽에서 누군가의 목소리가 들려왔다. 뒤이어 하얀 눈발이 치솟더니 허공으로 몇 구의 시신이 불쑥 튀어 나왔다.

"헉! 저, 저……?"

"옥운! 옥암—!"

미처 예상에 없던 일이었다. 더욱이 창졸간에 벌어진 일이라 도사들은 자기도 모르게 허공으로 시선을 빼앗겼고, 이어 지면으로 추락하는 제자들의 시신을 보고 비분에 몸을 떨었다.

바로 그 순간,

"묵 단주! 바로 지금일세!"

예의 그 음성이 다시 들려왔다. 동시에 누군가가 불쑥 튀어 나와 뭔가를 집어 던졌다. 그러자 바로 그때를 기다렸다는 듯 독안독비(獨眼獨臂)의 사내가 지면을 박차 아득한 허공으로 날아올랐다.

"앗? 화탄이다!"

"모두 피해—!"

뒤늦게 도사들이 사색이 되어 소리쳤다.

하지만,

콰르릉!

먹먹한 폭음이 지면을 흔들었다.

"으으. 이 비겁한 놈들……."

구사일생이었을까.

서둘러 몸을 날린 몇몇 도사가 간신히 폭사의 위기에서 벗어났다.

하지만 그들이 다음 공격을 대비하며 신형을 바로잡는 찰나,

"장로님. 몸을 피하십시오!"

누군가가 찢어질 듯 비명을 질렀다. 그 소리에 무담자가 화들짝 고개
를 들어보니 저 산꼭대기에서 어마어마한 눈이 밀려오고 있었다.

"안 돼—!"

쿠쿠쿠쿠쿠—!

폭발의 여진이 만든 거대한 눈사태!

무담자를 비롯한 도사들이 혼비백산하여 몸을 날렸으나, 이곳은 무려
해발 이천 장 높이의 연보옥죽산.

가파른 봉우리에서 내려오는 눈사태는 인간의 힘으로 피할 수 있는 성
질의 것이 아니었다.

"으악……."

"아아악……."

결국 아련한 비명 소리를 남긴 채 무담자 일행은 눈사태에 휘말려 흔
적도 없이 사라져 버렸다.

*　　　*　　　*

"휴우……. 이제 한시름 돌렸군."

눈사태가 휩쓸고 간 능선 위.

한 사람이 긴 한숨을 쉬며 바닥에 털썩 주저앉았다.

오척단구에 통통한 뺨을 가진 노인이었다.

그의 몸은 어딘가 모르게 비정상적으로 보였다. 한쪽 손이 손목 끝에서 싹둑 잘려 나가 있었고 얼굴은 화상투성이인 데다 온몸이 피에 젖어 있었다.

그런 노인 곁으로 다가가며 사내가 물었다.

"막 선배. 어떻게… 견딜 만하십니까?"

사내의 목소리에는 왠지 슬픔이 어려 있었다.

그 음색이 마음에 들지 않았는지 노인이 휙 고개를 돌리며 볼멘소리를 냈다.

"이보게, 묵 단주. 이깟 상처 입었다고 지금 날 무시하는 겐가? 이래 봬도 우형은 그 악몽 같은 폭발을 이겨냈고 천축(天竺)에서 여기까지 수만 리 길을 끄떡없이 달려왔다네. 뿐인가? 저 곤륜파 말코들도 내 손에 수십 명이나 아작 났지 않은가?"

노인의 역정에 사내는 짐짓 어깨를 오므려 보였다.

"이런. 소제가 어찌 선배를 무시할 수 있겠습니까? 다만 저는 선배의 내상이 심상치 않은 듯해서……."

"됐네. 객쩍은 소리 말고 가서 금 당주나 보살펴 주게."

그 말을 끝으로 운기조식에 돌입하는 노인.

사내는 잠시 그 모습을 지켜보다가 고개를 설레설레 흔들며 능선 쪽으로 발길을 돌렸다.

능선 위,

폭설로 입구가 가려진 동굴 안에 한 사람이 혼절해 있었다.

사십대 후반으로 보이는 여인이었다.

그녀의 몸 상태는 밖에서 운기조식하고 있는 노인과 별 다를 바 없었다. 아니, 어떤 부분에선 오히려 심각해 보였다. 노인처럼 몸 이곳저곳에 화상을 입고 있을 뿐만 아니라 얼굴에 바둑판 같은 칼자국이, 어깨와 복부, 허벅지엔 깊은 검상을 입고 있었으니. 그런 상태로 오한을 느끼는지 간헐적으로 몸을 떨고 있었다.

"금매……"

여인을 보는 사내의 입꼬리가 파르르 떨렸다.

아들을 잃고 삶의 의욕을 잃어버린 아내…….

그녀의 마지막 소원은 고향으로 돌아가 부친을 뵙는 것.

그래서 숨이 경각에 달렸으면서도 한사코 중원행을 고집하고 있는 것이다.

"그래. 갑시다. 가서 장인어른을 뵙고 이 땅에서의 고단한 삶을 마무리합시다."

사내가 여인을 품에 안으며 중얼거렸다.

잠시 후.

여인을 안고 동굴을 나서는 사내.

단애 끝자락에 서서 먼 지평선을 바라보는 사내의 눈이 처연하게 흐려졌다.

칼 한 자루만 들면 천하에 두려울 게 없었는데, 그래서 생사도라 불리고 마도의 혼이라 불렸는데, 이제 세월이 흘러 죽어가는 아내와 발아래 펼쳐진 만년설을 보니 현실이 너무 버겁게 느껴졌다.

'하지만……!'

다시금 사내의 외눈에 이글거리는 광망이 피어올랐다.

'내 숨이 다하기 전에는 절대 당신을 먼저 떠나보내지 않을 것이오!'

속으로 다짐하는 그의 어깨 위로 겨울 태양이 안심하라는 듯 한줄기 온기를 비쳐 주었다. 그리고 그 온기를 곁다리로 쬐고 있던 노인이 아스라한 풍광을 내려다보며 또 한 번 볼멘소리를 냈다.

"휴. 인생길 첩첩산중이라더니 그 말이 딱이로구나. 죽을힘을 다해 만장단애를 넘어왔건만, 저 험한 눈구덩이는 또 어느 천년에 빠져나가누. 중원이여, 중원이여. 그래도 네가 그나마 살 만한 곳이었도다."

그렇게 투덜거리며 산 아래로 걸음을 옮기는 노인. 그 뒤로 마도요화 금초초를 품에 안은 생사도 묵잠이 무겁지만 결의에 찬 걸음으로 산봉우리를 떠나갔다.

이제 세 사람마저 떠나고 태초의 정적을 회복한 산봉우리.

잠시 전의 소란이 그리웠는지 머리 위로 먹구름을 불러들여 윙윙거리는 칼바람을 두르기 시작했다.

그때부터 하얀 눈발이 휘날렸고, 날리는 눈발 사이로 홀연 한줄기 포물선이 날아올랐다.

쉬이익— 퍼펑!

하얀 연기를 내뿜고 서서히 사라지는 물체, 신호탄이었다. 뒤이어 강풍에 흩어지는 연기처럼 다 죽어가는 목소리가 들려왔다.

"끄으. 본 파가 네놈들을 이대로 보내줄 것 같으냐? 어림없다! 지옥 끝까지라도 추격하고야 말 것이다."

목소리의 주인공은 눈사태에 휩쓸려 절곡 아래로 추락한 무담자였다. 그가 암벽에 걸려 척추가 부러진 상태에서 폭죽을 쏘아올린 것이었다.

중원 도가무학의 발상지라 불리는 곤륜.

강호에서 늘 신비의 문파로 대우받는 곤륜이 구대문파 회합에 초청을 받고도 참석하지 못한 이유는 바로 출발 직전에 부딪친 생사도 묵잠과 마도요화 금초초, 폭마 막여립 때문이었다.

음풍마제와 무풍수라, 흡혈시마처럼 기적적으로 대폭발에서 살아난 세 사람.

혈영노조가 죽음으로 화마를 밀어내고 연이어 생사도 묵잠이 나서는 순간 천장이 무너지고 어마어마한 바닷물이 쏟아졌다.

그 아비규환 같은 물살에 휘말려 부침을 거듭하다가 서로를 발견, 간신히 힘을 모아 천금마옥을 빠져나왔으나, 폭발의 후유증으로 끔찍한 화상을 입고 반 혼절상태로 해류에 떠밀려 다녔다.

그렇게 보름 가까이 표류하다가 구사일생으로 상선을 만나 이역만리 천축으로 끌려갔다. 거기서 반년 가까이 노예처럼 학대를 받으며 생활하다가 과감히 탈출을 시도, 겨우겨우 몸을 추스르며 중원행을 감행했다.

그러나 가도 가도 끝없는 여정.

특히 천축과 서장의 경계를 가로막고 있는 천혜의 장벽, 해발고도 삼천 장에 가까운 희마랍아산맥(喜馬拉雅山脈: 히말라야산맥)을 넘어, 세계의 지붕*이라 불리는 청장고원(靑藏高原)을 넘었다.

그리고 서장과 청해의 경계를 이루는 황하의 발원지, 당고랍산맥을 넘어 마침내 이곳, 청해 중심을 관통하는 곤륜산맥의 끝자락, 파안객랍산맥을 넘어 감숙과 사천의 경계로 들어서려는 중이었다(그 와중에 성숙해 인

---

* 세계의 지붕:티베트 고원. 청장고원이 그 대표적으로 알려져 있기에 청장고원으로 표기했다.

근을 지나다가 곤륜파 도사들과 시비가 붙게 됐고, 그로 인해 청해호 주변을 살피던 마도인들에게 종적이 발견된 것이다.).

이렇게 세 사람의 지난 행로를 짚어보면 그야말로 엄두가 나지 않는 인간 한계에 도전한 여정이었다.

때문에 다들 극심한 피로와 고산병에 시달리고 있었고, 특히 금초초는 천금마옥 폭발 당시 입은 화상과 지난겨울에 침습한 한기가 뼛속까지 이르러 기름 마른 등잔처럼 명이 경각에 달려 있었다.

그런데도 마지막 염원, 부친을 뵙고 죽겠다는 간절한 소망 때문에 반은 깨어 있고 반은 혼절하는 상태임에도 계속 중원행을 이어나가고 있는 것이었다.

과연 금초초는 무사히 중원으로 돌아가 부친을 만날 수 있을까? 현 상태에서 볼 때는 실로 암담할 따름이었다.

제74장

오판

魔道
天下

툭…… 툭…….

강인하고 투박한 손가락이 천천히 탁자를 두드리고 있다.

그 소리가 울려 퍼지는 동안 이일화는 숨이 막혀 제대로 서 있을 수 없었다.

그도 그럴 것이, 지금 맞은편에 앉아 생각에 잠긴 노인, 하얀 머리카락에 불꽃같은 눈을 가진 이가 바로 당금 강호의 천하제일인이었으니.

뿐인가.

그 뒤에는 자신의 직속상관인 천밀각주가 극공의 자세로 시립해 있고, 좌우로는 현 강호에서 가장 강하다는 삼왕(三王) 중 두 사람, 고왕 종리협과 창왕 이군영이 앉아 있었으니 이일화 아니라 그 누구라도 숨이 막힐 수밖에 없을 것이다.

"그렇다면……."

질식할 것 같은 침묵은 뇌존 탁군명의 입에서 느릿한 목소리가 흘러나오면서부터 깨졌다.

"네 말은 이 일의 배후에 금소선자 양화연이 있다, 이 말이냐?"

"그러하옵니다, 지존."

이일화는 조심스럽게 대답했다.

언감생심, 지단총령에 불과한 자신이 직접 뇌존에게 보고하게 될 줄은 몰랐다. 그래서 평소 꺼려하던 지존이란 호칭이 부지불식간에 튀어 나왔다. 하지만 뇌존은 그에 익숙한 듯 계속 질문을 던졌다.

"하면 셋째가 열세 살 때 그녀의 사주를 받아 우리 아이들에게 하독했고, 이제 본 성의 정보망을 흔들기 위해 너한테 하독을 했단 말이냐?"

"그러하옵니다, 지존."

"흠······. 그것 참 재미있는 이야기로군."

"예에?"

이일화는 무심코 고개를 치켜들었다. 순간, 사방에서 무시무시한 살기가 날아왔다.

'아차!'

깜짝 놀란 이일화는 급히 고개를 숙였다.

그제야 사라지는 살기.

'휴우······.'

내심 가슴을 쓸어내리면서도 이일화는 고개를 갸웃했다.

예상과 달리 자신의 보고를 접한 뇌존의 반응이 너무 담담했기 때문이었다. 그래서 속으로 의아해하고 있는데 귓전으로 뇌존의 목소리가 다시 들려왔다.

"각주는 수하를 참 잘 뒀군. 이렇게 저 죽을 줄 모르고 직언을 고하는 수하는 흔치 않은데 말이야."

'……?'

이게 무슨 소린가? 저 죽을 줄 모르고 직언을 고하다니?

그럼, 설마 식사 중에 독을 발견하고, 그걸 실마리 삼아 비룡검 양욱환의 미심쩍은 과거를 파헤친 자신을 죽이기라도 하겠단 말인가?

불안한 예감은 언제나 딱 맞아떨어진다.

쉭!

갑작스럽게 목을 조여오는 기파.

"컥! 이, 이게 무슨……?"

필사적으로 몸부림을 쳐 보지만 이일화가 막을 수 있는 종류의 기파가 아니었다.

"죽을 사람은 죽어줘야 계획대로 일이 진행되는 법."

하얗게 뒤집힌 이일화의 동공에, 무정한 천밀각주의 눈빛이 투영됐다.

"나름 뛰어난 녀석이었지만 아쉽게도 대국을 보는 눈이 부족했습니다. 반간계(反間計)와 욕금고종(欲擒故縱)*의 계를 이해하지 못하는."

그 말을 끝으로 이일화의 시신이 치워졌다.

광동에서 남해검문 사건을 맡으며 모두의 주목을 받은 이일화. 그것도 전왕이자 도마, 환마로 추측되던 묵자후의 진면목을 가장 먼저 파악한 공로에 비해 너무나도 허망한 최후였다.

하지만 이 자리에 있는 이들은 어느 누구도 그의 죽음을 애석해하지 않았다.

"잠시 불미스러운 일이 있었습니다. 시간이 좀 지체됐지만 아까 하던

---

*반간계(反間計)와 욕금고종(欲擒故縱):적의 첩자를 역이용하고, 큰 것을 얻기 위해 작은 것을 풀어주는 계책.

보고를 마저 드리겠습니다."

그저 흔히 있는 불상사로만 치부할 뿐, 다들 무심한 표정으로 천밀각 주 제갈청운의 이야기에 귀를 기울였다.

"…하여 웅풍사로(雄風四路)라 명명된 본성의 행보는 순탄하게 계속 이어지고 있습니다. 특히 동로는 강서와 안휘를 석권하고 절강 땅을 손에 넣기 직전입니다. 예상외로 흑마련의 대응이 눈에 띠지 않아 무풍지대를 달리고 있는 것 같습니다."

"가만. 흑마련의 대응이 눈에 띠지 않는다고?"

묵묵히 듣고 있던 고왕 종리협이 뇌존을 대신해 물었다.

"그렇습니다. 언젠가부터 놈들이 썰물에 끌려가기라도 한 듯 소식이 전혀 없습니다."

"이상하군. 강남 땅, 특히 경항수로의 막대한 이권을 순순히 내줄 놈들이 아닌데?"

"아무래도 그들 내부에 무슨 문제가 생긴 것 같습니다."

"내부에 문제가 생겼다고?"

"그렇습니다. 기련산에서 구대문파와 충돌한 뒤로 염왕단의 행적이 파악되지 않고 있고, 신강과 산서에서 마도 놈들과 부딪친 뒤로 군부의 움직임 역시 잠잠합니다. 이로 판단하건대……."

"잠깐. 군부까지 잠잠하다고 했나? 그건 단순히 내부 문제로 치부하기엔 너무 이상한 일인걸?"

"예. 그래서 저희 판단으로는 일단 그녀가 황권부터 손에 넣으려고 내부 정리에 들어간 게 아닌가 짐작하고 있습니다."

"흠……. 그래서 코빼기도 보이지 않던 이황야, 익왕(翼王)이 다시 도움을 요청하는 전서를 보내왔단 말인가?"

이때까지 침묵을 지키던 뇌존이 천천히 입을 열었다.

"그렇게밖에 해석할 수 없을 것 같습니다."

"흠……."

잠시 말문을 닫고 생각에 잠기는 뇌존.

그런 뇌존을 보며 고왕 종리협과 창왕 이군영이 서로 눈길을 주고받았다.

강호패권이 거의 입안에 들어왔는데 또 다시 황실의 일에 얽매여 이러지도 못하고 저러지도 못하던 과거 상황을 되풀이할까 염려되어서였다.

"저어, 성주. 속하들이 생각하기엔, 결단을 내리기에 앞서 규지신개와 금정신니를 만나보시는 게 어떨까 싶습니다만."

결국 고왕 종리협이 마음속에 있던 말을 꺼냈다. 순간, 뇌존의 이맛살이 소리없이 구겨졌다. 이유인즉슨, 이미 며칠 전에 규지신개와 금정신니가 영웅성을 방문해 자신과의 면담을 요청하고 있었지만 그들을 만나봐야 나올 이야기가 뻔했기에 일부러 외면하고 있는 중이었기 때문이다.

"물론 성주님의 기분을 모르는 건 아닙니다."

내심 불쾌해하는 뇌존의 심정을 헤아렸을까? 고왕 종리협이 그의 눈치를 살피며 조심스럽게 말을 이었다.

"하지만 규지신개와 금정신니, 그 둘을 언제까지고 계속 외면할 수만은 없지 않겠습니까? 일단 그들을 만나 이야기를 들어보고 시간을 버는 쪽이 훨씬 유리할 것 같다는 생각입니다만."

"시간을 번다……?"

구겨졌던 뇌존의 이맛살이 그제야 풀렸다.

그런 뇌존을 보고 다행이다 싶었던지 종리협의 어조가 한결 편안해졌다.

"예. 어차피 웅풍행이 마무리되면 그들과 한번 부딪쳐야 하지 않겠습니까. 하니 이번 기회에 그들을 만나보고 선심 쓸 일이 있으면 선심을 쓰시고, 이용할 수 있으면 이용을 하고."

그 말이 끝나기도 전이었다. 문득 생각났다는 듯 뇌존이 천밀각주를 향해 물었다.

"그러고 보니 마도 놈들의 움직임도 조용한 것 같군. 놈들은 지금 어떻게 움직이고 있나?"

"예. 어제까지 들어온 보고에 의하면 일부는 여전히 화산과 대치 중이고, 나머지 본진은 산서성을 장악했다고 합니다."

"호! 대단한 배짱에 대단한 용병술이로군. 구대문파와 대치를 벌이면서도 산서성을 집어삼키다니."

그때였다.

갑자기 천밀각주의 귀가 쫑긋했다. 누군가로부터 급보를 받는 모양이었다.

"무슨 특별한 소식이라도 있는가?"

성주와의 회의 자리에서 급보를 전달하는 건 좀체 드문 일이었다. 그래서 창왕 이군영이 호기심 어린 표정으로 물었다.

"특별한 소식까진 아니지만 저희 입장에선 무척 기분 좋은 소식이로군요. 금소선자 양화연이 군을 움직였답니다. 그것도 삼만 대군을!"

"삼만 대군이라고?"

"예."

"목표는 어딘가? 달단과 전쟁이라도 벌일 작정이라던가?"

"그게, 재미있게 됐습니다. 의외로 목표는 마도 쪽인 것 같습니다. 황토고원을 넘어 섬서로 향하고 있다는군요."

"섬서? 그렇다면 화산과 대치 중인 마도 놈들이 몰살을 당하겠군. 그런 데 왜 산서가 아니라 섬서지?"

"묵자훈가 뭔가 하는 놈이 갑자기 섬서로 이동 중이랍니다."

"그래? 그것참 희한한 일이군. 다 잡은 고기를 놓아주는 것도 아니고, 산서를 장악한 지 며칠이나 됐다고 벌써 섬서로 이동을 해?"

"그건 저희로서도 알 수 없습니다. 아무래도 청해 쪽에서 놈에게 무슨 소식을 보낸 모양인데…… 그래서 청해로·이동하기 위해 섬서를 관통하 려는 것으로 보입니다."

"호! 그렇다면 자네 말대로 정말 재미있게 됐군. 앞쪽에는 화산을 비롯 한 구대문파의 고수들이, 뒤에는 삼만 대군이 놈을 압박하는 모양새가 아 닌가."

"더 재미있는 사실은, 양화연 곁에 있던 흑암승이란 자가 직접 삼만 대 군을 통솔하는 것 같답니다."

그 이야기에 창왕 이군영뿐만 아니라 뇌존 탁군명까지 놀라 안색을 굳 혔다.

"방금 뭐라고 했나? 흑암승이 직접 움직였다고?"

"예. 그자뿐만 아니라 마탑의 호존승들이 모두 움직이고 있는 것 같답 니다."

"호존승들이 모두?"

뇌존의 눈에 기광이 번쩍였다.

"그래! 이제야 모든 의문이 풀리는군! 마승들이 모두 빠져나갔으니 그 공백을 메우기 위해 흑마련이 강남에서 철수했고, 하필 그때 우리가 강남 으로 진격하니 궁여지책으로 황실을 노리는 모양이군! 지금 강남을 잃더 라도 나중에 황권으로 되찾으면 되니까. 그러고 보니 익왕이 왜 저자세를 보이며 전서를 보냈는지 그 이유도 알 것 같군. 이보게, 천밀각주."

"예. 성주님."

"지금 즉시 삼십육천강 모두를 익왕에게 보내게. 가서 금소선자 양화연을 척살하고 흑마련을 말살시키라고 전하게. 그리고 금정신니와 규지신개에게도 면담을 허락한다고 전하게. 두 사람에게 이 소식을 알려 마도 놈들과 삼만 대군의 마승들, 그리고 구대문파가 화산에 모여 서로 피터지게 싸우라고 해야겠어."

"하오면 진행하고 있던 웅풍행은?"

"계속 진행하게. 아니, 이제 황실 쪽도 아쉽게 된 처지니까. 아예 이십팔 봉공과 십절을 모두 웅풍행에 투입시키게."

"알겠습니다. 하면 대기 중인 북로도 움직입니까?"

그 말에 잠시 생각에 잠기는 뇌존.

"아니, 아니야. 북로는 그대로 둬. 섬서에서 혼전이 벌어지고 난 뒤 상황을 봐가며 어부지리를 취하는 쪽으로 계획을 바꿔야 할 지도 모르니까."

"알겠습니다. 그럼 하명하신 대로 처리하고 면담 자리 또한 준비하도록 조치하겠습니다."

그렇게 회의가 파하고 이틀이 지난 뒤.

무창 북동쪽 분지,

앞쪽으로는 도도한 장강의 물결이, 뒤쪽으로는 그림 같은 동호(東湖)의 풍경이 내려다보이는 어느 화려한 전각 이층에서 땅이 꺼질 듯한 한숨 소리가 새어 나왔다.

"휴우⋯⋯. 다 된 밥에 코 빠뜨린다더니, 이 무슨 날벼락 같은 소식이오?"

"그러게나 말입니다. 나무관세음보살……."

회의실을 떠나는 뇌존 일행의 뒷모습을 보면서 망연자실한 표정을 짓는 두 사람.

그들은 강호 대의를 위해 영웅성의 패도적인 행보를 멈춰달라고 설득하러 온 규지신개와 금정신니였다. 그러나 직접 뇌존을 만나고 보니 설득하기는커녕, 오히려 그가 자신들의 뒤를 노리지 않기만을 바라는 처지가 되어버렸으니 한숨이 안 나오려야 안 나올 수 없었던 것이다.

"이제 어떻게 하죠?"

"어떻게 하긴 어떻게 하겠소. 죽기살기로 마도 놈들부터 때려잡을 수밖에."

"그 다음에는 삼만 군사와 맞부딪쳐야 하구요?"

"휴우……. 그건 그때 가서 생각해 봅시다."

"결국 우리가 화산에서 이전투구(泥田鬪狗)를 벌일 동안 영웅성은 장강 이남을 완전히 석권할 수 있겠군요."

"하늘이 그의 등에 날개를 달아주려고 하니 무슨 수로 막을 수 있겠소."

"나무관세음보살……."

재차 한숨을 쉬며 쓸쓸히 자리를 떠나는 두 사람.

그들의 어깨 위로 봄을 재촉하는 막바지 추위가 내려앉았다.

*   *   *

붉은 단청, 화려한 벽화로 장식된 방.

톡, 톡, 톡…….

긴 손가락이 규칙적으로 탁자를 두드리고 있다.

탁자 위엔 하얀 접시가 놓였고, 접시 위엔 한 사람의 얼굴이 놓여 있다.

불신 어린 표정으로 눈을 부릅뜬 채 죽어 있는 수급.

죽은 지 아직 얼마 되지 않았을까.

잘린 목 부위에서 붉은 핏물이 뚝뚝 흘러내리고 있었고, 핏물 흥건한 탁자 너머엔 두 사람이 오체투지의 자세로 엎드려 있었다. 그런 두 사람을 향해 손가락의 주인이 시선을 돌렸다.

"바보 같은 것들……."

손가락의 주인이 입을 열자 주변 공기가 쩽! 하고 얼어붙었다

"내가 원한 건 이따위 환관의 목이 아니라 황제의 목이었다."

그 말이 끝나기 무섭게 두 사람이 사시나무처럼 떨며 바닥에 이마를 찧었다.

"속하들의 불민하여 대부인께 심려를 끼쳤습니다."

"부디 하해와 같은 아량으로 용서를……."

"뭣이라? 용서? 일을 이따위로 처리해 놓고 감히 용서라는 말이 입 밖으로 나온단 말이냐?"

두 사람을 향해 매섭게 소리치는 여인.

그녀는 다름 아닌 황실의 독버섯, 흑마련과 마탑의 암중 지배자라 불리는 대부인, 금소선자 양화연이었다.

그녀가 두 사람을 쏘아보다가 싸늘한 표정으로 손가락 끝을 오므리려는 찰나,

"정보! 정보가 유출된 것 같습니다!"

부복해 있던 두 사람 중 한쪽 눈에 검은 안대를 한 여인, 파면주작이 사색이 되어 말했다.

"저희가 갔을 땐 이미 침전(寢殿)이 피바다로 변해 있고 황제 대신 저놈이 누워 있었습니다. 그러니 부디 선처를……."

"음? 그게 무슨 소리냐? 침전이 이미 피바다로 변해 있고 저놈이 황제 대신 누워 있었다고?"

전혀 예상치 못한 대답이라 양화연이 안색을 굳히며 물었다. 그러자 파면주작이 재차 이마를 찧으며 대답했다.

"그러하옵니다. 속하들이 잠입했을 때 이미 침전 부근은 금군(禁軍)들의 시체로 산을 이루었고 황제는 그 어디에도 모습을 보이지 않았습니다."

"그럴 리가 있나? 황제가 안락궁으로 행차했다는 사실을 아는 사람이 몇이나 된다고?"

양화연이 이를 갈며 탁자를 후려쳤다. 그 서슬에 접시 위에 있던 수급이 허공을 돌아 탁자 아래로 굴러떨어졌다.

"아, 아뢰옵기 송구하오나……."

피칠갑을 한 수급이 자기 옆에 떨어지자 가슴이 철렁 내려앉았는지, 박쥐날개 차림의 초로인이 파면주작에 이어 주저주저 입을 열기 시작했다.

"아무래도… 대공자께서 나서신 게 아닌가 싶습니다만……."

"뭣이? 방금 대공자라고 했더냐?"

갑자기 양화연이 빽 소리를 지르며 자리에서 일어났다.

"네놈이 감히 아패(兒貝)를 거론하다니? 무슨 근거로? 그새 네놈 목이 금강불괴로 변했단 말이더냐?"

갈수록 높아지는 음성.

그 서슬에 옥으로 만든 기둥이 쩍쩍 소리를 내며 갈라지자 혈편복이 사색이 되어 급히 변명을 주워섬겼다.

"속하가, 속하가 정신이 나갔나 봅니다. 경망되게 대공자를 거론하다니 죽을죄를 지……."

하지만 그의 변명은 끝까지 이어지지 못했다.

"죽을죄를 지었다면 죽어야지!"

표독한 목소리에 이어 양화연의 손가락이 바람을 갈랐다.

피유웃!

"컥……!"

단말마의 신음을 흘리며 사지를 부르르 떠는 혈편복.

근 이십 년 동안 양화연의 수족 노릇을 하던 살수가 덧없이 목숨을 잃고 말았다.

그 광경을 보며 파면주작은 치를 떨었다.

'그동안 우리 손에 죽어간 고관대작의 숫자가 얼만데…….'

억울했다. 집에서 키우는 강아지도 저리 쉽게 죽이진 않을 것이다.

'저렇게 허무하게 죽을 것 같으면 차라리…….'

파면주작이 내심 갈등하며 독기를 품을 때였다.

"방금 저놈이 한 말이 무슨 뜻이냐?"

귓전으로 오싹한 목소리가 들려왔다.

"그, 그것이……."

양화연의 목소리를 듣는 순간 파면주작은 온몸에 힘이 쭉 빠지는 걸 느꼈다. 그래서 자포자기한 심정으로 대답했다.

"금군들의 시체에서 혈적자(血滴子)의 흔적을 발견했습니다."

"뭣이라? 혈적자의 흔적?"

"그러하옵니다."

그때부터 양화연의 안색이 석고상처럼 굳어버렸다.

파면주작의 대답에서 흘러나온 혈적자란 단어 때문이었다.

혈적자라 함은 다름 아닌 동창(東廠)*의 독문무기.

따라서 혈적자의 흔적이 발견됐다는 말은 동창의 첩형(貼刑)으로 있는 양화연의 아들이 이 일에 끼어들었다는 뜻.

"이, 이 멍청한 놈이!"

잠시 후 양화연이 어딘가를 향해 눈꼬리를 파르르 떨다가 손짓으로 파면주작에게 명을 내렸다.

"찾아라! 얼른 그 멍청이를 찾아 이 일에서 당장 손을 떼라고 햇!"

"존명!"

그제야 살았다는 듯 황급히 대전을 빠져나가는 파면주작.

금소선자 양화연은 한동안 멍하니 서 있다가 어느 순간 허물어지듯 자리에 털썩 주저앉고 말았다.

"바보 같은 놈! 내가 누구 때문에 위험을 감수하고 있는데. 내가 무엇 때문에 황권을 휘어잡으려고 하는데……."

잠시 오열이 흘러나왔다.

얼음장 같은 여인, 금소선자 양화연에게서 흘러나온 울음소리였다.

하나밖에 없는 아들.

그것도 어미의 욕심 때문에 희생된, 남자 구실도 못하는 아들을 위해 역천을 계획했다. 이미 후손을 보긴 틀렸으니 살아서나마 마음껏 부귀영화를 누리며 살라고.

---

*동창(東廠): 황제 직속 첩보기관. 환관이 수장인 제독동창(提督東廠) 아래 두 명의 첩형(貼刑)과 백여 명의 당두(堂頭), 천여 명의 번역(番役)을 두었으며, 첩형 이하는 주로 금의위에서 선발했다.

그런데 그 아들이 이 일에 끼어들다니.

황실이 얼마나 위험한 곳인지 아직 아들은 모른다.

비록 자신이 황실을 거의 장악했다지만 아직 그녀조차 파악하지 못한 힘이 남아 있다. 그래서 혈편복과 파면주작을 미끼로 던져 주듯 투입한 것인데 그런 속사정도 모르고 덜컥 끼어들다니.

"안 되겠다. 파면주작으로는 충분치 않아. 여봐라. 게 누구 없느냐?"

그 목소리가 울려 퍼지자 천장에서 신기루 같은 그림자가 내려왔다.

"부르셨습니까, 대부인."

안개처럼 일렁이는 그림자. 환청처럼 흩어지는 목소리.

그를 본 양화연의 안색이 서서히 풀렸다.

"그래. 흑룡단이 있었지! 내가 왜 진작 자네들을 떠올리지 못했을까."

자책하듯 씁쓸히 미소 짓는 양화연.

지금 그녀 앞에 일렁이는 그림자는 흑마련 최고 전투집단인 흑룡단 단주였다. 이전에 기련산에 투입된 염왕단과는 차원이 다른. 게다가 백 명으로 이뤄진 그들 개개인이 모두 흑암승의 가르침을 받은 고수 중의 고수들이었다.

그런 흑룡단의 무위를 떠올리며 다소 안심한 양화연이 흑룡단주에게 마악 아들을 찾아보라는 명을 내리려는 찰나,

"마마님. 밖에 황태자 저하께서 납셔 계시옵니다."

문밖에서 시녀들의 목소리가 들려왔다.

"……?"

양화연은 이게 무슨 소린가 싶어 눈을 치떴다. 자신이 부르기도 전에 먼저 찾아오다니? 평소엔 절대 있을 수 없는 일이라 머리가 혼란스러웠다.

"오늘따라 다들 호랑이 간을 삶아 먹었나 보군……."

싸늘한 표정을 지으며 양화연이 밖을 향해 소리쳤다.

"안으로 드시라 이르라."

그 순간 흑룡단주의 신형이 소리없이 사라지고 방 안으로 구류구옥관을 쓴 미청년이 들어왔다.

무언가 쫓기고 있는 듯한 표정.

더욱이 이번에는 대내시위도 없이 혼자 왔다.

"큰일 났습니다, 대부인. 누군가가 제 일거수일투족을 감시하고 있습니다."

양화연을 보자마자 하소연하듯 그 말부터 꺼내는 사내.

이게 무슨 자다가 봉창 두드리는 소린가 싶어 양화연은 미간을 찌푸렸다.

"누가 네 일거수일투족을 감시하다니, 그게 무슨 소리냐? 언제부터? 누가?"

너무 예상 밖의 말이라 양화연은 상대가 자신을 대부인이라 불렀다는 사실마저 잊어버렸다. 평소 같으면 치도곤을 내도 혹독하게 냈을 텐데.

"저도 모르겠습니다. 보름 전쯤부터 예감이 이상해 주위를 살펴보니 감시의 눈길이 느껴졌습니다."

"으음……."

양화연은 잠시 미간을 찌푸렸다. 그리고 이내 눈썹을 곤두세우며 사내를 노려봤다.

"그렇다고 곧장 이리로 달려오면 어쩌자는 것이냐?"

"그, 그게……."

사내의 표정이 덜컥 내려앉았다

딴엔 누군가에게 정체가 탄로 날지도 모른다는 강박증에 시달리고 있다가 황제의 피습 실패 소식을 듣고 부리나케 달려온 것인데, 날선 양화연의 표정을 보니 실수도 이런 실수가 없다. 자칫 잘못하다간 목이 달아나게 생겼다 싶어 전전긍긍 고개만 조아리는데 운 좋게 구원의 손길이 나타났다.

"련주님. 급한 보고입니다!"

갑자기 등 뒤에서 찬바람이 불더니 누군가의 신형이 나타났다. 실로 귀신같은 신법이었으나 그에 감탄하고 있을 겨를이 없었다.

"뇌존이 움직였습니다! 삼십육천강으로 추정되는 인물들이 무서운 속도로 본 련을 향해 달려오고 있습니다."

"뭐라고? 삼십육천강이?"

급박하게 돌아가는 대화.

이제 황태자로 변신한 사내는 숨을 죽인 채 돌아가는 상황을 지켜볼 수밖에 없었다.

"으음. 그렇게 대비를 했는데도 벌써 움직이다니, 역시 놈의 수단은 인정해 줄 수밖에 없구나."

탄식을 터뜨리며 빠드득 이를 가는 양화연.

"하오면 어찌 조치해야 할지……."

"어찌하긴 뭘 어찌해? 가서 전력을 다해 놈들을 막아! 그리고 뇌존이 움직였다니 이황야를 주저앉혀야 돼. 안 그러면 그마저 본격적으로 개입할 수 있어!"

속사포처럼 명을 내리던 양화연이 잠깐 호흡을 골랐다. 그리고 무슨 생각을 떠올렸는지 잔혹하게 눈을 빛내며 말했다.

"늘 눈엣가시 같던 이황야, 그에겐 치명적인 약점이 있지. 그가 목숨처럼 아낀다는 딸, 은하군주를 납치해!"

"존명!"

급보를 가져온 사내가 물러나자 양화연의 시선이 천장으로 향했다.

"그대에게도 명을 내리겠다. 돌아가는 상황이 복잡하니 최단시간 내에 아패를 찾아! 그리고 기회가 되면 황제를 척살하되 상황이 여의치 않으면 흔적을 모두 지우고 돌아와. 아, 출발하기 전에 흑암승께 서신을 띄워! 이곳 상황이 급박하게 돌아가니까 일단 회군했으면 좋겠다고 전해."

"알겠습니다."

환청 같은 대답이 들려오고, 잠시 침묵이 흘렀다.

이제는 자기 차례다 싶어 구류구옥관을 쓴 사내는 침도 삼키지 못한 채 양화연의 눈치만 살폈다.

"……."

무슨 생각을 하는지 시시각각 표정의 변화를 보이던 양화연.

이윽고 긴 한숨을 내쉬며 사내에게 경고성을 발했다.

"상황이 여의치 않으니 이번 한 번만 용서해 주마. 두 번 다시 본분을 망각하고 이곳으로 뛰어오는 일이 없도록 하라. 알겠느냐?"

"존명!"

흡사 염라대왕의 사면을 받은 듯 안도의 한숨을 내쉰 사내는 급히, 그러나 조심스런 발걸음으로 후다닥 양화연을 떠나갔다.

그런 사내의 뒷모습을 보며 양화연은 또 한 번 이를 갈았다.

"다른 놈으로 갈아치울 시간적 여유만 있었어도 저놈을 당장 쳐죽여 버리는 건데, 빠드득!"

표독한 목소리가 울리고 얼마 지나지 않아 방 안의 시체가 치워졌다.
그리고 청아한 향이 흐르는 내실에서 찻잔을 기울이며 양화연은 초조하
게 아들을 기다렸다.

제75장

과장

魔道
天下

옛 성현의 가르침 중에 모사재인(謀事在人), 성사재천(成事在天)이란 말이 있다.

일을 꾸미는 건 사람에게 달렸지만 성사 여부는 하늘에 달렸다는 뜻이다.

그 가르침처럼, 양화연이 계획한 일은 엉뚱한 방향에서 어긋나고 있었다.

"와아! 언니. 어때요? 나 따라오길 잘했다 싶죠?"

어디선가 들려오는 깜찍한 목소리.

사방 벽에 꽂혀 있는 유등(油燈)이 목소리의 파장 따라 주위 공간을 비쳐 주었다.

드넓은 석실.

사방 벽엔 이루 헤아릴 수 없을 정도로 많은 책이 빼곡히 꽂혀 있었다.

"그래요. 정말 군주님과 동행하길 잘했다 싶네요. 이 책들 좀 봐. 오랜 세월이 흘렀을 텐데 어쩜 손상된 게 하나도 없군요."

청아한 목소리가 재차 유등빛을 흔들었다.

일렁이는 불빛 아래 서 있는 두 사람.

의외였다.

당금 황실의 실세라는 이황야가 애지중지하는 딸, 은하군주와 기련산에서 이기어검을 펼친 뒤 파양호 인근에서 요양하던 은혜연이었다.

한 사람은 황족, 다른 한 사람은 출가를 앞둔 검후.

나이와 신분 차이만큼이나 사는 세계가 달라 전혀 어울릴 것 같지 않은 두 사람이 함께 있다. 더욱이 평범한 장소가 아닌, 황제와 그 직계가족이 아니면 절대 출입이 불가능하다는 황궁무고에.

그들은 대체 무슨 재주로 이곳에 함께 올 수 있었던 것일까. 그에 대한 답은 은하군주의 앙증맞은 입놀림으로 알 수 있었다.

"거봐요. 아빠 옆에 있으면 아무 재미도 없다구요. 하구한 날 사람 만나고 회의하고, 어휴. 그 옆에 있다간 몸살 나기 딱이에요. 마침 본 군주가 황제폐하와의 약속을 기억해 냈기에 망정이지, 안 그랬음 언니도 분명 몸살이 났을 거예요."

"인정해요. 안 그래도 진력이 나던 참이었거든요."

그랬다. 은혜연이 당초 사부의 명인 이황야 곁을 떠나 이곳 황궁무고까지 오게 된 데에는 눈앞에 있는 군주의 기지(奇智) 덕분이었다.

산동 제남부의 익왕부를 방문하던 날.

이황야에게 정수 사태와 자신을 소개하자 눈을 동그랗게 뜨며 관심을 보이던 은하군주.

다음날부터 은혜연 뒤를 졸졸 따라다니며 미주알고주알 수다를 떨기 시작했다.

그러나 은혜연이 맡은 일은 이황야를 보호하고 밀명이 있을 때 황실을 드나드는 것. 응석 부리듯 쫓아다니는 은하군주와 말동무 해줄 시간이 별로 없었다.

그 때문에 샘이 난 것일까.

갑자기 은하군주가 이황야에게 소림사를 방문하고 싶다고 졸라댔다. 당연히, 황실 주변의 움직임이 심상치 않아 소림사까지 갈 마음의 여유가 없던 이황야는 단번에 거절했다.

그러자 예전에 황제 대신 소림사에 데려다 주겠다고 한 약속을 지키라며 울먹이는 은하군주.

그 눈물을 보고 이황야가 난처한 표정만 짓고 있는데,

"그럼 아바마마. 소림사 대신 황궁에라도 다녀오게 해줘."

영악하게 대안을 제시하는 은하군주였다.

어쩌면 소림사보다 황궁이 더 위험할 수도 있지만, 이황야는 차마 그 부탁까지 외면할 순 없었다.

금방이라도 눈물을 떨어뜨릴 것 같은 딸아이의 표정도 표정이었고, 행사제례가 있을 때마다 늘 다니던 황궁이었으니.

게다가 마침 황실 내명부(內命婦) 쪽에 보낼 전언이 있는 데다, 남 보기에 고작 예닐곱 살 먹은 꼬마 계집애와 십대 후반의 소녀가 황궁 나들이하는 것으로 보일 테니 안심하고 동반외출을 허락한 것이었다.

물론 그 이면에는 은하군주가 호위로 삼겠다며 요청한 은혜연의 내력도 영향을 미쳤고.

다른 사람도 아닌 이기어검의 고수가 동행한다면 소림사 장문방장이 호위—할 리도 없겠지만—하는 것보다 백배 나은 상황이니까.

결국 소원대로 은혜연을 독차지하는 데 성공한 은하군주는 내친 김에 황제를 알현한 자리에서 황궁무고를 구경하게 해달라고 부탁했다. 과거 왕부를 들락거리던 강호인들로부터 황궁무고가 전설에 나오는 신비의 장소라고 들은 기억이 나서였다

황제는 다소 난감해했으나, 일국의 지존으로 내뱉은 말이 있지, 저 당돌한 여섯 살짜리 계집애와의 약속을 어찌 없던 일로 치부할 수 있을까.

마지못해 허락했고, 그 덕에 두 사람이 황궁무고를 구경할 수 있게 된 것이다.

"그나저나 여긴 공간이 너무 넓고 복잡해 어디가 어딘지 모르겠어요. 이러다가 길을 잃어버리면 어떡하죠?"

은하군주의 걱정 아닌 걱정에 은혜연이 웃으며 말했다.

"염려 안 하셔도 됩니다. 길을 잃으면 어디선가 안내자가 나타날 것이고, 그렇지 않다 해도 지금까지 온 길은 제가 다 외우고 있으니까요."

"와아! 역시 언니에요. 히히. 제가 사람 하나는 잘 본다니까. 고마워요. 언니. 제 옆에 있어줘서."

"훗. 고맙긴요. 덕분에 이런 장소를 구경할 수 있으니 오히려 제가 고맙죠."

"헤. 그런가요? 그럼 피장파장이네. 근데 언니는 왜 책을 안 읽어봐요? 혹시 책을 싫어하세요?"

"그게 아니라……."

사실 책을 싫어하긴 한다.

하지만 그런 이유가 아니라 다른 이유로 책을 살펴보지 않는 것이다.

"이 공간은 황제께서 군주께 허락한 공간입니다. 저는 호위로 온 것이니 본분을 망각할 수 없는 노릇이죠."

그 대답에 은하군주가 혀를 쏙 내밀며 말했다.

"헤. 아무도 보는 사람이 없는 걸요? 그러니 눈치껏 살펴봐도 돼요."

어린아이다운 대답.

은혜연은 웃으며 고개를 가로저었다.

"아무도 보지 않지만 제 마음이 보고 있죠."

"…마음이 보고 있다구요?"

"네. 제가 무엇을 하든지 마음이 늘 지켜보고 있잖아요."

"아……! 좋은 걸 배웠네요. 마음, 마음이 항상 지켜보고 있다……."

뭔가 깨달음을 얻은 듯 혼잣말을 중얼거리는 은하군주.

바로 그때였다.

갑자기 은혜연의 눈에 한줄기 이채가 어렸다.

'……?'

멀리서 들려오는 은은한 발걸음 소리.

"군주님. 아무래도 자리를 옮겨야겠습니다."

"예? 왜요?"

"누군가가 이쪽으로 오고 있어요."

"오고 있으면 어때요? 우린 황제폐하께 허락을 받았는데."

"그래도 황후마마나 황태자저하 같은 분을 만나면 부담스럽지 않을까요?"

"아! 그러네요. 황후마마는 무서워. 언니 말대로 얼른 딴 곳으로 움직여요."

"그럼 제 등에 업히세요."

"아! 또 하늘을 나는 거예요?"

"네."

"와아! 신난다!"

숨죽여 환호성을 지르는 은하군주.

이미 황궁으로 오기 전에 은혜연의 등에 업혀 하늘을 날아본 기억이 떠오른 때문이었다.

물론 그때와 달리 지금은 사방이 막힌 공간이었으나 빼곡한 서가 위를 누비는 장면을 상상하니 절로 흥분됐다.

잠시 후.

은혜연 등에 업혀 삼장 높이의 서가를 지나, 천장 중심부에 있는 용과 봉황 조각상 쪽으로 날아가자 은하군주는 재차 감탄사를 터뜨리려 했다. 그러나 은혜연의 안색이 한순간 굳어지더니 지풍을 날려 그녀의 수혈을 짚었다. 그리고 허공에서 신형을 틀어 조각상 안쪽의 움푹 파인 공간으로 안착, 눈 아래로 보이는 서가 주위를 향해 안력을 돋웠다.

*   *   *

"헉헉. 숨이……. 숨이 차도다. 짐(朕)이 더 이상 버티기 힘드니 경들은 잠시 달리는 것을 멈추도록 하라."

어디선가 기진맥진한 목소리가 들려왔다.

황궁무고 가장 깊숙한 곳. 유등 빛이 거의 미치지 않는 구석, 품격을 높이기 위해 청동 기마상(騎馬像)을 늘어놓은 곳이었다.

그중에서도 가장 크고 호화로운 전투수레가 지진도 없는데 미약한 진동을 일으키더니, 어느 순간 '그그긍' 소리를 내며 좌우로 분리됐다.

그리고 그 공간 아래에서 시커먼 그림자가 솟구치더니 삼엄한 눈길로 사방을 훑었다. 뒤이어 별 다른 이상이 없다고 느꼈는지 아래쪽을 향해 신호를 보내자 이번에는 네 명의 그림자가 지면 위로 나타났다.

'헉! 저, 저분은……?'

은혜연은 하마터면 비명을 터뜨릴 뻔했다.

나타난 이들 가운데 숨을 헐떡이며 누군가의 부축을 받는 노인.

'저분이 왜 저런 모습으로 이곳에……?'

갑자기 심장이 쿵쿵 뛰었다.

어제 은하군주와 함께 배알한 만승지존, 황제!

그가 피 묻은 곤룡포를 입고 황궁무고에 나타난 때문이었다. 아니, 황제뿐만이 아니었다. 그를 호위하고 있는 네 사람 역시 피 묻은 옷을 입고 있었다.

은혜연은 왠지 불안한 예감이 들어 안력을 좀 더 높였다.

다행이 황제는 별로 다친 흔적이 없고, 황제를 호위하고 있는 이들이 오히려 크고 작은 부상을 입고 있었다.

'도대체 누가?'

그런 생각을 하며 기감을 넓혀보니 사방에서 급박한 발걸음 소리가 들려왔다.

'가볍고 빠른 걸음걸이! 게다가 불규칙하면서도 서로 호응을 이루고 있어!'

그렇다면 조직에 속한 이들이다.

'일반 강호 조직은 아닌 것 같아!'

그럴 것이다. 일반 강호 조직이 구중궁궐이라 불리는 황궁, 그중에서도 금지 중의 금지인 이곳까지 무인지경으로 달려올 리 없으니.

'그럼 이황야께서 걱정하시던 황실 내부의 배신자들?'

은혜연이 거기까지 추측할 때였다.

"으음. 놈들이 기어코 여기까지……."

누군가가 비분강개한 목소리를 토했다. 그 말이 끝나고 얼마 지나지 않아 육중한 진동음과 함께 거대한 철문이 열렸다.

방금 은혜연 등이 정식 절차를 밟고 통과한 황궁무고 입구 문이었다.

뒤이어 황궁무고 전체에 울려 퍼지는 목소리.

"샅샅이 뒤져라! 필요하다면 불을 질러도 좋다!"

그 소리를 듣고 살풋 이마를 찌푸린 은혜연은 새롭게 나타난 이들을 살펴봤다.

'환관? 그렇다면 이들은……!'

갑자기 심장이 얼어붙는 기분이었다.

환관으로 이뤄진 조직.

더욱이 황궁무고를 당당하게 열어젖힐 만한 권력을 가진 곳!

그런 곳은 천하에 단 한 곳밖에 없다.

바로 황제 직속 비밀 첩보 기관인 동창!

정승판서 뿐만 아니라 나는 새도 떨어뜨린다는 무소불위의 조직이 황제의 명을 받들러 온 게 아니라 황제를 추격하여 온 것이었다.

'역모! 역모로구나!'

너무 비현실적이라 뒤늦게 결론이 내려졌다.

도저히 믿기지 않는 일이었지만 분명한 현실이었다.

'이 일을 어쩌지?'

은혜연은 너무 당황해 잠시 고민했다. 하지만 이내 입술을 깨물 수밖에 없었다. 벌써 동창의 고수들 중 일부가 기마상 부근까지 다가오고 있었기 때문이었다.

할 수 없이 은혜연은 겉옷을 벗었다. 그리고 옷자락 일부를 잘라 긴 끈을 만든 뒤 잠에 빠져 있는 은하군주를 단단히 묶었다. 조각상에서 떨어지지 않게 하기 위한 조치였다.

이어 나머지 끈을 잘라 허리에 두른 뒤 소리없이 황제 등 뒤에 내려섰다.

워낙 허깨비 같은 신법이라 황제는 물론이고 호위를 서던 무인들, 심지어 예리한 눈빛으로 포위망을 좁혀오던 동창 고수들도 그녀의 기척을 감지하지 못했다. 단지 황제를 부축하고 있던 초로인만이 한줄기 바람이 불어왔다고 착각했을 뿐.

'죄송합니다, 폐하. 잠시 무례를 범하겠습니다.'

주위의 모든 사람을 허수아비로 만들어 버린 은혜연은 속으로 황제에게 양해를 구했다. 그리고 황제의 수혈을 짚은 뒤, 사지에 힘이 풀려 주저앉으려는 황제의 허리를 안고 천장으로 휙 하니 신형을 날렸다.

그때까지 무슨 일이 벌어지고 있는지 전혀 눈치채지 못하고 있는 호위무인들.

하지만 황제 옆에 있던 초로인은 이내 황제의 부재를 인지했다.

그가 놀란 얼굴로 천장을 바라보는 찰나, 은혜연이 그에게 전음을 보냈다.

"폐하는 제가 보호할 테니 여러분은 아까 오신 곳으로 몸을 피하세요."

하지만 그러기엔 이미 늦어버렸다. 그곳에서도 요란한 발걸음 소리가 들려오고 있었으니.

또 하나, 은혜연이 놓친 건 바로 초로인을 비롯한 호위무인들의 반응이었다.

그들은 황제를 괴한(?)에게 납치당한 채 이곳을 빠져나갈 생각이 전혀 없었다. 그래서 호위무인들 가운데 수장인 초로인이 분노와 낭패감이 뒤섞인 얼굴로 고함을 질렀다.

"그대는 누군가? 무슨 의도로 폐하를 납치했으며 저들과는 어떤 사이인가?"

'이런!'

실로 불같은 성미의 소유자였다. 적들이 사방에서 몰려오고 있는데 들으라는 듯 고함을 지르다니.

찰나간에 당황해하는 은혜연의 표정을 읽었을까. 초로인의 얼굴에도 뒤늦게 아차! 하는 표정이 나타났다. 너무 믿기지 않는 일이 벌어져 은혜연을 적으로 판단해 버린 것이다.

하지만 돌이키기엔 이미 늦어버린 실수.

"저기다!"

"놈들이 저기 있다!"

사방에서 들려오는 고함 소리.

그나마 다행인 건 은혜연의 신법이 너무 뛰어나서 아직 적들이 은혜연과 황제의 종적을 발견하지 못했다는 점이었다.

그런 사실을 깨달았을까.

"이왕지사 이렇게 됐으니 어쩔 수 없구려. 뉘신지 모르겠지만 폐하를 부탁하오. 종묘사직이 그대 손에 달렸음을 명심하고 어떤 일이 벌어지더라도 경거망동을 삼가주기 바라오!"

그렇게 전음을 보내자마자였다.

"이놈들! 본 령주가 하늘을 대신해 네놈들에게 엄벌을 내리노라!"

초로인이 검을 휘두르며 가장 먼저 달려나갔다. 그러자 나머지 호위무인들도 호통을 터뜨리며 그 뒤를 따랐다.

"이놈들! 여기도 있다!"

"대역죄인들은 목을 내놓아라!"

그때부터 한바탕 혈전이 벌어졌다.

쉬익!

카캉!

"으아악!"

"크흑……."

바람을 가르는 살기와 고막을 찌르는 신음.

"물러서지 마라! 죽더라도 발목을 잡고 동료가 다치는 한이 있더라도 암기를 사용하라!"

거기에 살기 흉흉한 고함 소리까지.

당금 천하의 절대금지에 때 아닌 피보라가 일었다.

'아아…….'

은혜연은 내심 진저리를 쳤다.

이미 기련산에서 이보다 끔찍한 혈전을 겪었으나 목불인견의 참상이 주는 충격만은 어쩔 수 없었던 것이다.

더구나 이번에는 자신이 도와주고 싶어도 도와줄 수 없는 처지.

자칫 자신이 뛰어들었다가 황제와 군주가 저들 손에 들어가거나 죽는 일이 발생한다면 그 여파를 감당할 자신이 없었기 때문이었다.

그래서 안절부절못하고 상황만 지켜보고 있는데, 의외로 네 사람의 무위는 예상보다 뛰어났다.

일격필살의 검법과 현란한 보법.

그리고 은밀하면서도 상대의 사각을 노리는 출수!

하지만 상대도 그에 못지않았다. 더욱이 그들의 수뇌가 내린 명은 동료의 주검까지 이용하라는 것.

결국 네 사람이 성난 호랑이처럼 움직였지만 수적 열세는 어찌할 수 없었다.

"크윽……."

"령주. 속하 대신 무운을……."

하나둘 피를 토하며 쓰러지는 호위무인들.

그리고 안간힘으로 싸우던 세 번째 무인까지 쓰러지고 나자 이제 장내에는 호위무인들의 수장인 초로인과 삼십여 명의 동창 고수만 남았다.

"흐으, 흐……."

이미 숨이 턱에 닿은 초로인.

하지만 동창의 고수들은 쉽사리 덤비지 못했다.

비록 혈인에 가까울 정도로 상처투성이였지만 이때까지 초로인이 보여준 무위에 기가 질렸기 때문이었다.

바로 그때 입구 문 쪽에서 재차 호통이 들려왔다.

"모두 뭣들 하고 있나? 황제를 잡아 죽이랬더니 왜 엉뚱한 놈에게 힘을 빼고 있어? 그놈은 몇 명이 차륜전으로 상대하고 나머지는 모두 황제를 찾아!"

"존명!"

그 지시가 즉효약이었다.

"안 된다, 이놈들―!"

상대가 사방을 수색할 기세이자 초로인이 다급한 마음에 무리수를 두었다. 중과부적인 상황을 무시하고 우격다짐으로 전진하다가 허벅지와 옆구리 쪽에 또 한 번 상처를 입은 것이었다.

하지만 초로인의 목표는 주위의 조무래기가 아니었다.

상황을 냉정하게 꿰뚫어보며 잔인한 명을 내리는 자!

저자를 그냥 놔두면 정말 이곳에 불을 지를지도 모르는 일이었다. 그렇게 되면 황제를 보호하고 있는 사람이 제 아무리 뛰어나더라도 불에 타죽거나 연기에 질식사할 수밖에 없다. 때문에 무리가 되더라도 저자를 목표로 삼을 수밖에.

"타핫—!"

초로인의 입에서 한줄기 창룡음이 울려 퍼졌다. 뒤이어 그의 신형이서가 양쪽을 번갈아 차며 허공으로 솟구치더니 벼락같은 기세로 입구 철문 쪽에 서 있는 지휘자를 향해 검격을 내리그었다.

쇄애애액!

검명이 몸서리 칠 정도로 무시무시한 일격.

하지만 상대의 대응은 초로인의 예상을 벗어났다.

"홋. 알아서 죽을 자리로 기어들어 왔군."

그 말과 함께 철문 뒤로 몸을 피해 버린다.

상대가 사라진 공간에 검을 내리그으면? 그것도 만년한철에 가까운 철벽을 내리그으면?

카가가가각!

"……!"

제 아무리 검강이라도 찢긴 철벽의 압력에 일순간 검로가 정지할 수밖에 없다.

겉보기에는 눈 깜짝할 사이 밖에 안 되는 짧은 시간.

하지만 고수들에게 그 순간은 억겁보다 긴 시간이었다.

"상처 입은 호랑이를 정면으로 상대할 필요는 없지."

그 말과 함께 다시 나타난 상대.

그의 눈이 잔혹한 미소를 머금었고, 그의 양손은 얼음장 같은 강기를 내뿜었다.

츠츠츠츠!

……퍼억!

격타음은 한참 뒤에 나왔다.

"끄르륵……."

신음은 그보다 더 늦게 나왔다.

경악 어린 표정으로 상대를 노려보다가 서서히 생명의 빛을 잃어가는 초로인.

그의 심장 부위엔 시퍼런 손자국이 찍혔고, 손자국 뒤엔 포탄을 맞은 듯 등판이 뻥 뚫려 버렸다.

"이 무공은… 이 무공은 철혈마제… 철혈마제 곽대붕의……."

초로인이 꺼져 가는 눈빛으로 입술을 달싹였다.

하지만 그는 마지막 읊조림조차 마음대로 이어나갈 수 없었다.

"이 늙은이가 별걸 다 알고 있군. 이제 그만 저승으로 떠나주시지!"

그러면서 사내가 발로 가슴팍을 걷어차 버린 때문이었다.

"끄흐……."

결국 눈도 감지 못한 채 숨을 거둔 초로인.

그런 초로인의 시신을 방석처럼 깔고 앉은 사내는 턱을 양 무릎에 괴고 돌아가는 상황을 지켜봤다.

때맞춰 들려오는 수하들의 보고.

"대인. 아무리 찾아도 보이지 않습니다."

"여기도 마찬가집니다. 바닥까지 살폈지만 황제의 모습이 전혀 보이지 않습니다."

"그래—?"

사내의 목소리 끝이 기이하게 올라갔다.

"그것참 신기하군. 분명 이곳으로 도망쳤는데 종적이 보이지 않는다? 설마하니 그 늙은이가 땅속을 파고들었단 말인가, 아니면 날개가 달려 하늘로 솟아버렸단 말인가?"

그러면서 슬쩍 천장을 살펴보는 사내.

비록 슬쩍이라고 표현했지만 이미 천장 구석구석을 샅샅이 훑은 뒤였다.

"천장에도 없다? 바닥에도 흔적이 없다? 그런데 들어가는 건 봤어도 나오는 건 보지 못했다?"

사내의 눈이 서서히 미소를 띠었다.

"그럼 답은 하나뿐이군. 육안으로 확인할 수 없는 비밀장소가 있단 말이겠지? 뭐, 그러거나 말거나 결과는 마찬가지야. 어차피 이 불구덩이 안에서 뭐든 녹아버릴 테니까 말이야."

중얼거림과 함께 사내가 수신호를 보냈다. 그러자 철컥철컥하는 기계음이 울리더니 철문 입구 쪽이 환해졌다. 불화살을 준비하는 것이었다.

'아아……!'

은혜연은 눈망울을 부르르 떨었다.

참담했다.

조금 전, 초로인이 죽을 때 은혜연은 폐부가 끊어질 듯 아파왔다.

몇 번이고 도와주고 싶었지만 그의 당부를 헛되이 할 수 없어 안간힘으로 참았다. 그 바람에 손톱이 살을 파고들어 피가 배어나왔지만 아픔

따윈 전혀 느끼지 못할 정도로 분노하고 또 인내했다.

하지만 그 결과가 이렇게 허망할 줄이야.

철컥, 철컥!

연이어 들려오는 기계음.

좌아악! 좌악!

코를 자극하는 기름 냄새.

'이럴 줄 알았다면, 이럴 줄 알았다면……'

하늘이 너무 원망스러워 은혜연은 통한의 눈물을 흘렸다.

'아까 나설 것을. 결국 이렇게 나서게 될 줄 알았다면 차라리 그분들이 돌아가시기 전에 나설 것을……'

아무리 한치 앞을 알 수 없는 게 인생사라지만, 상황이 이렇게 자신을 농락할 줄이야.

은혜연은 비통하고 서글픈 표정으로 천수여의검을 꺼내 들었다.

서서히 닫혀가는 철문, 그 사이로 보이는 얼굴,

만면에 비릿한 미소를 지으며 마악 불화살을 쏘라고 신호를 내리려는 사내의 목을 향해 검을 날렸다.

휙휙휙휙휙!

바람을 가르는 천수여의검.

자애로운 관음보살이 천 개의 검을 휘두르고, 성난 쌍룡이 양쪽으로 똬리를 틀며 포효하는 검.

그 검이 무서운 속도로 사내를 향해 날아갔다.

"……!"

사내, 곽보패는 그 자리에서 굳어버렸다.

너무 놀라 입을 열지도, 비명을 지르지도 못했다.

난생 처음 보는 빛 덩어리.

위력도, 속도도, 전혀 짐작이 안 되는 빛 덩어리가 무시무시한 속도로 자신을 향해 날아오고 있었다. 피할 엄두도 나지 않았고 피할 수 있는 성질의 것도 아니었다.

사악—!

부드러운 소리…….

마치 귀를 간질이는 듯 부드러운 소리였으나 다음 순간, 곽보패는 온몸의 세포가 곤두서는 듯한, 오싹한 기분을 느꼈다.

'뭐지, 이 기분은……?'

필설로 형용할 수 없는 느낌.

마치 억겁의 나락으로 추락하는 기분 같기도 했고 세상과 단절되는 무아(無我)의 기분 같기도 했다.

'흐으…….'

눈앞에 검은 장막이 드리우고, 이때까지 죽어간 꼬마 계집애들의 얼굴이 떠올랐다. 솜털 보송보송한 그 아이들의 얼굴이 끔찍한 괴물로 변해 일제히 자신을 덮치고 있었다.

'으아아아아악!'

살려줘, 라는 비명을 지르고 싶었지만 이상한 소리가 나왔다. 아니, 소리조차 나오지 않았다.

톡, 톡, 데구르르…….

곽보패.

운명이 부여한 이름.

단 한 번도 부모의 사랑을 받지 못하고 비틀린 환경에서 살아온, 그래서 부친을 떠나 모친의 강압에 시달리다가 완전히 삐뚤어져 버린, 그로 인해 어린 소녀들의 원정을 취하는 변태적 행위에 쾌락마저 느끼던 그가 의외의 장소, 의외의 인물에게 목을 잘리고 말았다.

그그그긍…….

상황은 곽보패가 죽었다고 해서 모두 끝난 건 아니었다.

톱니바퀴의 움직임에 의해 닫히고 있던 철문이 계속 틈 사이를 좁혀갔고, 이미 당겨진 활시위는 곽보패의 목이 굴러떨어지는 순간, 일제히 불화살을 토해놓았다.

피유웃!

퓨퓨퓨퓨웃!

철문이 닫히기 직전에 토해진 화살들!

단 한 발만 닿아도 홍건한 기름이 열광을 할 텐데 무려 수십 발의 화살이 바닥과 기둥, 벽과 서가에 꽂혔다.

화르르르!

화살이 닿자마자 시뻘건 화염을 피워 올리는 황궁무고.

순식간에 연기가 치솟고, 빠져나갈 곳을 찾지 못한 불길과 연기가 곧장 천장으로 향했다.

이글거리는 불길.

먹구름처럼 자욱한 연기.

그 위험천만한 상황에서 은혜연은 입술을 꾹 깨물었다. 그리고 비장한 표정으로 손을 뻗자 천수여의검이 되돌아왔다. 이어 황제와 은하군주를 등에 업고 품에 안은 은혜연이 천수여의검을 천장으로 세워 들자,

퍼억!

만년한철에 버금간다는 황궁무고 천장이 허무할 정도로 쉽게 뻥 뚫려 버렸다.

그때부터 메아리를 울리는 서슬 푸른 옥음.

아아아아아아!

하늘을 원망하듯 울려 퍼지는 용음(龍吟)이 황궁무고를 에워싸고 있던 동창 고수들의 고막을 터뜨리고 오장육부를 완전히 헤집어놓았다.

그리고 그 소리는 천단의 제례를 주관하는 신녀궁, 그 안에서 곽보패를 기다리고 있던 양화연의 가슴에 한줄기 파문을 일으켰다.

"이게 무슨 소리냐? 어디서 나는 소리냐?"

은혜연의 용음을 듣자마자 양화연은 가슴이 철렁 내려앉는 기분이었다.

왠지 모르게 불길하달까?

뭐라고 딱 짚어 이야기할 순 없지만 저 소리가 자신의 운명을 예고하는 것 같았다. 그래서 다급한 목소리로 수하들을 찾았다.

"흑룡단은? 흑룡단은 어디 있느냐? 염사단, 염사단은 또 어디에 가 있고?"

그녀의 성화에 주변 경계를 맡고 있던 염사단주가 급히 달려왔다. 그러나 아들을 데려오라고 보낸 흑룡단주는 아무리 기다려도 소식이 없었다.

"무슨 일이냐? 대체 뭐가 어떻게 돌아가고 있는 거냐고? 모르겠으면 가서 상황을 알아봐! 모든 인원을 보내 상황을 알아보고 즉시 내게 보고해!"

"존명!"

염사단주가 떠나고 잠시 시간이 흘렀다.

뚝, 뚝, 뚝······.

어디선가 들려온 이 소리!

'백 장 밖?'

왠지 기분 나쁜 소리였다. 그런데도 귀에 익숙한 소리이기도 했다.

스스스슷.

뒤이어 들려오는 소리.

'파면주작이었군! 그런데 왜 이상한 소리를 동반하면서 오는 거야?'

가뜩이나 기분이 안 좋은 양화연은 그녀가 오는 즉시 머리를 뽀개 놓아야지, 다짐하며 식어버린 찻잔을 기울였다. 그리고 차를 다 비우고 내려놓으려 할 때 방문이 열리고 파면주작이 나타났다.

쨍그랑—!

자신을 향해 고개를 숙이지도, 말을 건네지도 않는 파면주작을 보고 양화연은 아무 소리도, 아무 행동도 하지 못했다. 아니, 오히려 내려놓던 찻잔을 떨어뜨리는 실수를 저질렀다.

덜덜덜······.

평생 처음으로 양화연은 전신을 떨었다.

마치 폭풍에 흔들리는 사시나무처럼 온몸을 덜덜 떨었다.

"그게··· 그게······."

파면주작을 향해 입을 여는데 말문이 콱 잠겨 나왔다.

'이러면 안 돼! 정신을 차려야 해!'

그렇게 다짐하며 냉정을 되찾으려 했다. 그러나 몸과 마음이 따로 놀았다. 머리 역시 뒤통수를 맞은 듯 여전히 혼란스러웠다.

양화연은 안간힘으로 다시 입을 열었다.

"설마··· 설마······. 아니겠지? 응? 아니지?"

양화연은 자신이 파면주작 앞에서 울먹이고 있다는 사실조차 깨닫지 못했다. 그만큼 충격적이고 비현실적인 일이 벌어졌다.

"송구하게도……."

파면주작이 마침내 입을 열었다.

"아니야! 아니야아아아—!"

양화연은 더 이상 듣고 싶지 않았다. 어떻게든 저 입술을 부숴놔야 해! 그래야 모든 상황이 원래대로 돌아갈 수 있어!

귀에서 이상한 속삭임이 들려왔다.

양화연은 그 목소리에 순응했다.

슈우욱, 펑!

쿠당탕!

비명 소리도 없이 파면주작이 한 방에 나가떨어졌다.

그래도 상황은 바뀌지 않았다.

어디선가 팔을 하나 잃고 돌아온 파면주작은 여전히 팔을 잃은 상태로 자신의 장력에 맞아 저 뒤에 쓰러져 있다.

그리고 목 따로, 몸 따로인 상태로 파면주작의 품에 안겨 돌아온 아들의 시신은 여전히 목 따로, 몸 따로인 상태로 흉물스럽게 바닥에 널브러져 있었다.

"으아아아아, 보패야! 어허허허헝!"

결국 억눌렀던 오열이 터져 나왔다.

도저히 믿기지 않았다.

아니, 절대 믿고 싶지 않았다.

하지만 꿈이 아니었다. 현실이었다.

아들이, 단 하나뿐인 아들이 목 잃은 시체가 되어 돌아온 것이었다.

하지만 악몽은 거기서 끝나지 않았다.

"련주님! 급히 몸을 피하셔야겠습니다! 성동격서였습니다! 삼십육천 강이 이곳으로 들이닥쳤습니다. 지금 흑룡단이 그들을 막고 있지만 곧 밀릴 것 같습니다!"

방금 전에 나간 염사단주의 목소리였다.

"오호호. 오호호호호호!"

필요없다. 다 필요없다.

그깟 삼십육천강이고 나발이고 다 필요없다!

"어떤 놈이냐? 어떤 놈이 우리 아이를 이렇게 만들었느냐?"

양화연이 핏발 선 눈으로 절규했다.

그러나 대답해 줄 파면주작은 이미 시체가 되어 저승을 떠돌고 있다.

"찾을 것이다. 내가, 이 두 눈으로 흉수를 찾을 것이다!"

바로 그 순간, 마치 누군가가 정답을 이야기해 주듯, 예의 그 용음이 다시 들렸다.

아아아아아아아!

"...!"

순간, 양화연은 찬물을 뒤집어 쓴 듯 굳어버렸다. 그리고 천천히, 굼벵이가 기어가듯 천천히 아들의 주검을 살펴봤다.

흡사 유리알 같이 잘린 단면.

피도 한 방울 흐르지 않았고 세포 하나하나가 살아 있는 듯 선명했다.

"이기... 어검......?"

확실했다.

이런 상흔은 절대 어수룩한 검법으로는 만들 수 없다. 전설의 검공, 초상승 절예라 불리는 이기어검만이 이런 상흔을 남길 수 있다.

'그렇다면……?'

당금 강호에서 이기어검을 펼칠 수 있는 사람은 둘도 셋도 아닌 단 한 사람뿐이다.

"천, 수, 검, 후, 은, 혜, 연!"

양화연의 입에서 핏물이 뚝뚝 흘러내리는 듯한 목소리가 새어 나왔다. 동시에 그녀의 눈에서 한기가 철철 쏟아졌다.

"네년이, 감히 네년이 우리 보패를……?"

그때부터 그녀의 전신에서 폭풍 같은 살기가 흘러나왔다. 그것도 만년 빙굴에서 흘러나오는 듯한 무시무시한 한기를 동반하며 폭발적으로 흘러나왔다.

"네 이녀어어어어언!"

천지를 찢을 듯한 괴성을 발하며 양화연의 신형이 지붕을 뚫고 밤하늘로 폭사되었다.

전설의 신법, 어공비행에 버금가는 천마의 절학, 광속비행이었다.

제76장

진퇴

魔道
天下

한동안 긴장 반, 이완 반 상태로 심력을 소진하고 있던 화산은 오늘따라 벌집을 쑤신 듯 분주했다.

어젯밤 속가를 통해, 그리고 영웅성을 다녀온 규지신개와 금정신니를 통해 마도 소식이 전해진 때문이었다.

"놈들이 몰려올 것이다! 이전과 달리 총력을 다해 공격해 올 것이니 모두 한 치의 방심도 있어서는 아니 될 것이야!"

그랬다. 이제껏 치고 빠지는 전술로 변죽만 울리던 마인들이 본격적으로 쳐들어올 것 같다는 소식이었다.

그 소식이 전해지자 각 문파 장문인들은 너나없이 문하 제자들을 단속했고, 그 바람에 아침부터 조를 나눠 순찰을 돌거나 외곽의 진세를 점검하는 등 모두 초긴장상태에 돌입한 것이었다.

목우형이 소속되어 있는 백의영웅단도 다를 바 없었다.

아니, 죽음을 각오한 선봉결사대였기에 더욱 긴장감이 흘렀다.

누구라도 손을 대면 곧바로 폭발할 것 같은 분위기.

주옥란은 이런 분위기가 견디기 힘들었다. 그래서 부단주 직을 맡고 있는 우진검 목우형을 찾았다.

"사형…… 놈들이 총공격을 감행해 와도 우리가 이길 수 있겠죠?"

괜한 물음이라는 건 주옥란 스스로도 안다. 하지만 이렇게라도 대화를 나누지 않으면 미쳐 버릴 것 같았기에 사형을 찾은 것이다.

그러나 돌아온 대답은 무정하기 짝이 없었다.

"사매. 지금 잡담 나눌 겨를이 없다. 다른 문파 속가제자들도 만약의 사태에 대비해 정위치를 지키고 있는데 본산 속가인 우리들이 한가하게 잡담이나 나누면 남들이 뭐라고 그러겠느냐?"

그 말은 무언의 축객령이나 다를 바 없었다.

주옥란은 너무 충격을 받아 멍하니 서 있었다.

"잡담이라…… 한가한 잡담이라…… 그랬군요, 소매가 사형에게 잡담이나 나누러 온 것이었군요."

주옥란은 눈시울을 붉히며 돌아섰다.

축 처진 그녀의 뒷모습을 보며 목우형은 씁쓸한 표정을 지었다.

'바보 같은 녀석…… 그냥 다른 여제자들처럼 속가로 돌아가 다소곳이 결과나 기다릴 것이지, 무엇 때문에 선봉결사대를 지원해 마음고생을 자초한단 말이냐……?'

물론 알고 있다.

그녀가 자신을 걱정해 덩달아 지원했다는 걸.

하지만 그런 마음은 현 상황에 아무 도움도 되지 않는다.

적들이 파상공세만 펼쳐도 부상자가 속출하는 현실이다.

서로에 대한 기대와 걱정은 괜히 마음을 약하게 만들 뿐.

차라리 냉정하게, 무심하게 대하는 게 더 도움이 된다. 그래서 일부러 무정하게 대하는 것인데 눈물을 흘리며 돌아서는 사매를 보니 마음 한구석이 와르르 무너져 내리는 기분이었다.

'후우······. 내가 이 싸움에서 목숨을 잃게 된다면 그건 저 철없는 녀석을 걱정하느라 날선 검이 녹슬어진 탓이리라······.'

속으로 중얼거리며 억지로 마음을 다잡는 목우형.

걱정과 염려, 긴장과 불안 속에 시간이 흘러 어느새 어둠이 내렸다.

예상과 달리 하루가 이렇게 지나가나 보다 하며 모두 잠자리에 들 무렵, 갑자기 비상 소집 신호가 떨어졌다.

목우형을 비롯한 백의영웅단 전체가 급히 연무장에 집결하니 의외의 인물이 연단에 서 있었다.

흰 수염을 날리며 허허롭게 서 있는 사람.

"사부님!"

그랬다. 연단 위에 서 있는 사람은 목우형과 주옥란의 사부인 소요선옹이었다.

당금 화산파의 장로로 뇌존 탁군명의 사형뻘이 되는 사람.

또한 기련산에서 많이 고전하긴 했지만, 아직 제대로 된 적수를 찾지 못하고 있다는 이십사수매화검의 달인.

그가 백의영웅단에 합류한 것이었다.

그것도 단순한 합류가 아니었다.

"지금부터 내가 너희들을 이끌게 됐다."

'아!'

이제껏 공석으로 비었던 자리가 채워졌다.

그 주인공이 사부라니 마음 한편이 든든했다. 그래서 괜히 미소가 지어지는데, 갑자기 사부의 입에서 청천벽력 같은 이야기가 흘러나왔다.

"그동안 상대의 유격전술을 대처하느라 고생이 많았다고 들었다. 그래서 이번에는 우리가 선공을 감행하기로 결정했다."

"예에?"

사방에서 기함하는 목소리가 튀어 나왔다.

차라리 섶을 지고 불 속으로 뛰어드는 게 낫지, 전대의 거마들이 우글거리는 적진에 선제공격을 감행하라니?

그야말로 자살 명령에 가까운 지시였다. 그래서 다들 술렁이자 소요선옹이 빙그레 웃으며 보충설명을 했다.

"백만 마도를 두려워하지 않는 인재들이라더니 선제공격이라는 말 한마디에 다들 놀란 토끼 눈이 되었구나. 허허. 본도가 이유를 설명해 줄 테니 차분히 듣도록 하여라. 아직 다른 제자들은 모르는 첩보가 들어왔다. 놈들이 예상 행로가 아닌, 화염산(火焰山) 부근을 지나고 있다는 소식이다."

"예에……?"

또 다시 술렁이는 백의영웅단.

이번에는 놀라서가 아니라 의아해서였다.

산서에서 오고 있다는 마도 본진이 화산을 공략하는 가장 빠른 길은 분하(汾河)를 타고 내려와 위하(渭河)로 갈아타면 된다. 수로가 아닌 육로를 선택하더라도 비슷한 경로고.

그래야 시간과 보급, 체력을 아낄 수 있고, 낙하(洛河)를 중심으로 출몰하는 음풍마제 쪽과 합류하기도 쉽다.

그런데 왜 화염산 방향이란 말인가?

그쪽은 화산으로 오는 경로라기보다는 섬서를 관통해 감숙과 청해로 가는 행로에 가까운데?

모두 그런 생각을 하며 고개를 갸웃거릴 때 연이은 소요선옹의 목소리가 들려왔다.

"그리고 또 다른 첩보가 있는데 생각하기에 따라 반가운 소식이 될 수 있을 것이다."

'현 상황에서 반가운 소식이라니? 혹시 영웅성이 합류하기로 한 건 아닐까?'

아쉽게도 그건 아니었다. 하지만 그에 버금갈 만큼 놀라운 소식이었다.

"현재, 군부와 마탑이 놈들의 뒤를 노리고 있다는 소식이다."

"……?"

처음엔 다들 무슨 소린지 못 알아들었다. 속가제자들이 알 수 있는 정보엔 한계가 있기 때문이다. 그래서 소요선옹이 빙그레 웃으며 재차 설명했다.

"쉽게 풀어서 이야기하자면, 호존승이라는 초마인들이 삼만 기병을 이끌고 놈들의 뒤를 쫓고 있다는 말이다."

"예에?"

"그게 정말입니까?"

"와아아!"

뒤늦게 환호성이 나오고 다들 주먹을 불끈 쥐며 기뻐했다.

그러나 마음 한편으로 불안해하는 사람들도 있었다. 관(官)과 강호는 원래 상호불가침이기 때문이다.

서로 소 닭 보듯 침범하지 않는 게 오랜 관행이었는데 갑자기 관도 아닌 군이 출동하다니? 그것도 전쟁에나 동원되는 삼만 기병이 출동한다고 하니 걱정이 된 것이다. 이러다가 자칫 강호가 초토화되는 게 아닌가 우려돼서…….

하지만 이어지는 설명을 들어보니 그건 아닌 것 같았다.

"자세한 이야기까지 하긴 그렇고, 현재 군부를 움직이고 있는 이는 흑마련의 암중지배자다. 그가 마탑에도 영향력을 행사하고 있는데, 얼마 전 군부와 가까운 공동파가 멸문하고 신강에서 많은 정병을 잃었기에 그에 대한 보복 차원에서 움직이는 것 같다. 물론 그 이면에는 마도의 종주(宗主)가 누구냐 하는, 정통성을 가리기 위한 싸움일 수도 있지만, 확실한 건 그들이 나서준 덕분에 마도 놈들이 협살지경에 몰렸다는 사실이다. 그래서 놈들의 의표를 찌르기 위해 우리가 먼저 선공을 취하기로 한 것이다. 이제 이해가 가느냐?"

"예!"

대답은 우렁차게 했지만 일부는 떨떠름한 기색이 역력했다.

그도 그럴 것이 상대가 협살지경에 처한 건 반가운 일이다.

그러나 협살이 됐든 뭐가 됐든 그 무시무시한 마인들을 상대로 선공을 가하라니, 너무 지나친 명이 아닌가.

여기 있는 이들이 선봉결사대에 지원한 까닭은 강호를 지키기 위해서였다. 즉, 강호를 위해 장렬히 싸우다 죽길 원한 것이지, 계란으로 바위치기 하다가 죽어가길 원한 건 아니었던 것이다.

그런 속내를 읽었을까. 소요선옹이 너털웃음을 터뜨리며 모두를 다독였다.

"허허. 표정들이 매우 가관이구나. 그래, 안다. 너희들이 뭘 걱정하는지……. 그러나 염려하지 않아도 좋다. 우리가 맡은 임무는 예상 경로가 아닌, 엉뚱한 방향으로 이동하는 마도 놈들을 유인하기 위한 것이다. 즉, 무작정 선공을 펼치다가 동귀어진하라는 말이 아니라, 알 수 없는 이유로 섬서를 관통하려는 적을 다시 이쪽으로 끌어들여 몰살시키기 위한 것이다."

"아!"

"그런 임무였군요!"

그제야 모두의 표정이 밝아졌다.

목우형도 마찬가지였다. 그런 임무라면 기쁜 마음으로 나설 수 있다.

"하지만 장로님."

그때 누군가가 의문을 표했다.

"만약 우리가 놈들을 유인하는 데 성공해 협살계가 완벽히 가동됐다는 전제하에서, 갑자기 호존승인가 뭔가 하는 자들이 창끝을 돌려 우릴 공격하면 그땐 어떻게 합니까? 황군과 맞서 싸워야 하는 것입니까?"

예리한 질문이었다. 그래서 모두 진지한 표정으로 소요선옹의 대답을 기다렸다.

"허허. 좋은 질문이구나. 본도도 같은 걱정을 하고 있다만, 그런 일은 벌어지지 않을 것이라고 장담한다. 왜냐하면······."

비슷한 질문이 장문인들 사이에서도 나왔었다. 그때 불마성승이 웃으며 모두의 우려를 불식시켰다.

"예로부터 관이 강호를 건드리지 않은 이유가 무엇이겠소? 강호엔 산을 허물고 강을 뛰어넘는 기인이사(奇人異士)가 많기 때문이 아니겠소? 물론, 그래도 가끔 관이 강호를 건드리는 일이 벌어지긴 했지만, 되돌아보면 대부분 정파 쪽을 치기보다는 천하를 혼란에 빠뜨린 사파나 마도가

주 대상이었소이다."

그러면서 은근히 사문 자랑에 나섰다. 하지만 어느 누구도 불마성승을 비웃지 못했다. 아니, 오히려 불안한 기분을 완전히 떨쳐 버리는 계기가 됐다.

"아시다시피 구파 중엔 소림과 무당이 있소이다. 다른 문파들도 각자 자긍심이 있겠지만, 소림과 무당은 불가와 도가의 본산이라는 자부심이 있소이다. 그러니 지금 군권(軍權)을 가진 자가 누구든 간에, 설령 당금 황제가 누구든 간에 함부로 우릴 건드릴 수는 없을 것이외다!'

그 말이 끝나는 순간 각 문파 장문인들은 불마성승을 힐난하는 대신 다들 자기 문파에 대한 자긍심으로 고개를 끄덕였다.

그 자리에 배석한 소요선옹도 마찬가지였다.

"그런 이유 외에도, 이곳 섬서가 어떤 곳이냐? 누대의 황도(皇都)가 아니더냐? 그래서 지금도 장안(長安)에는 현 황실의 네 번째 어른이신 양왕이 머물고 계신다. 그런데 양왕 전하의 동의 없이 군사를 이용해 화산을 친다는 건 곧 아무 이유 없이 양왕 전하를 치는 것과 진배없는 행위이기에 곧바로 천하대란이 일어날 수 있지 않겠느냐? 하니 그들이 황제의 허락 없이는 함부로 창끝을 돌려 우릴 공격하는 일은 없을 것이다."

소요선옹의 설명을 듣고 나니 마음이 한결 가뿐해졌다.

"그럼 언제 출발합니까?"

목우형과 함께 부단주를 맡고 있는 소림신룡 장화린이 물었다.

"일각 뒤에 출발한다."

"……!"

잠시 정적이 흘렀다.

아직 신임 단주와 손발도 맞춰보지 못했는데 벌써 출동이라니.

하지만 이내 마음을 추슬렀다. 저 멀리서 임시단주를 맡고 있던 월영자가 합류하러 오는 걸 본 때문이기도 했지만, 이제껏 마도와 대치하면서 언제 출동해도 이상하지 않을 만큼 잦은 작전 변경에 시달려 왔기 때문이다. 그래서 다들 복장과 무기를 점검하는 등 출동 준비에 돌입했다.

목우형도 검과 암기, 피풍의와 건량 등을 확인하고 조원들의 준비 상태를 점검했다.

그때 등 뒤로 누군가의 시선이 느껴졌다.

'사매……'

목우형은 애써 그 시선을 외면했다.

'작전을 앞둔 상황. 더구나 사부님과 함께하는 첫 작전이니 냉정해야 한다. 그래야 성공할 확률이 높아진다!'

그렇게 중얼거리며 목우형은 조원들과 함께 출발 준비를 완료했다.

*　　　*　　　*

'후읍, 후읍……'

밤바람을 헤치며 얼마나 달렸을까.

이월의 끝자락.

아직 사방에는 눈과 얼음이 지천으로 깔려 있다. 그러나 눈앞에 보이는 황하는 어느새 겨울을 이겨내고 차가운 물살을 토해내고 있었다.

쿠콰콰콰콰콰!

특히 백 장 넓이의 강폭이 갑자기 줄어들어, 십 장 아래의 낭떠러지로 내리꽂히는 물살.

'호구폭포(壺口瀑布)…….'

비산하는 포말만큼이나 웅장한 기상이다.

목우형은 자연의 위세에 은은한 경외감을 느끼며 매복에 들어갔다.

아직 어스름이 가시지 않은 시간.

예상이 맞는다면 놈들은 강폭이 좁아지는 폭포 아래쪽을 선택할 것이다.

'그러나 고수들은 사부님이 계신 상류 쪽을 선택하겠지?'

어느 쪽이든 상관없다.

목우형이 맡은 곳은 호구폭포.

상황을 봐가며 양쪽을 지원해 주면 되는 입장이다.

"다들 폭포 너머를 예의주시해! 이상한 조짐이 느껴지면 즉시 신호를 보내고!"

그렇게 조원들에게 주의를 줄 때였다.

삐꺽, 삐꺽……

저 멀리서 나룻배 한 척이 나타났다. 상류에서 하류로 내려오는 배였다.

'고기잡이 배인가, 아니면 놈들의 척후조인가?'

긴장으로 안력을 돋울 때였다. 갑자기 나룻배 쪽에서 아련한 노랫소리가 들려왔다.

아흔아홉 개의 얼음기둥 사이로

아흔아홉 개의 물길이 흐르네.

아흔아홉 개의 물길은 아흔아홉 층의 파도를 형성하고,

아흔아홉 층의 파도는 하늘과 땅을 아홉 번 돌아
결국 이 주전자 한 개에 모두 모여든다네.[*]

은은히 울려 퍼지는 노랫소리.

목우형은 피식 실소를 흘렸다. 황하 주변에서 자주 들어본 노래였기 때문이다.

'다행이 고기잡이 배였군. 그런데 저 배는 폭포에 휘말리지 않고 무사히 지나갈 수 있을까?'

상황에 어울리지 않는 호기심이었다. 그러나 황하를 건너본 사람이라면 누구나 한 번 궁금해 했을 호기심이기도 했다.

끼익, 끼이익.

폭포에 가까워지자 느긋이 노를 젓던 뱃사공이 바빠지기 시작했다. 삿대로 강 이곳저곳을 찌르며 급히 방향을 트는데,

아뿔싸.

사공의 실수일까. 아니면 강심을 헛짚은 것일까.

한순간 삿대가 휘청이더니 사방으로 강물을 튕겼다.

겉보기에는 단순히 힘 조절을 잘못해서 수면을 튕긴 것처럼 보였지만 강변에 매복해 있는 백의영웅단 입장에서는 절대 아니었다.

핑!

피핑!

"컥!"

"어흑!"

---

[*]구전으로 내려오는 황하 뱃사공들의 노래. 일부 개사.

튕긴 물방울에 이마를 뚫리거나 심장을 움켜쥐며 백의영웅단이 피를 토하기 시작했다.

"이, 이런 수법이……?"

"놈들이다아—!"

뒤늦게 터져 나온 경고성.

그때부터 악몽이 시작됐다.

*　　　*　　　*

파파팟!

어디서부터였을까.

갑자기 사방에서 검은 그림자가 나타났다.

하늘에서, 땅에서, 심지어 강물 속에서도 나타나는 정체불명의 그림자들.

쉬익!

"으악!"

퓨퓨풋!

"끄흐……."

"청자조! 어서 검진을 전개해!"

"백자조! 맞서지 말고 일단 후퇴해!"

사방에서 급박한 고함 소리가 들려왔다.

목우형은 정신이 하나도 없었다.

"이럴 수가? 놈들이 먼저 우리를 기다리고 있었단 말인가?"

망연자실한 표정으로 주위를 둘러보니 눈앞이 캄캄했다.

검은 장포를 입은 마인들이, 반질거리는 어피를 입은 마인들이, 온몸에 쇠못을 박거나 박쥐날개 같은 기구를 탄 마인들이 사방에서 몰려오고 있었다.

"안 돼—!"

눈앞에서 사제들이 죽어가고 있었다.

멀리서 동료들이 죽어가고 있었다.

사부가 피를 흘리며 비틀거리고 있었고, 임시단주였던 월영자가 잘려나간 양팔을 보며 울부짖고 있었다.

"으아아! 이놈들—!"

목우형은 괴성을 지르며 검기를 내뿜었다.

일검에 두 명의 마인이 피분수를 쏟으며 나가떨어졌다.

그러나,

"어쭈? 이놈이 제법인걸?"

검기를 가볍게 받아넘긴 마인 하나가 흉측한 미소를 띠며 역공을 가해왔다.

"타압—!"

구대문파 사이엔 이런 말이 떠돈다.

소림곤(少林棍)이면 무당장(武當掌)이요, 아미권(峨嵋拳)이면 화산검(華山劍)이다, 라고.

또한 강호인들 사이에 검으로 이름이 높은 문파를 통틀어 오악검파(五嶽劍派)라 칭한다.

그 오악검파의 수장, 그것도 화산검으로 알려진 문파의 속가장문인은 아무나 내정되는 게 아니었다.

쾌애액!

적어도 극에 달하면 천하제일검도 가능하다는 매화이십사검 정도는
능히 펼칠 줄 알아야 한다.

"컥……. 이, 이럴 수가……."

슈아악!

"커커컥!"

뿐인가?

"사부님! 제자가 돕겠습니다!"

소리없이 공간을 이동하는 암향표(暗香飄) 정도도 능수능란하게 펼칠
줄 알아야 한다.

그러나,

"오지 마라. 오면 안 된다! 네 본분을 명심하렷다! 쿨럭, 쿨럭……."

피기침을 토하며 제자를 만류하는 사부.

더욱이 제자보다 더 뛰어난 사부조차 감당하지 못하는 마인들 앞에선
비통한 절규를 터뜨릴 수밖에 없었다.

"으아아! 사부―!"

눈앞에서 허무하게 목이 달아나 버리는 사부의 시신을 보며 목우형은
피눈물을 흘렸다.

하지만 악몽은 그것으로 끝이 아니었다.

"아아악―! 사형!"

어디선가 가슴을 철렁하게 만드는 비명.

"사매―!"

저 건너편에서 눈에 넣어도 아프지 않을 사매가 피투성이가 되어 자신
을 찾고 있었다.

"으아아아! 이놈들―!"

이 처참한 상황에서 속가장문인 따위가 다 무언가.

이 급박한 상황에서 검즉명(劍卽命)* 따위가 다 무언가.

쐐애애애액!

검이 날았다.

단 한 번도 손에서 떼지 않았던 검이 사매를 위해 날았다.

'아아······.'

자신의 무위가 전설의 이기어검에 이르렀다면 얼마나 좋았을까.

혼신의 힘을 다해 날린 검이 고작 다섯 명의 목을 베고 멈춰 버린다.

"아, 하하하하, 아하하하하."

이제 비통하다 못해 웃음이 나왔다.

거의 통곡에 가까운 웃음이었다.

차라리 따뜻하게 대해줄 걸.

저렇게 처참하게 죽어갈 줄 알았다면 좀 더 따뜻하게 대해줄 걸······.

'늘 철없다며 나를 타박하던 사매야. 늘 능글맞다며 나를 구박하던 사매야. 네 마음을 헤아리고도 모른 척한 이 바보 같은 사형을 용서해라······. 네 죽음을 보고도 통쾌하게 갚아주지 못하는 이 무능력한 사형을 용서해라. 사매야, 나의 사매야······.'

"아하하하하. 아하하하하하하. 사매야—!"

절규와 광소가 귀곡성처럼 울렸다. 뒤이어 목우형에게서 매화오품지(梅花五品指)가 날고 태을미리장(太乙迷離掌)이 번쩍이고 난화수(亂花手)와 무형조(無形爪), 복호권(伏虎拳)이 몰려오는 마인들을 뚫고, 찢고, 부수고, 할퀴고 부러뜨렸다.

---

* 각주검즉명(劍卽命): 검이 곧 목숨. 따라서 검가에서는 어떤 일이 있더라도 검을 자기 몸에서 떼어놓지 않기를 가르친다.

그리고 사방에 피보라를 동반한 자색 기운을 퍼뜨리며 현란하게 움직이던 그의 오행매화보(五行梅花步)가 서서히 느려지면서 그의 팔과 다리, 허리와 가슴에 상처자국이 늘어났다. 이후 그의 입가에 피가 맺히고 그 피가 바닥을 흥건하게 적시는 순간, 목우형의 텅 빈 동공이 흐려지면서 눈물을 흘리며 돌아서던 사매의 환영을 쫓아 서서히 감겨갔다.

*   *   *

쿠쿠쿠쿠쿠!

황하는 무정하게 흘렀다.

양쪽 합쳐 삼백 명의 피를 삼켰으면서도 언제 그랬냐는 듯 무심하게 흘러갔다.

묵자후는 딱딱한 표정으로 사방을 훑어봤다.

아끼던 이의 시신들.

익숙한 이의 주검들.

차라리 눈을 감고 싶었지만 그럴 수 없었다.

이 비극의 수레바퀴가 끝나는 순간까지 지존은 모든 죽음을 지켜봐야 하고, 모든 죽음을 관장해야 한다.

철혈의 법.

철혈의 심장.

마도천하가 이뤄질 때까지 인간이 아닌 신이 되어야 하는 운명. 그게 바로 마도지존에게 씌워진 굴레였다.

지금 벌어지고 있는 상황도 그 연장선상에 있는 일이었다.

"지존께 아룁니다. 생존자를 심문해 본 결과, 단순한 유인책이 아닌 것 같습니다."

연달아 이어지는 보고.

묵자후는 조용히 생각에 잠겼다.

부모의 생존을 확인하기 위해 최단경로를 설정하고 화염산을 지날 때 산서 군부에 심어둔 수하에게서 보고가 왔다.

'삼만 기병과 십여 명의 호존승……'

그리고 호구폭포에 도착할 때 동관(潼關)의 장미부인에게서 급보가 왔다.

'소요선옹을 비롯한 이백 명의 후기지수……'

그리고 호구폭포에서 역매복을 지시할 때 청해에서 또 다시 서신이 왔다.

'세 사람의 종적을 놓쳐 버렸고 곤륜이 이쪽으로 대거 이동하고 있다는 소식……'

"후우……."

머리가 복잡했다. 지존령을 내릴 때와는 상황이 완전히 달라져 버린 것이었다.

'진퇴양난이로군……'

그랬다. 이전에는 흑암승과 삼만 기병이라는 변수가 없었기에 현 상태를 유지하면서 곤륜파에게 쫓기는 부친 일행—아직은 추정에 불과하지만—의 생사 여부를 확인하는 게 급선무였다.

그러나 이제 흑암승이라는 변수가 등장했으니 부친 일행의 생사 여부보다는 수하들의 안위와 군림행의 성패 여부가 더 중요해졌다.

그리고 천혜의 바위산에 웅크리고 있는 화산을 치는 것도 쉽지 않은데, 광마 이상의 무위를 지닌 고수가 흡혈시마급 고수 아홉 명을 데리고 삼만 기병과 함께 뒤를 쫓아온다니 어느 쪽을 먼저 쳐야 할지 결정을 내리기가 쉽지 않았다.

흑암승 쪽을 먼저 치자니 삼만 기병이라는 숫자 때문에 수하들의 피해가 막심할 것 같고, 화산을 먼저 치자니 고슴도치처럼 웅크리고 있는 데다 뒤를 노릴 흑암승이 걱정되었다. 뿐만 아니라 자식 된 입장에서 부모의 생사 여부를 나 몰라라 할 수도 없는 노릇이고.

"어쩔 수 없군."

상황이 복잡할 땐 단순무식한 방법이 가장 효과적인 법.

"마도의 철칙이 무엇이냐?"

"받은 것 이상으로 돌려주는 것입니다."

"그래. 그게 가장 기본이지."

결국 묵자후는 단순무식한 방법을 선택하기로 했다.

"대장로와 무풍수라 육 장로에게 전하라. 금일 오시(午時)를 기해 화산을 총공격하라고!"

"존명!"

"그리고 마등령주와 흡혈시마 사공 장로에게 전하라. 명을 받는 즉시 아니마경산(阿尼馬卿山)과 민산(岷山) 인근에 포진, 곤륜파가 나타나면 한 놈도 남김없이 척살하라고!"

"존명!"

"그리고 혈우검마!"

"예. 하명하시옵소서, 지존."

"여기 있는 인원을 모두 데리고 대장로를 지원하도록."

"예……? 그럼 지존께서는 함께 가시지 않다는 뜻입니까?"

"그렇다."

"설마 그 말씀은……"

혈우검마의 예감은 딱 맞아떨어졌다.

"유명마곡, 사망교, 밀막."

"하명하시옵소서, 지존."

"너희들이 나를 좀 도와줘야겠다."

"영광입니다. 시켜만 주십시오, 지존."

세 사람이 희색만연하여 고개를 조아리는 순간,

"안 됩니다, 지존! 가시려면 저희 모두를 데려가십시오!"

혈우검마가 사색이 되어 바닥에 이마를 찧었다.

"혈우검마! 네놈이 감히 명을 거역하려는 것이냐?"

"지존……."

울상이 된 혈우검마와 단호한 표정의 묵자후.

마인들은 두 사람의 실랑이를 보며 영문을 몰라 고개를 갸웃했다. 특히 자기 이름이 불리지 않아 입술이 삐죽 튀어 나온 흑오는 더 조바심이 났다. 그래서 쪼르르 혈우검마 옆으로 가, 덩달아 이마를 찧으며 귀엣말로 물었다.

"후아, 어디 가?"

혈우검마는 이때다 싶어 얼른 대답했다.

"지존께서는 지금 홀로 삼만 군사를 상대하시려고 고집을 부리고 계십니다."

"고집? 혼자?"

흑오가 고개를 갸웃했다. 아까 세 사람을 지목하는 걸 본 때문이었다.

"그게… 상황이 그만큼 위험하다는 뜻입니다."

"위험?"

여전히 말귀를 못 알아듣는 흑오.

혈우검마는 답답한 심정에 손가락으로 광마를 가리켰다.

"지금 지존께선 저 인간 같은 마승 열 명과 삼만 기병을 상대하러 가시려는 겁니다. 그러니 유명마곡과 사망교, 밀막이 동행한다 해도 거의 혼자 싸우시는 것과 다름없죠."

"예에?"

"지존!"

"혈우검마!"

"그래에?"

다양한 반응이 동시에 튀어 나왔다.

마인들 대부분은 기겁하는 표정이었고, 지목된 세 사람은 묵자후와 동행하게 됐다는 사실에 기뻐하면서도 은근히 자존심이 상해 혈우검마를 노려봤고, 흑오는 예상외로 시큰둥한 표정을 지으며 광마를 힐끔 돌아봤다. 그리고는 툭 내뱉는 말.

"저 인간 열 명, 별거 아냐. 근데 기병이 뭐야?"

"······!"

다른 마인들에겐 공포의 대상이었으나 흑오에겐 애완용 원숭이 금후만큼이나 무시당하는 광마였다.

잠시 후, 마인들이 극공의 예를 표하며 장내를 떠났다.

남은 사람은 엉뚱하게도 묵자후와 흑오, 그리고 광마였다.

사연인즉슨 이러했다.

"쟤들 약해. 내가 갈래. 기병, 말 타는 거, 재미있어."

기병이 말 탄 병사들이라는 이야기에 흑오가 먼저 강짜를 부렸다. 이어 광마가 흑암승을 비롯한 호존승들과 싸운다는 말에 태양부를 빙빙 돌리며 흑오 옆에 나란히 섰다.

"크크크. 저번에 그놈들이 누나를 괴롭혔습니다. 이번엔 내가 그놈들을 괴롭혀 줄 차례죠. 혹시 말리시면 나, 지존 호법 안 하고 누나 호법 할 거니까 허락해 주십시오."

"아이고, 머리야……."

저 청개구리들이 말린다고 들을 리가 없다.

말려봤자 마이동풍(馬耳東風)이고 엄포를 놔봤자 우이독경(牛耳讀經)이니까.

그리고 두 사람 이야기를 듣고 생각해 보니 차라리 그게 나을 것 같기도 했다.

어차피 흑오는 추혼백팔사자들이 보호해 줄 것이고, 광마는 호존승들과 구원(舊怨)이 있으니 도움이 됐으면 됐지, 해가 되진 않을 테니까.

그리고 구대문파 전대고수들이 잔뜩 웅크리고 있는 바위산.

그 암벽천지에 음풍마제와 무풍수라 같은 정공법 위주의 전력으로는 조금 버거운 느낌이 있었는데, 은신과 잠입 위주의 유령마곡과 밀막 등이 합류하면 훨씬 도움이 될 것 같았다.

결국 애초의 계획과 달리 흑암승을 상대하고, 화산을 공격하며, 곤륜파까지 견제하는 쪽으로 방향을 튼 묵자후.

전략과 전술을 아는 이들이 들으면 미쳤다고 하겠지만 마도의 본색은 원래 이런 것이다.

받은 만큼 돌려주고 걸어오는 싸움은 피하지 않는 것.

때로는 힘의 집중도 필요하겠지만, 이번처럼 다방면의 적을 상대로, 한 놈만 팬다는 식의 접근은 패배를 전제로 한 것이기에 마도의 철칙과

부합하지 않았다.

그래서 묵자후는 천금마옥에서 배운 대로 받은 만큼 돌려주고 걸어오는 싸움을 마다하지 않기로 결정한 것이었다.

제77장

흑암

魔道
天下

"와아아!"

"막아라! 죽음을 각오하고 막아라!"

"푸하하. 막긴 누굴 막는단 말이냐?"

"크카카카카! 다 죽어라, 이놈들!"

"으악!"

"끄흐……."

중원오악(中原五嶽) 가운데 천하제일기산(奇險天下第一山)이라 불리는 곳.

그리하여 도교 사대동천(四大洞天)*을 비롯해 수많은 전설과 신화가 전해져 내려오는 때 아닌 피바람이 불었다.

---

* 도교 사대동천(四大洞天):태극동(太極洞), 서현동(西玄洞), 노군동(老君洞), 왕자동(王子洞)

요란한 함성과 호통, 끔찍한 비명과 충돌음이 뒤섞여 메아리를 울리는 아비규환의 현장.

멀리서 그 모습을 지켜보며 눈살을 찌푸리는 사람이 있었다.

"화산으로 이르는 길은 하나뿐이라더니, 아이들의 희생이 적지 않군……."

은발은염에 신선 같은 기품의 노인. 그러나 한쪽 다리가 잘려 나가 목발이 그 자리를 대신 채우고 있는 이의 정체는 다름 아닌 음풍마제 모진악이었다.

그동안 구대문파의 이목을 흩뜨리기 위해 파상공세에 주력했으나 이제 총공세로 전환해 화산을 접수해야 하는 상황.

그런데 화산의 입구 문이라 불리는 옥천원(玉泉院)에서부터 진정한 화산의 영역으로 접어드는 운문(雲門)까지 오는 데 무려 두 시진 가까이 걸려 버렸다.

'특히 사라평(莎蘿坪)에서 너무 지체해 버렸어……'

사라평은 오리관(五里關)과 석문(石門)을 지나 소상방(小上方)이란 언덕 아래에 위치한 곳.

거기서 종남파와 형산파, 태백산파 등의 협공과 개방의 인해전술에 밀려 한참을 지체하고 말았다.

그나마 시간은 지체됐을망정 큰 피해 없이 그곳을 뚫고 나왔는데 이곳에서 강한 저항에 부딪쳤다.

'쯧쯧. 불나방 같은 놈들……'

그랬다. 불나방처럼 죽음을 불사하며 달려드는 이들.

바로 화산 속가제자들과 구대문파 속가제자들이었다.

그들이 사력을 다해 방어에 나서자 조금씩 피해가 발생하기 시작했다.

'이래서야 후아 볼 면목이 없군. 그냥 체통이고 뭐고 내가 나가서 확 뒤집어 버려?'

그런 생각도 안 해본 건 아니었다.

그러나 이제 고작 운문이다.

아직 백척협(百尺峽)과 창룡령(蒼龍嶺), 남천문(南天門) 등, 남봉으로 향하는 직선 암벽 요로와, 삼면이 모두 절벽이라 길이라곤 오직 삼천구백구십아홉 개의 위험천만한 돌계단뿐인 북봉.

그리고 화산에서 가장 오르기 쉽지만 그래서 더더욱 적들이 기다리고 있을 동봉과 중봉. 마지막으로 칼날 같은 단애와 구십 도에 가까운 계단을 올라야만 정복할 수 있는 화산의 상징, 서봉 연화봉까지 접수하려면 싸울 장소는 널리고도 널렸다.

그런 연유로 미리부터 힘을 뺄 필요가 전혀 없었다.

'하지만 저놈은 다르지!'

그동안 탱자탱자 놀기만 하고 수련은 뒷전으로 내팽개치던 놈.

'저놈은 입에 단내가 나도록 힘을 빼야 아, 그동안 내가 너무 게을렀구나! 하며 정신을 차릴 것이야. 그런 놈이 또 하나 있는데 이번 작전에서 열외 됐으니 아쉽기 그지없군.'

그렇게 중얼거리며 시야에서 가장 먼 곳을 바라보는 음풍마제.

그곳엔 마인들의 최선두에 서서, 이중 삼중의 방어망을 뚫느라 여념이 없는 무풍수라의 모습이 흐릿하게 보였다.

'그건 그렇고……'

음풍마제의 노안이 아릿해지더니 북녘하늘로 시선을 돌렸다.

'지금쯤이면 놈들 앞을 막아섰을까? 부디 아무 탈 없이 돌아와야 할 텐데……'

초조한 표정으로 먼 하늘을 바라보는 음풍마제.

그의 두 눈엔 마치 자기가 그곳에 있어야 안심이 될 텐데, 하는 조바심이 어려 있었다.

*   *   *

첨벙! 촤악!

강물 속에 틀어박히는 통나무.

덜컥, 덜커덕!

통나무 위로 연결되는 판자.

잠시 후, 지축을 울리는 말발굽 소리가 강물을 가로질러 놓인 다리 위를 통과했다.

끝없이 놓이는 다리.

끝없이 그 위를 통과하는 기마 행렬.

실로 눈이 번쩍 뜨일 만큼 장관이었으나 사람들은 어느 누구도 감탄하지 않았다. 도리어 겁에 질린 표정으로 시선을 돌리거나 바닥에 납작 엎드릴 뿐.

두두두두두!

사람 사는 마을을 통과하면서도 기마병들의 질주는 거침이 없었다.

"어이쿠, 저게 뭐야?"

"임자! 얼른 피해!"

"아이고! 장이야, 장삼아!"

사방에서 아우성과 비명이 나왔다.

그들이 질주하는 길목엔 사람이고 동물이고 무참히 짓밟혔고, 길 양편의 좌판이나 점포의 차양은 산산이 부서지거나 찢겨 나갔다.

"에잇. 흉악한 놈들!"

"귀신은 뭐하나 몰라, 저놈들 안 잡아가고."

드물게 몇몇 간 큰 사람이 뒤에서 욕이라도 할라 치면,

촤악—!

어느새 뒤따라 오는 기병이 그들의 목을 쳐 버린다.

"아이고, 아버지!"

"여보—!"

가족들이 그 시신을 부둥켜안고 오열을 터뜨리지만 기병들은 어느 누구도 뒤돌아보지 않았다. 그저 앞만 보고 달릴 뿐.

두두두두두!

어느새 마을은 멀어져 가고 기병들의 눈에 황토 언덕이 다가왔다.

'저 언덕만 지나면 휴식을 취할 수 있다!'

기병들이 달콤한 휴식을 상상하며 달리는 말에 박차를 가할 때였다. 선두에서 숙영지로 삼을

곳을 찾고 있던 장수의 눈에 한줄기 이채가 어렸다.

'저게 뭐지?'

한겨울이라 마른 억새풀 외엔 특이할 게 전혀 없는 들판이다. 그런데 그 들판 끝에 뭔가 희끗한 물체가 보였다. 석상 같기도 하고 바위 같기도 한 물체였다.

'이런 곳에 석상이?'

장수가 고개를 갸웃하는 찰나 석상이 화악 커지기 시작했다.

"헉? 저, 저, 저……?"

뿐만 아니라 석상이 하늘로 날아오르기까지 했다.

"전군(全軍), 경계 태세!"

불길한 예감이 들어 장수가 급히 수신호를 보냈다.

그러나 석상은 날아오르는 기세를 멈추지 않았고 애꿎은 전마가 목이 터져라 울부짖었다.

이히히히힝!

"워워!"

날뛰는 말을 달램과 동시에 장수는 좀 전의 물체를 찾으려 했다.

그런데 이상했다. 전마가 좀처럼 말을 듣지 않았다.

"워워워! 이놈이 왜 이래?"

처음엔 수상한 물체를 좇느라 정신이 없어 말이 조금 놀랐나 보다 여겼다. 그런데 아니었다. 사방에서 전마들이 날뛰고 있었다.

'이게 무슨 일이지?'

장수가 의아해할 무렵이었다.

쐐애애애액!

어디선가 귀를 찢는 파공음이 들려왔다. 그리고,

꽈르르르릉!

뭔가 눈앞이 번쩍이는 것 같다고 생각하며 장수는 그만 의식을 잃고 말았다.

*   *   *

'……!'

기마 행렬 중간 쯤, 명상에 잠겨 있던 흑암승이 갑자기 눈을 번쩍 떴다.

고오오오……

어디선가 다가오는 낯선 기파.

"음?"

"이 느낌은?"

뒤이어 호존승들이 눈을 번쩍 떴다.

다들 굳은 표정으로 전면을 노려봤지만 흑암승은 다시 눈을 감았다. 그 모습을 보고 호존승들 역시 눈을 감았다. 그러나 좀처럼 마음이 진정이 되지 않는지 간악승과 이간승이 살짝 실눈을 떴다.

"나무비로자나불. 가지 않아도 올 것이고 오지 않아도 갈 것이다."

그 말이 흘러나오는 순간 간악승과 이간승이 머쓱한 표정을 지으며 다시 눈을 감았다.

*   *   *

뿌우우우—

둥둥둥둥!

기마 행렬 선두는 지금 난리도 아니었다.

"적이다! 쳐라!"

전고가 울리고, 장수들이 검을 휘두르며 명을 내렸다.

그러나 좀체 돌격하지 않고 망설이는 기병들.

모두의 눈에 은은한 경악이 어려 있었다.

그런 표정은 명을 내리는 장수들도 마찬가지였다.

그럴 만도 했다.

조금 전 허공으로 날아오른 물체, 광마가 휘두른 태양부에 땅이 쩍 갈라지고, 앞에 있던 기병 수백 명이 핏덩어리로 변해 버렸으니……

게다가 질주 본능을 타고난 전마들이 겁에 질려 북소리를 듣고도 움직일 생각을 않았다. 아니, 오히려 뒤로 물러나려고 발버둥을 치고 있었다. 그 바람에 전열은 차츰 엉망진창이 되어갔다.

하지만 일이천 명도 아닌 삼만 명의 기병이 출동한 상황이다.

선두가 겁에 질려 우왕좌왕하든 말든 뒤쪽에서 파도처럼 밀려왔다. 그 여세에 떠밀려 결국 앞으로 튕겨나는 선두.

이왕지사 나섰으니 할 수 있는 일이라고는 날뛰는 전마를 달래며 화살을 쏘는 방법뿐이었다.

쐐애애액!

퓨퓨퓨퓨읏!

이윽고 장대비처럼 쏟아지는 화살들.

"쳇. 이게 뭐야?"

이번엔 앳된 목소리가 나섰다.

흑오였다.

그녀가 볼을 부풀리며 인상을 쓰자 날아오던 화살들이 무형의 벽에 막힌 듯 우수수 떨어져 내렸다. 그리고 그 화살들이 지면을 새까맣게 메우는 순간,

끼끼끼끼끼.

어디선가 기괴한 울음소리가 들리고 지면이 들썩들썩했다.

이어 땅속에서 죽순처럼 툭툭 튀어 나오는 그림자들.

"으아아! 시체, 시체다!"

"강시! 강시가 나타났다!"

이제 병사들은 거의 공황상태에 빠졌다.

전마들도 마찬가지였다.

이히히히힝!

존재감을 느낀 순간부터 겁에 질려 있다가 직접 흑오와 강시를 보게 되자 거의 발광상태로 뒤로 물러나기 위해 몸부림을 쳤다.

"쳇. 이랴이랴 하러 왔는데……."

흑오는 슬슬 심술이 났다.

예전에 묵자후와 나란히 말을 달리던 기억이 떠올라 그 추억을 다시 만끽하기 위해 따라온 것인데, 말을 달리기는커녕 괴상한 옷을 입은 사람들이 화살을 쏘고, 함께 놀아주려 했던 말들이 기를 쓰며 자신을 피하고 있다.

"힝. 이게 뭐야. 재미없어."

투덜거리며 고개를 돌리던 흑오는 흠칫, 몸을 떨며 뒷걸음질을 쳤다.

뭔가 무서운 기운이 접근해 오고 있었기 때문이었다.

*   *   *

고오오…….

장내에 기이한 압력이 회오리쳤다.

꿀꺽!

병사들은 마른침을 삼키며 누군가를 훔쳐 봤다.

바람도 불지 않는데 회오리바람이 일렁이며 공간이 왜곡되는 곳.

그곳에 자신들을 지휘하던 총병조차 고개 숙이게 만들던 존재가 서 있었다. 그리고 그 뒤에 아홉 명의 마승이 나란히 서 있었다.

언제 등장했을까.

공포에 질린 병사들 사이에 홀연히 나타난 호존승들.

그들 가운데. 맨 앞에 서 있는 마안의 승려가 정면을 바라봤다.

그와 시선이 마주치자 찔끔한 표정을 짓다가 과장되게 목을 빳빳이 세우는 광마.

그런 광마를 향해 누군가가 으르렁거렸다.

"광마! 네놈이 억겁의 나락에 빠지고 싶어 환장한 모양이구나. 감히 흑암승을 뵙고도 예를 표하지 않다니!'

마안의 승려 뒤에 서 있던 흡혈승이었다. 그가 이무기 가죽에 독침을 빽빽이 꽂아 넣은 채찍으로 땅바닥을 후려치며 눈을 부라렸으나 광마는 뉘 집 개가 짖느냐는 듯 콧구멍만 후볐다.

예전 마탑 서열 이위와 삼위의 기싸움이었다.

마안의 승려, 흑암승은 그에 아랑곳하지 않고 시선을 돌려 광마 옆에 착 달라붙어 있는 까무잡잡한 피부의 소녀를 바라봤다.

"나무비로자나불. 선재로고, 선재……."

의미 모를 말을 중얼거리며 흑암승은 다시 시선을 돌려 그들 앞쪽에 서 있는 검은 비단 장포 차림의 사내를 바라봤다.

아직 사내라고 표현하기엔 다소 이른 나이.

갓 스물이나 됐을까.

긴 머리카락과 형형한 눈길이 인상적인 사내가 그보다 더 인상적인 모습으로 서 있다.

허리에 시커먼 쇠사슬을 두르고 지면에 검을 꽂아 넣은 채 자신을 향해 빙긋 웃고 있는 사내.

'저놈인가? 환마이자 전왕, 도마라 불리는 녀석이?'

과연 기도가 남달랐다.

설명으로는 굉장히 가까워 보였지만 실제로는 서로 백 장 이상 떨어진

거리.

그런데도 폭풍의 눈 같이 고요하면서도 막강한 기파가 그를 중심으로 소용돌이치고 있었다.

'나무비로자나불. 광오하게도 날 기다리고 있었단 말인가?'

이런 기분을 느껴본 게 얼마만인가.

흑암승의 입매가 살짝 비틀리고, 검게 물들어 있는 그의 눈동자가 평소보다 더욱 검게 가라앉았다.

잠시 침묵 속에 대치하던 상황은 광마가 입을 열면서부터 깨졌다.

"어차피 지존 앞에서 곧 무릎을 꿇고 징징거릴 놈들이지만 그전에 먼저, 크크크, 예전에 누나를 괴롭히던 녀석들 모두 나와! 그때는 내가 바빠서 일찍 떠났지만 오늘은 질리도록 상대해 주마."

그 말이 끝나자마자 밀밀승과 저주승, 이간승과 황금승 등이 발끈했다.

"저 미친놈이 흑암승 앞에서 참회할 생각은 않고 오히려 도발을 감행하다니!"

"네놈이 무간지옥으로 해탈하고 싶은 모양이구나!"

저마다 살기등등하게 소리치지만 왠지 자신없어 보이는 모습들이었다. 그러나 그들 쪽으로 흡혈승이 합류하고 간악승이 끼어들면서 서서히 기세가 올라갔다.

"호! 또 떼거리로 덤비시게? 좋아, 좋아! 이몸은 벌써 무량대수를 넘어 신선지경까지 나이를 먹었으니 네놈들 같은 애송이가 한꺼번에 몰려와도 아무 상관이 없지."

그러면서 혓바닥으로 태양부의 날을 쓰윽 핥는 광마.

그 모습을 보고 이간승과 간악승 등이 내심 움찔했으나 동료 호존승들과 시선을 교환한 뒤 흥, 하는 콧소리를 내뿜으며 광마를 노려봤다.

"그럼 저 꼬마 계집애와 죽지 못한 시체들은 우리 차진가?"

이번에는 호존승들 쪽에서 음산한 목소리가 흘러나왔다.

일행 맨 끝자락에 서 있던 독목승과 아귀승, 박피승 등이 있었다.

그들이 흑오를 향해 느물느물 웃고 있었다.

그런 세 사람을 보고 밀밀승이 눈살을 찌푸리며 주의를 줬다.

"모두 조심하시오! 저 아이, 호락호락하지 않소. 특히 각성에 성공한 눈이 꽤 무섭지. 나와 환락승도 방심하다가 통구이가 될 뻔했으니……. 다만 이능(異能)을 발휘하려면 정신집중이 필요하고 지속시간에도 한계가 있으니까 그걸 잘 활용하면 큰 문제는 없을 거요."

"밀밀승께서 통구이가 될 뻔했다고?"

"흐음, 나무 아수라발발타……."

밀밀승의 경고에 웃음기를 싹 지우는 세 사람.

"아! 그리고 저 강시들도 단순한 강시가 아니니까 꽤 신경을 써야 할 거요."

"이런! 대체 걱정을 해주는 거야, 겁을 주는 거야?"

독목승이 투덜거리며 밀밀승을 노려봤지만 밀밀승은 장난이 아니라는 듯 재차 경고했다.

"혹시라도 밀린다 싶으면 저 허수아비들을 이용하시오! 아무리 뛰어난 존재라도 눈 먼 화살에 심장을 뚫리면 방법이 없으니까 말이오."

그러면서 눈짓으로 병사들을 가리킨 밀밀승이 뱀과 사람, 늑대 형상의 목걸이 중, 사람 형상을 손가락으로 짓이겨 버리며 씨익 미소 지었다.

이제 호존승들 각자 상대를 정하고 남은 사람은 그들의 수좌인 흑암승

뿐이었다.

　지금 흑암승 귀에는 아무 소리도 들리지 않았다.

　이죽거리는 광마의 목소리도, 그에 대응하는 흡혈승의 목소리도, 모두에게 주의를 주는 밀밀승의 목소리도…….

　오직 검게 물든 늪 같은 눈으로 묵자후만 뚫어져라 쳐다볼 뿐이었다.

　아니, 좀 더 정확히 말하면 묵자후의 전신에 흐르는 기운과, 그 기운과 감응하여 공간을 휘도는 생경스러우면서도 익숙한 대기의 흐름에 정신을 집중했다. 그리고 어느 순간, 그의 입술이 천천히 벌어졌다.

　"나무비로자나불. 놀랍구나! 그대의 기운이 벌써 천지자연을 압도할 경지에 이르렀다니! 그러나 안타깝도다! 아직 허공계를 엿보지 못해 능력이 자연계에 머물렀도다!"

　그 말이 끝나기 무섭게 검은빛 일색이던 흑암승의 눈이 황금빛으로 돌변했다.

　번— 쩍!

　짜라라라랑!

　이게 무슨 소릴까?

　갑자기 두 사람 사이에서 기이한 음향이 터져 나왔다. 그리고 이어지는 흑암승의 감탄.

　"호! 더더욱 놀랍구나! 노납의 금황마라안(金黃摩羅眼)을 그리 쉽게 튕겨 내다니!"

　언제 공격을 주고받은 것일까.

　지면에 꽂혀 있던 검이 어느새 묵자후 손에 쥐어져 있고, 그 검신 전체가 용암에 집어넣기라도 한 듯 벌겋게 달아올라 있었다.

"거 참, 되게 말 많은 땡중이로군."

이번엔 묵자후가 입을 열었다. 이어,

쉬익!

장난치듯 가볍게 검을 내리그은 묵자후.

그 파장은 상상을 초월했다.

육안으로는 도저히 확인이 불가능한 속도!

쫘르르르릉!

고막을 찢는 벽력음이 한참 뒤에 흘러나왔다.

그리고 검극에서 튀어 나간 무형의 기파가 남긴 흔적.

쩌어억—!

거짓말처럼 하늘이 쪼개지고 있었다. 새하얀 섬광이 하늘 위에서 아래로 길을 만들며 서서히 내려오고 있었던 것이다.

천마섬!

묵자후가 지존령을 통해 깨달은 비결 중 섬자결이 펼쳐진 것이었다.

겉보기에는 장난처럼 펼친 천마섬이었으나 그 안에는 혼신의 힘이 어려 있었다. 그리고 묵자후가 상대에게 처음부터 지존령의 무공을 펼친 건 이번이 처음이었다. 그만큼 긴장하고 있었으니 흑암승의 눈에 또 한 번 감탄이 어린 건 너무나도 당연한 결과였다.

"나무비로자나불…… 내 평생 이렇게 빠른 검을 받아보긴 처음이군."

흐릿하게 웃으며 고개를 끄덕이는 흑암승.

하지만 평온해 보이는 표정과 달리 그의 승포 자락엔 세로로 된 긴 검흔이 나 있었다.

"이제 서로 인사를 주고받았으니 본격적으로 깨달음을 나눠볼까?"

그 말이 끝나기도 전에 흑암승의 신형이 두둥실 허공으로 떠올랐다.

'허공답보(虛空踏步)도, 능공허도(凌空虛渡)도 아닌 부공삼매(浮空三昧)!'

묵자후는 순간적으로 가슴이 묵직해지는 것을 느꼈다.

제 아무리 고수라도 처음에는 조금 방심하게 마련.

그래서 눈속임을 가미해 혼신의 힘으로 천마섬을 펼쳤다.

그런데 고작 옷자락을 베는 데 그치고 말았고, 이제 상대는 내공이 극에 이르렀을 때, 그것도 무아지경 상태에서 운기조식 할 때나 겨우 나타나는 현상을 마치 경신법 펼치듯 자연스럽게 펼치고 있다.

'마탑의 수좌라더니, 과연 쉽지 않군……'

속으로 혀를 내두르며 묵자후는 지면을 박차 허공으로 신형을 뽑아 올렸다.

그러나 묵자후도 모르고 있는 사실이 하나 있다.

방금 흑암승이 허공으로 떠오르기 직전, 처음으로 불호를 빠뜨린 채 말했다는 점이었다.

비록 내색은 하지 않고 있었지만 흑암승 역시 묵자후만큼이나 놀라고 당황한 상태였던 것이다.

그러나 두 사람이 아무리 서로에게 놀라고 감탄한다고 한들 주위에서 지켜보고 있는 다른 이들 심정만큼이나 할까.

"세상에, 저럴 수가?"

"내가 지금 꿈을 꾸고 있는 건가?"

마치 누가 더 높이 날아오르나 경쟁하듯 아득한 허공으로 치솟는 두 사람을 보고 병사들은 경악으로 벌린 입을 다물지 못했다. 도저히 인간 같지 않은 능력이었기 때문이다.

놀란 건 병사들뿐만이 아니었다.

살기 띤 눈으로 서로를 노려보다가 마악 혼전을 벌이려던 광마 등도 놀라긴 마찬가지였다.

특히 거만하게 태양부를 치켜드는 광마를 보고 동료 호존승들에게 은밀히 신호를 보낸 후 전신공력으로 합공을 펼치려던 흡혈승과 밀밀승은 거의 넋이 나가 있었다.

그도 그럴 것이, 흑암승이 누구던가.

천마의 부활을 기다리며 백 년 가까이 마탑을 지켜온 어둠의 화신이 아니던가.

손짓 하나로 하늘을 가르고 눈빛 한 번으로 심령을 제압하며, 각종 주술과 신통력으로 지저세계와 허공계를 엿보는 그가 고작 애송이를 상대로 먼저 신형을 띄워 올리다니?

그러나 전왕이자 환마, 도마로 불리는 애송이의 손짓 한 번에 끔찍한 기운이 자기들 옆을 스치고, 연이어 머리 위에서 하늘이 쩍 갈라지는 현상을 보이자 그들은 더 이상 묵자후를 애송이 취급할 수 없었다.

'광마와 동급, 아니, 그 이상이다!'

호존승들이 거의 동시에 떠올린 결론!

차마 마음속의 우상인 흑암승과 비교할 수 없어서 그 다음으로 강한 광마와 비교한 것이었으나, 마탑의 이인자인 광마를 뛰어넘는 존재의 출현은 호존승들에게 심장이 얼어붙는 충격일 수밖에 없었다.

그래서 호존승들은 모두 목을 길게 빼고 허공을 쳐다봤다.

혹시 두 사람이 싸우는 장면을 단 하나라도 놓칠까 우려해서였다.

한편, 흑오는 심장이 쿵쿵 뛰어 숨을 제대로 쉴 수 없었다.

어린 시절 악몽 같은 기억 때문에 무의식적으로 호존승을 두려워하는 흑오다. 그러나 묵자후와 함께 있을 땐 호존승 아니라 그 무엇도 두렵지 않았다. 예전에 환락승에게 납치될 때도 그렇고, 아단용성에서 광마와 싸울 때도 그렇고, 상대를 어린애처럼 다루는 묵자후의 능력을 보고 자기도 모르게 깊은 신뢰를 가진 때문이었다.

그런데 이번엔 달랐다.

당시에는 장난처럼, 혹은 서로 약속대련하듯 싸웠는데 이번에는 사방에 죽음의 기운이 물씬했다. 그래서 두렵고 떨려 정신을 집중하기가 힘들었다.

바로 그 틈을 노린 것일까.

"크흐흐! 요년! 토실토실하게 생겼구나!"

갑자기 가슴 철렁한 괴성이 들려왔다.

그 언젠가처럼 코앞으로 휙 들이닥치는 게걸스러운 눈빛.

'아……!'

흑오는 너무 놀라 그 자리에서 굳어버렸다.

하지만 흑오는 예전의 흑오가 아니었다.

당시엔 혈혈단신의 겁 많은 소녀에 불과했으나 지금은 마인들의 귀염둥이자 음양멸혼수정관에서 살아남은 강시들, 추혼백팔사자의 주인이었다.

끼아아아!

아귀승이 목내이(木乃伊) 같은 손으로 흑오의 목을 틀어쥐려는 순간. 땅 속에 남아 있던 추혼백팔사자가 튀어 나왔다.

그뿐만이 아니었다.

간발의 차로 추혼백팔사자의 방어막을 뚫은 아귀승이 회심의 미소를

지으며 흑오의 완맥을 틀어쥐려는 순간,

끼끼끼끼끼.

따끔!

"……?"

반질반질한 윤기의 괴생명체가 집게 같은 턱다리를 손등에 박아 넣은
채 새빨간 눈알을 데굴거리며 아귀승을 빤히 쳐다보고 있었다.

"컥! 이, 이건……?"

그랬다. 천하독물 서열 십이 위에 올라 있는 천년오공.

그 저주받은 마물이 묵자후에 이어 주인처럼 섬기는 사람이 바로 흑오
이기도 했다.

"끄으……."

순식간에 독이 퍼져 새까맣게 변해 버리는 아귀승의 안색.

평소였다면 제 아무리 천년오공의 독이라고 해도 내공을 운기해 어느
정도 통제할 수 있는 능력자가 바로 아귀승이었다.

그러나 흑오가 공격을 받자 사방에서 길길이 날뛰며 추혼백팔사자가
일제히 몰려오는 이 상황에서는 아귀승 아니라 아귀승 할아버지라도 공
황상태에 빠질 수밖에 없다.

그 결과,

"끄으. 이런 황당한 일이……."

통제할 사이도 없이 천년오공의 독이 퍼져 그의 손을 녹이고 어깨를
녹이고 심장과 허벅지로 번져 나갔다. 그리고 반신이 마비된 아귀승의
전후좌우에서 추혼백팔사자들이 새까맣게 달려들어 창날 같은 손목을
푹푹 박아 넣었다.

결국 온몸이 뻥 뚫리고 칠공에서 피를 토한 아귀승이 한줌 혈수가 되

어 땅속으로 사라졌다.

"저런, 바보 같으니!"

아귀승의 어이없는 죽음을 보고 독목승과 박피승은 절로 한숨이 나왔다.

밀밀승이 그만큼 조심하라고 경고했는데, 경망스럽게 홀로 뛰어나가 허무하게 죽음을 맞이하다니.

"어쩔 수 없군! 상황이 더 꼬이기 전에 밀밀승 말대로 허수아비들을 움직여야겠어."

독목승이 씁쓸한 표정으로 중얼거리는 이유.

흑오를 노린 아귀승의 기습을 보고 분노한 건 추혼백팔사자만이 아니었다.

멍하니 흑암승과 묵자후의 대결을 구경하던 광마 역시 분기탱천하여 밀밀승 등을 공격하기 시작한 것이었다.

그리고 광마가 태양부를 휘두르며 육 대 일의 혈투를 벌이자 흑오의 안색이 서서히 굳어가더니 이마 한가운데서 요요로운 눈동자가 나타났다.

그 눈동자가 어찌나 섬뜩하던지 독목승은 일단 기병부터 움직이기로 한 것이었다.

"와아아!"

명이 떨어지자 병사들이 함성을 지르며 달려왔다.

그런데 뭔가 이상했다.

이전과 달리 말을 타지 않고 뜀박질로 달려오고 있었다.

보아하니 전마들이 겁에 질려 있어 장수가 말을 버리라고 명한 모양이었다. 그래서 뜀박질로 달려오고 있었는데 그 모습이 조금 어색하긴 해도 무려 삼만에 달하는 병력이니 자못 위세 당당해 보였다.

그리고 이때까지는 묵자후와 흑암승의 대치에 얼어붙어 있던 병사들이었으나 두 사람이 허공으로 사라진 지금, 하늘에서 싸우는 광경은 보이지 않으니 조금 용기가 난 것 같았다.

또 강시들이 마음에 걸리긴 했으나 그 수가 백 구도 되지 않으니 다들 머릿수를 믿고 용기백배한 모습이었다.

"와아아!"

텅, 텅, 텅.

칼로 방패를 두드리며 몰려와 대열을 이리저리 교차시키며 사람 혼을 빼놓는 병사들.

정신을 차려보니 어느새 들판을 가득 채우고도 모자라 시선이 닿는 곳마다 포진해 있고, 또 어떻게 움직였는지 광마와 흑오 사이를 분리해, 삼중 사중의 진세로 흑오와 추혼백팔사자만 에워싸고 있다.

"전군, 발사!"

이어 장수의 명이 떨어졌다.

쐐애액!

쉐쉐쉐쉑!

꼬리에 꼬리를 물고 날아가는 화살들.

이전에 비해 지근거리였으니 화살 하나하나가 위협적이었다.

그러나,

번쩍—!

흑오의 이마에서 붉은 광채가 폭사되는 순간, 화살비가 멈추고 장내에 죽음 같은 침묵이 흘렀다. 그리고 눈을 시리게 만들던 빛의 잔상마저 사라지자 서서히 드러나는 장면.

놀랍게도 병사들의 전신에 거미줄 같은 금이 가 있었다. 그리고 어디선가 한줄기 미풍이 불어오자 병사들의 전신이 모래알처럼 허물어져 내렸다.

'으으……'

단 한 번도 상상해 본 적이 없는 광경!

산서에서 연성걸 휘하의 병사들이 느꼈던 그 공포를 지금, 포위망 뒤쪽에 있는 병사들이 그대로 느끼고 있었다.

"악마! 악마를 건드렸어……."

"이게 제발 꿈이기를……."

그렇게 중얼거리며 반쯤 혼이 나간 병사들.

하지만 그건 약과에 불과했다.

쿠쿠쿠쿠쿠—!

갑자기 머리 위에서 들려오는 굉음.

뒤이어 천지가 시커먼 암흑으로 변해 버렸다.

이게 무슨 조화일까?

거침없이 태양부를 휘두르며 육 대 일의 대결을 벌이던 광마도, 흑오의 파멸안에 기절초풍하던 독목승도, 심지어는 이미 영혼을 잃은 추혼백팔사자마저 불길함을 느끼는 듯 굳어버렸다.

아무것도 보이지 않는 죽음 같은 어둠.

이 불가사의한 현상은 도대체 어디서 비롯된 것일까.

호존승들은 대충 짐작하는 모양이었다.

'승께서 암흑파천황(暗黑破天荒)을 펼치셨다!'

암흑파천황이란 흑암승의 비기 중 비기.

그런데도 호존승들의 안색에 왠지 모를 초조함이 어려 있었다.

죽음 같은 어둠이 얼마나 지속됐을까.

"안 돼—!"

갑자기 흑오에게서 찢어질 듯한 비명이 새어 나왔다.

'설마, 설마……?'

흑오의 목소리를 듣고 광마가 불신 어린 표정을 지었다.

뒤이어 도저히 믿고 싶지 않은 광경이 벌어졌다.

콰아아아!

어둠 속에서 한줄기 빛이 새어 나오더니 아득한 허공에서 묵자후의 신형이 뚝 떨어져 내리고 있었다.

"지존—!"

대경실색한 광마가 급히 신형을 날려 추락하는 묵자후를 받으려 했다. 하지만 그보다 더 빨리 움직인 사람이 있었다.

"놈! 이제 끝이다!"

지저세계에서 웅웅 울려 퍼지는 듯한 음성. 뒤이어 얼굴 반쪽이 새카맣게 타버린 흑암승이 추락하는 묵자후를 향해 처절한 표정으로 장력을 내뿜었다. 바로 그 순간,

"캬오오—!"

흑오에게서 소름끼친 괴성이 튀어 나왔다. 마치 지옥의 원귀들이 일제히 울부짖는 듯한 괴성이었다. 그리고 그게 끝이 아니었다. 흑오의 이마 한가운데에 있는 파멸안이 두 개로 나뉘더니 이제까지와는 차원이 다른 끔찍한 벽록색의 광채를 내뿜기 시작했다.

그러나 그 광채는 흑암승이 소맷자락을 흔들자 푸른 연기가 되어 흩날

렸다. 이어 흑암승이 묵자후의 정수리를 향해 양손을 합장하듯 모으자, 거기서 십팔층 지옥에서나 볼 수 있다는 거대한 괴조 형상의 겁화가 벼락처럼 튀어 나왔다.

"안 돼—!"

그 광경을 보고 광마가 찢어질 듯 눈을 부릅떴다.

바로 그때,

"뇌벽탄! 멸혼격—! 벽— 력— 참!"

어디서 나온 목소리였을까.

누군가가 필사적으로 주문을 외우는 듯한 목소리가 들려왔다.

그 목소리가 들리고 얼마 지나지 않아,

쿠콰콰콰콰콰쾅!

천지종말이 임하기라도 한 것일까.

하늘이 뒤틀리고 땅이 요동쳤다.

뇌전 같은 빛들이 하늘과 땅 사이를 번쩍이고 폭풍 같은 바람이 산천초목을 뒤집으며 사방을 휩쓸었다.

그리고 찰나의 정적……

뒤이어 칠흑 같은 어둠이 서서히 가시고 있었다.

'아아!'

광마는 자기도 모르게 눈물을 글썽였다.

보라, 저 가슴 뿌듯한 광경을!

마치 후광처럼, 묵자후의 전신에 어려 있는 아수라의 형상!

지저세계의 악신들을 이끌고 제석천과 싸운 마계의 신!

그 무시무시한 형상이 뇌수를 쪼갤 것 같던 괴조의 형상을 흩어버리고 여섯 개의 팔을 뻗어 흑암승의 전신을 꿰뚫고 있었다.

"끄흐……. 나무비로자나불……. 그대가, 그대가……."

불신 어린 표정으로, 그러나 이미 허공에서 손을 섞을 때부터 상대가 천마의 후인일지도 모른다고 생각한, 그러나 그대로 인정하기엔 백 년의 기다림이 너무 억울해 마음속으로 부정했던 흑암승이 사지를 부들부들 떨며 묵자후를 바라봤다. 아니, 정확하게는 묵자후의 전신에 어려 있는 아수라 형상을 바라봤다.

"영원불멸, 생사권능, 아수라……. 그대가, 그대가 정녕 아수라의 화신, 천마대제의 후인이었구나……!"

그 말을 끝으로 흑암승의 육신이 폭죽 터지듯 터져 버렸다.

"아……!"

"이것이, 이것이……."

호존승들은 눈으로 보고도 믿기지 않는 흑암승의 죽음과, 그 죽음을 선사한 아수라 형상을 보고 걷잡을 수 없는 충격에 휩싸여 다들 말문을 잃어버렸다.

그런 호존승들을 보며 과거의 자신을 떠올린 광마는 얼른 붉어진 눈시울을 훔쳤다. 그리고는 손가락으로 한쪽 콧구멍을 막은 뒤 팽 하니 코를 풀며 거들먹거리는 목소리로 말했다.

"거 봐. 내가 조금 전에 말했지? 곧 지존 앞에서 무릎 꿇고 살려달라며 징징거리게 될 거라고. 크하하하!"

그 말을 듣고 현실로 돌아온 것일까. 아니면 그 말을 듣고 과거로 되돌아간 것일까.

"천마재림. 만마앙복!"

"영원불멸하신 천마시여! 속하들이 지존의 부활을 앙축드립니다!"

"마계의 권능이신 천마시여. 속하들이 만마를 대신해 지존을 영접하옵니다!"

호존승들이 앞다퉈 묵자후 앞에 무릎을 꿇었다.

광마는 그 모습을 보고 득의의 웃음을 터뜨렸고, 흑오는 영문을 몰라 눈물방울을 매단 채 묵자후 곁으로 뛰어갔다.

병사들은 지상으로 하강하는 묵자후를 보고, 선 자리에서 기절하거나 코를 바닥에 찧으며 천신을 본 듯 연거푸 절을 올렸다.

잠시 후, 흑오를 품에 안은 묵자후는 광마와 호존승들의 호위를 받으며 장내를 떠났다.

병사들은 온 곳으로 모두 되돌아가고 이제 결전의 흔적만 남은 들판에 까만 점이 날아왔다.

대부인이 흑암승의 귀환을 요청하며 보낸 전서웅이었다.

그러나 서신을 받아볼 이가 더 이상 존재하지 않으니 전서웅은 한동안 들판을 맴돌다가 왔던 곳으로 되돌아갔다.

제78장

낙화

魔道
天下

화르르······.

시뻘건 불길이 치솟는 황궁무고.

은혜연의 눈에도 불길이 이글거렸다.

평소 겁먹은 사슴처럼 선하던 눈망울에 서슬 퍼런 광채가 맺힌 이유는 사방을 빽빽이 에워싸고 있는 동창의 고수들 때문이었다.

휘리리릭!

그들이 사방에서 던지는 무기.

흉악했다.

모자처럼 생긴 반원형 장치에 긴 쇠사슬을 달았다. 그리고 내부에 시퍼런 칼날을 장착해, 상대의 머리가 그 안에 들어가면 곧바로 잘리게 설계되어 있었다. 그래서 무기 이름도 피로 물들인다는 뜻의 혈적자인 모양이다.

그런 흉악한 무기로 사람을 공격하는 집단.

더욱이 신하된 입장에서 모시던 주군을 시해하려 하고 그도 모자라 불태워 죽이려고 하는 집단.

은혜연은 도저히 이들을 용서할 수 없었다. 그래서 평소와 달리 그녀의 손속이 매정하게 펼쳐지고 있었다.

고오오오…….

회전하는 천 개의 손, 천 개의 검.

환검(幻劍)의 극이라 불리는 천수일천검형(千手一千劍形)이 공간을 수놓고,

쾌애애액―!

야광봉처럼 밤하늘을 밝히는 백여덟 개의 강기.

기검(奇劍)의 극이라 불리는 마라백팔검형(摩羅百八劍形)이 대기를 거침없이 휘젓고 있었다.

"맙소사!"

"끄흐……."

그녀의 검이 스치는 곳마다 피와 비명이 메아리쳤다.

마치 허수아비처럼 죽어가는 동창의 고수들.

물론 죽어 마땅한 자들이었지만 막상 자신의 손에 죽어가는 생명들을 보니 가슴이 아팠다. 그래서 언젠가부터 은혜연의 입에서 구슬픈 메아리가 울렸다.

아아아아아아아.

손은 죽음을 선사하고 가슴은 애달파하는 상반된 감정.

그런 은혜연을 보고 동창의 고수들은 공포에 질려갔다.

도저히 인간 같지 않은 무위.

더욱이 노하면서도 슬퍼하는 은혜연을 보니 도저히 싸울 엄두가 나지 않았다. 그래서 하나둘 뒷걸음을 치더니 나중에는 모두 무기를 버리고 달아나기 시작했다.

그런데 그때였다.

"네 이녀어어어어언!"

어디선가 천지를 찢어발길 듯한 괴성이 들려왔다. 뒤이어 아득한 밤하늘에서 원독이 철철 흐르는 중년 미부가 나타났다.

아니, 나타났다 싶은 순간 벌써 은혜연 눈앞에 서 있었다.

"이년! 네년이로구나! 네년이, 네년이 내 아들을!"

그 말과 함께 다짜고짜 은혜연을 공격하는 중년 미부.

"……?"

은혜연은 당황스러웠다.

느닷없이 허공을 가로지르며 날아와 불공대천의 원수를 대하듯 광기를 비치며 달려들다니?

마치 어릴 때 들은 이야기, 귀신이 내 손 내놓으라며 쫓아다니는 것 같은 오싹한 기분이 들었다.

"잠시만요, 부인. 대체 무슨 이유로……?"

은혜연은 얼른 그녀를 진정시키려 했다. 품에 은하군주를 안고 있는 데다 등 뒤에 황제를 업고 있어 운신의 폭이 제한되기도 했지만 아무 설명도 없이 다짜고짜 자신을 공격해 오는 그녀의 행동이 도저히 이해가 되지 않았기 때문이었다.

그러나 중년 미부, 양화연에겐 은혜연을 공격할 충분하고도 넘치는 이유가 있었다.

"오호호호호! 무슨 이유냐고? 네년이, 네년이 내 아들을 죽였잖느냐?

살려내라, 내 아들을 살려내라, 이년—!'

악다구니를 퍼부으며 연신 지풍을 날리는 금소선자 양화연.

그녀의 무위는 실로 엄청났다.

은혜연이 당황한 가운데서도 검막을 펼쳐 그녀의 공격을 막으려 했지만, 추혼백팔사자도 뚫지 못한 강기막이 막무가내로 날리는 듯한 지풍에 터질 듯 출렁였다.

'으음……'

이제 은혜연도 마냥 양보하고 있을 수만은 없었다.

상대의 무공을 보아하니 대부분 사악한 마공인 데다, 계속 공격을 방치하면 황제와 군주가 위험에 빠질 수도 있기 때문이었다.

"무슨 사연인지 모르겠으나, 손속이 너무 과하신 듯하여 잠시 결례를 범하겠습니다."

아직 양화연의 정체를 모르는 은혜연이다. 그래서 그녀의 옷차림을 보고 궁 안에서 대단히 존귀한 신분이겠구나 싶어 일단 살수가 아닌 활검을 펼치기로 했다.

"옴 바나미니 바아바제 모하야 아아 모하니 사바하!"

먼저 관세음보살 사십이수 진언 가운데 악한 장난을 소멸시키는 관세음보살 백불수 진언을 읊었다. 이어 손가락에 내공을 실어 검신을 튕기면서 묘법연화경을 낭송했다.

징— 징— 징—

"비록 신이나 인간 속에 태어나더라도 허약하거나, 반갑지 않은 사람을 만나거나, 사랑하는 사람과 헤어지거나 하는 괴로움을 경험하느니라. 더욱이 그런 괴로움 속에 윤회하면서도 장난치고 기뻐하며 즐기고 있다. 두려워하거나 무서워하지 않고 공포에 떨지도 않으며, 알아차리지도 못하고 생각해 보지도 않고 당황해하지도 않기에 도망칠 궁리도 하지 않는다. 불타고 있는 집과 같은 삼계(三界)에서 즐거움을 찾아 이리저리 돌아다니며 커다란 불덩어리에 시달리면서도 그것을 괴로움이라 느끼지 못하고 생각하지도 않는다."

징— 징— 지잉—

"보살이 인내심 깊고 온화하며 마음이 다스려진 경지에 이르러, 부들부들 떨거나 분노를 나타내는 일이 없고, 어떤 것에도 사로잡히지 않고 모든 모습[相]을 있는 그대로 관찰할 때, 비로소 모든 것에 대해 함부로 생각하지 않고 분별하지 않게 된다. 이것이 보살의 선행이라고 불리는 것이다……."

청아한 검명과 함께 울려 퍼지는 묘법연화경.

훗날 제행무상음(諸行無常音)이라 불리는 활검이 양화연의 뇌리 속을 파고들었다.

"……!"

신기한 일이었다.

금방이라도 은혜연을 찢어발길 듯이 날뛰던 양화연이 망치로 뒤통수를 얻어맞은 듯 모든 행동을 뚝 멈췄다.

"반갑지 않은 사람을 만나거나 사랑하는 사람과 헤어지거나, 불덩어리에 시달리면서도 함부로 생각하지 않고……. 반갑지 않은 사람을 만나거나 사랑하는 사람과 헤어지거나, 불덩어리에 시달리면서도 함부로 생각하지 않고……."

그 말을 몇 번이고 되뇌며 멍하니 서 있는 양화연. 그리고 어느 순간, 그녀의 눈에서 눈물이 뚝뚝 흘러내리기 시작했다.

"철혈마제 곽대붕……. 내 아들 보패……. 꼬여 버린 내 인생……."

지나간 과거를 추억하는 것일까. 아니면 지나간 과거를 원망하는 것일까. 그녀의 얼굴이 배꽃처럼 처연하게 젖어갔다.

'휴우. 이제 좀 진정하셨나 보네. 그런데 철혈마제 곽대붕이라면……?'

은혜연이 막 거기까지 생각할 때였다.

"와하하하. 이 사악한 요녀! 드디어 꼬리를 잡았구나!"

우렁우렁한 웃음소리와 함께 낯선 그림자들이 등장했다.

*   *   *

"휴우. 무척 피곤한 하루였어……."

은혜연은 연못가의 석상에 등을 기대며 긴 한숨을 내쉬었다.

지금 황궁은 아수라장으로 변해 있었다.

사방에 군사들이 몰려다니고 전각마다 압수 수색이 가해지는 등 흉흉한 살기와 공포가 궁 전체를 휘감고 있었다.

그도 그럴 것이, 황제 침소 부근에서 금의위의 시체가 발견되고, 황제의 실종과 황궁무고 화재 소식을 접한 황태후가 격노, 금의위 전체와 이십만 금군을 총동원했기 때문이었다.

그나마 은혜연이 무사히 황제를 구하고, 이황야의 부탁을 받은 뇌존이 삼십육천강을 급파해 이 모든 일의 배후로 의심되는 대부인을 격퇴했기에 한풀 가라앉았지만, 황제 시해 사건과 황궁무고 방화 시도는 구족을 멸하는 반역죄나 마찬가지다. 그래서 조금이라도 그 일과 관련이 있는 자를 체포하기 위해 모두 눈에 불을 켜고 있는 것이다.

지금 은혜연이 쉬고 있는 연못 주변에도 군사들이 쫙 깔려 이곳저곳을 들쑤시며 엄포를 놓고 있었다.

그 와중에 화려한 갑주를 입은 장수 하나가 다가와 은혜연에게 군례를 취했다. 그리고는 공손한 어투로 이황야가 찾는다는 소식을 전했다.

은혜연은 잠시 망설이다가 장수를 따라 어느 화려한 궁 안으로 들어갔다.

"하하하. 어서 오시오. 검후."

은혜연이 궁 안으로 들어서자마자 이황야가 파안대소를 터뜨리며 은혜연을 맞았다. 그리고 황족답지 않게 양손을 모아 강호의 예를 표하며 침이 마르도록 은혜연을 칭송했다.

"이번에 검후께서 크나큰 공을 세우셨소. 황제폐하를 구해주심으로 이 나라의 종묘사직을 지키셨고, 또 본 왕의 딸아이를 보호해 주심으로 제 근심을 덜어주셨으니 이 은혜를 어찌 갚아야 할지 난처하기 짝이 없소이다. 하하하."

그렇게 극찬에 극찬을 거듭하며 은혜연을 좌불안석으로 만들더니 시녀를 불러 준비한 것을 가져오라고 명했다.

"혹시라도 검후께서 기분 상해하실까 걱정이외다. 사실… 어마마마와 폐하께서는 당장 검후를 어전 호위무사인 비밀수신위(秘密守身衛)로 삼으시겠다고 성화를 부리셨지만 제가 한사코 말렸소이다. 자유롭게 강호를 떠도는 여협께 궁 안에 갇혀 있으라고 하는 건 예의가 아니다 싶어서요."

옳은 말이었다.

말이 좋아 비밀수신위지, 황궁 안에서는 그 어떤 신분의 여인이라도 황제의 첩이나 마찬가지였으니.

"그래서, 제가 폐하를 설득해 검후의 공덕에 대한 조그만 선물을 준비

했습니다. 부디 이몸의 체면을 생각해 거절하지 말아주시길……."

그러면서 조심스럽게 내미는 상자.

거기엔 성을 살 만큼 진귀한 보석들이 들어 있었다. 뿐만 아니라 황궁 무고 지하에 보관되어 있던 고대의 보검과 용이 아홉 마리 새겨져 있는 동그란 패가 들어 있었다.

"전하. 이건, 이건 너무 지나친 선물이옵니다."

은혜연이 놀라 사양하려 했지만 이황야는 막무가내였다.

"조금 전에도 말씀드리지 않았소? 내 체면을 생각해 달라고. 만약 받지 않으신다면 폐하의 명대로 비밀수신위로 봉할 수밖에 없소이다."

"하아……. 아무리 그렇다고 해도……."

은혜연은 거듭 난색을 표했지만 엄포와 부탁을 번갈아가며 떠안기니 도저히 거절할 방법이 없었다. 그래서 신분에 어울리지 않는 보물(?)상자를 보며 한숨만 푹푹 내쉬는데 그런 은혜연의 심정을 이해했는지 이황야가 웃으며 해법을 제시했다.

"검후께선 무소유를 따르는 불제자시니, 이 보석들이 부담스럽다면 나중에 불사(佛事)가 있을 때 쓰시거나 나라에 변고가 생겼을 때 이재민을 돕는 데 쓰시면 되지 않겠습니까?"

'아……!'

그 생각을 왜 못했을까.

이황야의 설명을 듣고 속으로 무릎을 치며 큰 근심거리를 덜었다는 듯 개운한 표정을 짓는 은혜연.

그런 은혜연을 보며 이황야가 계속 설명을 이어나갔다.

"그리고 이 검은 검후께서 중생들을 계도할 때 쓰시거나 후인들에게 정표로 물려주시면 될 것 같구요. 문제는 이 구룡패인데……."

그러면서 슬쩍 말꼬리를 늘어뜨리더니,

"이 패는 피독(避毒), 피진(避塵), 피화(避火)의 공능이 있소이다. 그리고 유사시에 관이나 군을 동원할 수 있으니 혹시라도 사용하실 때 황실의 안녕을 생각해 주시면 고맙겠소이다."

"예에? 말도 안 돼요. 다른 건 몰라도 이 패는 절대 받을 수 없습니다. 제 능력에 비해 너무 과분한 것 같아요."

은혜연이 펄쩍 뛰며 손사래를 쳤다.

피독, 피진, 피화의 공능에 관과 군까지 동원할 수 있는 패.

바꿔 말하면 자신에게 무소불위의 권력을 안겨주겠다는 말과 다름이 없지 않은가. 그러니 사색이 될 밖에.

하지만 이황야가 구룡패를 떠안긴 이유가 있었다.

역대 황실마다 최고의 골칫거리는 국경 밖의 이족들도, 지방 토호 세력의 반란도 아니었다. 이번 경우처럼 강호인들이 낀 모략과 반란 획책이었다.

따라서 은혜연에게 구룡패를 맡긴다면 나중에 황실이 위태로울 때 음으로 양으로 도움을 받을 수 있을 것이다.

또 은혜연이 불가에 귀의하기로 한 몸이 아니었다면, 그리고 사내대장부였다면 이미 구룡패에 못지않은 관작(官爵)을 제수 받았을 것이다. 그러니 금은보화를 비롯한 구룡패를 안긴다 해도 절대 지나친 선물이 아닌 것이다.

결국 은혜연은 울상이 되어 구룡패를 받았고, 그런 은혜연을 보며 기분 좋게 웃던 이황야는 문득 긴 한숨을 쉬며 화제를 돌렸다.

"그나마 검후 덕분에 황실의 위난을 해결할 수 있어 다행이지만, 이 일의 배후인 요녀를 놓쳐 버렸기에 애석하기 짝이 없구려."

'아! 삼십육천강인가 뭔가 하는 사람들이 놓친 그 부인 이야기로구나…….'

그랬다.

은혜연이 미친 듯이 날뛰던 금소선자 양화연을 묘법연화경과 제행무상음으로 진정시킬 때 뇌존 휘하의 삼십육천강이 나타났다.

그들이 양화연을 몰아붙이며 합공을 펼치자 은혜연은 조용히 그 자리를 빠져나왔다.

당시 은혜연에겐 황제와 군주의 안위가 제일 중요했기에, 그리고 삼십육천강은 구대문파와 대립각을 세우고 있는 뇌존의 휘하였기에 굳이 끼어들 필요성을 못 느낀 때문이었다.

그러나 지금 이황야의 설명을 듣고 나니 차라리 그때 끼어들어 그녀를 사로잡는 게 나을 뻔했다는 후회가 들었다.

"강호에서 흑마련과 마탑의 암중지배자라 불리는 그 요녀가 나를 옭아매기 위해 음모를 꾸몄으나 검후 덕분에 실패하고 말았지요. 또 그로 인해 황실 내에 숨어 있던 그녀의 하수인들을 모두 체포할 수 있었으나 아쉽게도 그녀가 도망쳤으니 또 무슨 짓을 벌일지 모르겠소이다."

그 이야기를 듣고 나서야 은혜연은 금소선자 양화연의 진정한 정체를 알게 됐다. 그리고 자신이 죽인 동창의 우두머리가 그녀의 아들이었단 사실도 알게 됐고, 그녀가 전대 마도지존인 철혈마제 곽대붕의 부인이란 사실도 깨닫게 됐다.

'결국 그녀는 남편을 잃고 아들을 잃고, 지금은 평생 키워온 세력마저 잃게 됐구나. 그래서 그렇게 광기에 휩싸였던 거고…….'

그렇게 생각을 이어나가다 보니 문득 누군가의 얼굴이 떠올랐다.

'그러고 보니 한동안 강호 소식을 듣지 못했어…….'

사실은 강호 소식이 아니라 묵자후 소식이 더 궁금했다.

그런데 대화 끝에 강호 이야기가 나왔고, 다음 순간 은혜연은 자신도 모르게 자리에서 벌떡 일어났다.

"예에? 방금 뭐라고 하셨습니까? 화산이… 화산이 무너졌다구요?"

은혜연은 너무 충격을 받아 천장이 빙빙 돌고 머릿속이 하얗게 변하는 것을 느꼈다.

은혜연이 화산 소식을 듣고 충격에 빠져 있는 그 시간.

금소선자 양화연은 어두운 지하 동굴 안에서 눈물을 뚝뚝 흘리고 있었다.

"아들아. 네 이름이 무엇이더냐?"

목과 동체가 분리된 아들의 시신이 환청으로 대답했다.

—보패. 곽보패예요.

"그래. 기억해라. 평생 기억해야 하느니라."

양화연은 마치 실제로 아들의 음성을 듣기라도 한 듯 동강난 시신의 머리를 꼭 껴안았다.

평생 가정을 외면하고 밖으로만 떠돌던 남편.

외로움이 극에 달한 그녀 곁에는 아들밖에 없었다.

아들이 크는 모습을 보며, 아들의 재롱을 보며 양화연은 남편에 대한 원망도, 몸서리치는 외로움도 달랠 수 있었다.

"그렇게 평생 나와 보패를 외롭게 해놓고 천하를 다른 놈에게 넘겨주겠다고? 빠드득! 용서 못해! 절대 용서 못해!"

철혈마제 곽대붕을 떠올리며 원독 어린 괴성을 지르던 그녀.

한순간 표정을 바꿔 죽은 아들의 머리를 쓰다듬으며 말했다.

야. 걱정 마라. 네게 꼭 맞는 짝이 있단다. 이 에미가 구해놨지.
━ 네 품에 안겨주마. 아직 너무 어려서 시간이 좀 필요하니까 조
말고 참아. 응?"

느 때를 회상하는 것일까.

그녀가 안타까운 표정으로 아들을 달랬다.

그러다가 또 다시 폭발하는 그녀의 광기.

"다 죽이리라! 그 계집을 잃어버리다니? 그 계집을 잃어버리다니? 그
계집은 내 아들의 양기를 다시 채워줄 영약이란 말이야!"

그렇게 길길이 날뛰며 발광하던 양화연은 어느 순간 발작을 뚝 멈추고
곰곰이 생각에 잠겼다.

"모든 게 완벽했는데 어디서부터 잘못된 것일까? 뭐가 상황을 이렇게
꼬이게 만든 것일까?"

그녀의 머릿속에 뇌존과 은혜연의 얼굴이 가장 먼저 떠올랐다. 뒤이어
이황야와 흑암승이 떠오르고, 마지막으로 묵자후의 이름이 떠올랐다.

"그래! 흑암승이 그놈을 죽이러 갔었지? 다행이야! 그놈을 놔두고 일단
귀환하라고 했으니. 그런데 왜 아직 안 돌아오시는 것일까? 아! 신강 땅은
여기서 수천 리 떨어져 있지! 그럼 이제 어떻게 한다?"

머리를 감싸 쥐며 홀로 고민에 빠진 양화연.

어느 순간 그녀의 안색이 환하게 밝아지기 시작했다.

"그렇군! 적의 적은 동지라고 했지? 내 인생을 망친 적은 뇌존 그놈이
고, 내 아들의 인생을 망친 년은 검후 그년이고, 그렇다면 묵자후란 놈은
그 둘과 사이가 껄끄러우니 우리 편이 될 수 있겠군. 승께서 돌아오실 때
까지 일단 그놈부터 만나보자!"

양화연은 묵자후와 말이 통하면 힘을 합쳐 공동의 적인 뇌존과 검후를

치면 되겠다고 생각했다.

특히 묵자후 옆엔 아들의 짝이자 영약단지인 흑오와 추혼백팔사자가 있으니, 같은 편이 되면 아들의 영혼도 조금은 위로를 받을 수 있겠다고 생각하며 천천히 동굴을 나섰다.

                        *   *   *

뎅뎅뎅뎅!

"와아아!"

퍼펑!

"으아악!"

"<u>끄흐……</u>."

"물러서지 마라! 악착같이 뚫고 나가란 말이야!"

"이 머저리들아! 암기는 뒀다 찜 쪄 먹을래?"

"어이, 거기 광풍문! 너네 쪽이 자꾸 뚫리고 있잖아!"

사방에서 비명과 호통이 메아리쳤다.

표고 칠백 장 높이의 화강암 덩어리로 이뤄진 산!

'다른 이가 우리를 범하지 못하고, 우리도 다른 이를 범하지 않는다' 라는 종지(宗旨)하에, 스승을 속이거나 불경(不敬)하지 말고, 약한 자와 무고한 자를 해치지 말며, 부녀자를 희롱하거나 동문을 시기하지 말고, 사람을 잔인하게 죽이지 말라는 등의 칠대 문규(門規)를 지키는 화산!

하지만 오늘은 문규와 달리 잔인한 살수를 펼치고 있었다.

그렇게 하지 않으면 사문이 멸문지화에 빠지기 때문이다.

마치 동귀어진하듯 마인들에게 검을 날리는 화산 문하들.

덕분에 죽어나는 건 마인들이었다.

화산에 이르는 길은 오직 하나뿐이라는 말처럼, 사방이 수직암벽이거나 깎아지른 낭떠러지였기에 아차 하는 순간 천야만야한 벼랑 아래로 추락하기 일쑤였던 것이다.

특히 우회로가 거의 없는 지형이고, 동료가 죽더라도 돌파만을 지상 최고의 명령으로 여기는 마도의 특성상, 좁고 가파른 절벽길을 힘으로 뚫고 나가려다가 오히려 사상자가 속출하는 이변이 벌어졌다.

"한심한 것들. 천하를 발아래 꿇리겠다는 놈들이 고작 여기서 발목을 잡혀?"

음풍마제는 잔뜩 찌푸린 얼굴로 사방을 둘러봤다.

이전까지는 다소 피해가 있어도 작전대로 흘러가고 있었으나, 이곳 창룡령에 이르러 수하들의 희생이 기하급수적으로 늘어났다.

'이곳만 뚫으면 동봉과 남봉, 그리고 화산의 상궁인 취운궁(翠云宮)까지 반나절 안에 쳐들어갈 수 있으련만……'

그러나 화산 본산 제자들이 필사적으로 막고 있어 도저히 뚫리지 않는 창룡령과, 내버려 두자니 찜찜하고 접수하자니 삼천구백구십아홉 개의 돌계단 중간에 무당제자들을 비롯한 규지신개가 버티고 있어, 계단마다 수하들의 핏물로 범벅이 되는 북봉 길목이 문제였다.

'끌끌. 이건 뭐, 옥쇄전법의 원조라는 공동파보다 더 한 것 같군.'

하긴 화산파뿐만 아니라 구대문파의 고수들이 대거 몰려 있으니 그럴 만도 했다.

게다가 음풍마제조차 예상치 못한 변수.

공동파를 칠 때 뜬금없이 왕해궁의 노파가 끼어들었던 것처럼, 이곳 화산에서도 정체불명의 수련자들이 끼어들어 수하들을 공격하고 있었다.

알고 보니 화산이 중원의 이름난 수련지였기에 도가의 술법자들뿐만 아니라 기공괴공을 연마하는 이들이 동굴을 파고 그 속에서 수련하고 있었던 모양이다.

그런 이들이 오죽 많았으면 화산의 개파조사로 알려진 학대통*이 일흔두 개의 동굴*을 팠을까.

그나마 다행인 건 바위산이라는 화산파의 장점이자 단점 때문에 많은 인원이 모여 있을 수 없다는 점이었다.

또한 보급로를 끊어버리면 벽곡(辟穀)으로 버틴다 해도 한계가 있을 것이고.

그러나 아쉬운 건 마도의 입장 때문에 마냥 포위만 하고 있을 순 없다는 점이었다.

자칫 시간을 끌었다간 오악검파의 수장이라는 화산의 이름을 동경해 강호인들이 대거 지원에 나설 수 있고, 또 누대의 황도라는 자긍심 때문에 서안 왕부가 개입할 수도 있기 때문이었다.

"안 되겠군."

결국 음풍마제가 자리를 떨치며 일어났다.

"큰소리 팡팡 치더니 역시 주둥이만 산 놈이었어. 이 늙은 몸뚱아리까지 움직이게 만드는 걸 보니. 쯧쯧."

혀를 차며 대붕처럼 날아오르는 음풍마제.

---

* 학대통: 전진도(全眞道)를 창시한 왕중양(王重陽)의 직계 제자 7명 가운데 한 사람.
* 기록에 의하면, 화산은 암산(巖山)이라 수행자들에겐 최상의 입지였다. 그래서 학대통이 수도하기 위해 절벽 중간에 동굴을 팠으나 다른 수도인들이 찾아와 자신이 쓰게 해달라고 간청했다. 마음 넓은 학대통은 동굴을 양보하고 다른 곳으로 가서 다시 동굴을 팠고, 이런 과정이 반복되다 보니 동굴을 72개나 파게 되었다고 전해진다. (화산파 23대 장문인 곽종인 선생 일화에서 발췌)

그의 눈 아래로 검푸른 용의 기세를 하고 있다는 창룡령이 보였다.

가파르고 아찔하게 뻗은 능선 위의 돌계단.

그 위를 걷자면 심장이 두근거려 당대의 문장가인 한유(韓愈)가 두려움에 떨다가 산 아래로 떨어져 자살했다는 이야기가 전해질 정도로 험한 길이었다.

그 길이도 만만치 않아서 오백 장에 이르는 돌계단의 능선 중간에 두 명씩 짝을 지어 일렬로 늘어서 있는 화산의 양의합벽검진(兩儀合劈劍陳)이 보였고, 그 검진을 차례차례 뚫으며 땀을 뻘뻘 흘리고 있는 무풍수라가 보였다.

딴엔 이미 수십 명을 격살했으나 음풍마제가 보기엔 한숨만 나왔다. 수하들을 이끌고 돌파하는 게 아니라 혼자 고립되어 돌파하고 있었기 때문이었다. 그가 이끌던 수하들은 모두 후미에서 검진을 뚫으려 애쓰고 있었다.

"한심한 놈. 저런 걸 수장이라고 내세운 내가 바보지……."

속으로 가슴을 치던 음풍마제는 양손을 번갈아 교차시켰다. 그러자 손끝에서 칼날 같은 강기가 맺히더니 후미를 가로막고 있던 화산 문하들을 일거에 도륙해 버렸다.

"어라? 잘 싸우고 있는데 왜 끼어드시오?"

음풍마제의 등장을 보고 무풍수라는 반기기는커녕 오히려 왜 왔냐는 듯 입술을 삐죽였다. 그 표정을 보고 음풍마제가 고리눈을 치떴다.

"시끄럽다, 이놈. 네 뒤나 한번 돌아보고 말해라."

"엥? 저놈들이 왜 안 따라오고 저기서 뭉그적거리고 있지? 저것들이 죽으려고 환장을 했나?"

그 말에 음풍마제는 또 한 번 고리눈을 치떴다.

"네놈이 안 죽여도 벌써 태반이 죽었다, 이 한심한 놈아!"

"그, 그렇군요……. 젠장. 어쩌다가 일이 이렇게 돼버렸지?"

"네놈이랑 말 섞고 있다가는 내 복장이 터질 것 같으니까, 가서 북봉이나 도와줘라."

"예에? 저기… 대형. 가는 건 문제가 아닌데 소제가 애써 여기까지 길을 뚫어놓았지 않습니까? 그런데 그걸 대형께서 새치기 하시는 건 좀……."

"이놈아 터진 입이라고!"

"합……!"

격노한 음풍마제를 보고 급히 입을 다물긴 했으나 우물쭈물하고 있는 모양새를 보니 왠지 가기 싫어하는 눈치다.

"그게… 이쪽이 화산을 무너뜨리는 지름길인데 쓸모없는 북봉으로 가라고 하시는 건 좀……. 서운하다거나 그런 게 아니고 대형께서 제 능력을 무시하시는 건 아닌가 싶어서……."

뒤에서 계속 구시렁거리는 무풍수라.

음풍마제는 인상을 와락 찌푸리며 쐐기를 박았다.

"그 쓸모없는 길에서 우리 애들 수백 명이 당했다."

"예? 그게 정말입니까?"

"그래. 한가하게 잡담 나눌 시간 없으니까 그렇게 눈 동그랗게 뜨고 있을 시간에 얼른 달려가! 가면 너랑 수준이 딱 맞는 거지 한 놈이 기다리고 있을 테니."

"거, 거지요?"

자존심 팍 상해하는 무풍수라.

"그 거지 놈이 규지신개인데도 계속 죽치고 있을 거야?"

"예? 마정대전 때 우릴 골탕 먹이던 놈, 미꾸라지 같이 치고 빠지던 규지신개가 거기 있단 말입니까?"

"그래. 놈이 또 숨어버리기 전에 얼른 달려가!"

"알겠습니다. 후딱 처리하고 오겠습니다."

"후딱은 무슨. 양패구상이라도 안 당하면 다행이니까 조심해서 상대해."

"쳇. 알겠습니다. 보란 듯이 놈의 멱줄을 뜯어오겠습니다."

그렇게 무풍수라가 떠나고 그와 자리를 바꾼 음풍마제가 앞을 가로막는 양의합벽검진을 잇달아 뚫어나갔다.

하긴 마정대전 때 이미 절대사신이라 불린 음풍마제를 원로급이 펼치는 매화검진도 아닌, 일대제자들의 양의합벽검진으로 어찌 막을 수 있으랴.

결국 순식간에 창룡령을 돌파해 수하들의 진격로를 활짝 열어놓은 음풍마제가 오운봉(五雲峯)을 지나면서 이번 작전의 목표인 동봉과 남봉, 서봉의 세 갈래 중 어느 쪽을 먼저 칠까 망설이고 있을 때였다. 갑자기 중봉인 옥녀봉 쪽에서 매서운 기운이 날아왔다.

"나무관세음보살. 시주는 잠시 걸음을 멈추시지요!"

그 말과 함께 등장한 사람.

호리호리한 체구에 검버섯 핀 얼굴.

그러나 뭇 강호인이 본다면 오체투지도 마다하지 않을 사람, 바로 전대 검후이자 은혜연의 사부인 금정신니였다.

"호! 늙어죽지 못한 할망구가 나타났군."

그녀를 보는 음풍마제의 얼굴에 모처럼 반가운 기색이 스쳤다.

"흥! 오랜만에 뵙는군요."

"그래. 그동안 별래무양하셨는가?"

"별래무양하면 이 늙은 몸뚱이가 여기까지 왔겠습니까."

"허허. 아직 팔팔해 보이는데 왜 자학을 하시는가?"

"허튼소리 하실 것 없고, 이 길을 지나려면 날 뚫으셔야 할 겁니다."

그러면서 검을 뽑아드는 금정신니.

"안타깝군······. 정파 놈들 중에서 그나마 제일 좋아했던 사람인데······."

진정으로 애석하다는 듯 금정신니를 쳐다보는 음풍마제.

의제인 흡혈시마가 친구인 금수왕의 복수를 위해 금정신니의 제자를 죽이고, 그에 분노한 금정신니가 흡혈시마의 팔을 잘라 버리면서 서로 원수처럼 변했지만, 그전까진, 두 사람이 갓 강호에 출도할 무렵엔 우연히 함께 산적을 소탕하면서 서로에게 잠시 호감을 갖기도 한 사이였기 때문이다.

그러나 세월은 물처럼 흘러 한 사람은 마도의 대장로, 다른 한 사람은 악을 원수처럼 미워하는 검후가 되어버렸다.

"후우······."

검을 뽑아들었음에도 음풍마제가 물끄러미 자기만 쳐다보자 금정신니의 표정에 갈등이 묻어났다. 하지만 그도 잠시,

"오시지 않으니 어쩔 수 없군요. 제가 먼저 가겠습니다. 타앗!"

기합성과 함께 금정신니가 지면을 박차며 검을 날리자 대기가 칼날처럼 곤두서 음풍마제의 전신을 난도질할 듯 요동쳤다.

그제야 음풍마제의 안색도 서서히 굳어져 어느새 얼음장처럼 변해갔다.

과거는 가고 현재만 남은 이 상황이 안타깝지만 어쩌겠는가, 이런 게

인생의 서글픈 면 중의 하나인 것을.

쉬이익!

아슬아슬하게 장포 자락을 베는 금정신니의 검.

츄리릿!

옆구리를 파고들어 위험천만하게 공간을 찢어버리는 음풍마제의 손톱.

단 한 번의 충돌도 없이 십여 초가 지났다.

금정신니의 이마엔 송골송골 땀이 배었고 음풍마제의 눈매는 갈수록 냉혹하게 변해갔다.

카라락!

두 사람 사이에 처음으로 충돌음이 울려 퍼지는 순간,

울컥!

금정신니가 피를 토하며 비틀거렸다.

"음……."

뒤이어 흘러나오는 침음성.

음풍마제의 어깨에 살짝 핏물이 비쳤다.

그러나 승기는 음풍마제가 잡고 있었다. 금정신니의 검은 어깨를 스치고 지나갔고, 아수라파천무를 운용중인 음풍마제의 손은 금정신니의 가슴팍에 닿을락말락하고 있었으니.

이제 음풍마제가 손가락만 펴면 금정신니의 심장이 갈라질 상황.

바로 그때,

위이이잉!

음풍마제 뒤쪽에서 모골송연한 검기가 날아왔다. 순간, 손가락을 펴서 심장을 가르는 대신 장력으로 격타해 버리고 팽이처럼 뒤돌아서는 음풍마제.

"신니. 괜찮으시오?"

"죄송하지만 우리가 돕겠소이다!"

음풍마제의 시선에 바람처럼 날아오는 두 사람이 보였다.

무당파의 정석 도장과 소림사의 광혜 대사.

전대 무당 진무관(眞武觀) 관주와 당대의 나한전 전주가 나타난 것이었다.

한꺼번에 상대하기엔 만만찮은 고수들.

그러나 음풍마제의 입꼬리가 살짝 말려 올라가더니 그의 전신이 강시처럼 홀쭉해지고 양손에서 손톱이 두 자 가까이 튀어 나와 겉보기에도 으스스한 장면을 연출했다.

"소림과 무당인가? 와라!"

냉오하게 외치는 음풍마제!

그 기세에 당황한 사람은 오히려 협공을 펼치던 정석 도장과 광혜 대사였다.

하지만 두 사람 역시 산전수전을 거친 당대의 최고 명숙들.

서로 약속도 하지 않았는데 합공에 가장 잘 어울리는 절초들을 쏟아냈다.

"아미타불―!"

광혜 대사의 손에서는 금강나한십팔수(金剛羅漢十八手) 중에 일직선으로 심장을 노리는 탄사천붕(彈射天崩)의 초식이,

"무량수불―!"

정석 도장의 손에서는 변초 가운데 실초가 도사린 태극만월검(太極滿月劍)이 펼쳐졌다.

파아아아ㅡ!

직선과 곡선, 쾌속과 만변(萬變). 강함과 부드러움이 어울린 환상적인 조합.

그러나,

"아수라파천무, 천ㅡ 지ㅡ 멸ㅡ 절(天地滅絶)ㅡ!"

음풍마제의 전신에서 열 줄기 광채가 어리고 그 광채가 공간을 종횡으로 가르자 직선과 곡선이 무참히 잘려 나갔다. 그리고,

"쿨럭쿨럭…… 으으……. 무서운… 무서운 강기……."

"이것이… 혹시 그대를… 절대사신으로 불리게 만든……?"

혈인처럼 전신이 난자당한 채 간신히 입을 여는 두 사람.

음풍마제는 오만한 표정으로 고개를 끄덕였다.

"그렇다. 아수라파천무의 최후초식, 천지멸절무다."

"그… 랬구려……."

"정말… 멋진 초식……."

그 말을 끝으로 두 사람이 짚단 허물어지듯 쓰러졌다.

털썩!

음풍마제라고 무사한 건 아니었다. 그 역시 한바탕 피를 울컥 게워내며 바닥에 무릎을 꿇었다.

"후우……. 확실히 늙긴 늙었군. 고작 셋을 상대로 울혈을 토하다니……."

그러면서 고개를 설레설레 내젓는 음풍마제.

그러나 만약 이 자리에 강호인들이 있었다면 그 말을 듣고 강렬한 질투심을 내뿜었을 것이다.

방금 음풍마제가 상대한 이들이 누구던가.

천하무공을 집대성했다는 소림사 나한전 전주와 전대 무당 진무관 관주. 그리고 그들보다 이름이 높았으면 높았지 절대 낮지 않은 정파 여협의 상징, 남해 보타암의 전대 검후가 아니던가.

천하에 그들 셋과 연달아 싸우고 무사할 사람이 과연 몇이나 될까.

그러니 늙었다며 한숨 쉬는 음풍마제의 푸념은 말도 안 되는 엄살에 불과한 것이다. 물론 자연적으로 먹는 나이가 그렇다면 이해가 되지만……

"아무튼, 이제 어떡한다?"

한바탕 울혈을 토하고 겨우 몸을 추스린 음풍마제는 무심코 주위를 둘러보다가 어딘가를 향해 시선을 고정시켰다.

맞은 편 잣나무 아래 쓰러져 있는 금정신니.

아직 숨이 끊어지지 않았다.

'살려두면 분명 후환거리가 될 텐데……'

그렇다고 기식이 엄엄한 상태로 혼절해 있는 그녀에게 다시 손을 쓰자니 내키지 않았다.

마도의 대장로라는 자긍심과 항거불능의 신세로 쓰러져 있는 젊은 날의 추억……

그 두 가지 생각이 결국 음풍마제로 하여금 그냥 뒤돌아서게 만들었다.

'어차피 암흑쇄겁수의 기운이 골수에 미칠 테니 살아나도 산 게 아니리라……'

그런 생각을 하며 화산의 상징이라는 서봉, 연화봉 쪽으로 발길을 옮기는데,

우우우우우!

멀리서 천지를 뒤흔드는 장소성이 들려왔다.

"오오! 드디어 후아가 돌아왔구나!"

먼 하늘을 바라보는 음풍마제의 안색에 모처럼 환한 웃음이 드리웠다.

*　　　*　　　*

연화봉 정상.

촤르륵…….

시커먼 쇠사슬이 똬리를 틀며 팔뚝에 감겨왔다.

"후우……."

묵자후는 긴 한숨을 내쉬며 몸 이곳저곳을 살펴봤다.

"성한 곳이 없군……."

그랬다. 묵자후의 전신에는 논바닥처럼 쩍쩍 갈라진 검흔이 보였다.

"그래도 이만하길 다행이지……."

옷자락을 찢어 가장 깊이 베인 옆구리 부분을 동여매며 묵자후는 맞은 편을 둘러봤다.

상궁 앞 옥녀지.

전대 매화이십사검수가 참혹한 시체로 변해 나뒹굴고 있고 그들의 몸에서 흘러나온 핏물로 옥녀지의 빛깔이 검붉은 핏빛으로 변해 있었다.

그리고 옥녀지 뒤편, 깎아지른 절벽에 뿌리 내린 소나무들이 태풍을 만난 듯 밑동째 빠져 이리저리 널브러져 있거나 허리가 썽둥썽둥 잘려 있었다. 그중 그나마 온전한 형태를 간직한 아름드리 소나무 가지 끝에는 빛바랜 득라의 조각 하나가 바람에 흩날리고 있었다.

묵자후는 그 옷을 바라보다가 양손을 모으고 포권을 취해 보였다. 그리고 잠시전의 악몽이 생각나는지 살짝 진저리를 쳤다.

　사방에서 피어오르는 연기.

　전쟁터를 방불케 하는 소음과 비명.

　흑암승과 결전을 벌인 뒤 곧바로 달려온 묵자후 앞에 펼쳐진 정경이었다.

　묵자후는 잠시 전황을 둘러보다가 자신을 향해 웃고 있는 음풍마제를 발견했다. 평소와 달리 내상을 입어 파리한 안색이었다.

　그 모습을 보니 과연 호락호락한 곳이 아니구나 싶었고, 노익장을 발휘하겠다며 앞장서는 음풍마제를 만류, 직접 서봉으로 향했다.

　구십 도에 가까운 능선을 지나 연화봉 정상에 오르니 갑자기 풍운변색(風雲變色), 눈앞에 매화꽃이 만발했다.

　묵자후는 순간적으로 긴장했다.

　천지에 가득한 매화꽃. 그러나 그 매화 하나하나가 스치면 죽음에 이르는 강기라는 걸 깨달은 때문이었다.

　급히 환환미리보를 펼쳤으나 통하지 않았고, 유령환환신법을 보법으로 전환해 강기의 꽃을 피해 나갔다.

　그러나 보법과 신법의 차이로 인해 처음으로 몸에 상처가 났고, 어쩔 수 없이 지존령 상의 류(流)자결, 창궁류(蒼穹流)를 펼침과 동시에 쇠사슬로 포효육십사격(咆哮六十四擊)과 비폭삼십육결(飛瀑三十六結)을 펼쳤다.

　그러나 표홀히 공격해 오는 꽃잎 같은 강기에 비해 쇠사슬로 펼치는 봉법(棒法)과 편법(鞭法)은 왠지 느려 보였다. 그래서 또 다시 상처를 입고…….

　오기가 치민 묵자후는 계속 쇠사슬을 고집했다. 아득한 옛날, 당신의 비파골을 꿰뚫고 있던 쇠사슬로 침입자를 격살하던 혈영노조가 너무 멋 있어 보였기 때문이었다.

그때부터 쇠사슬을 독문무기처럼 사용한 묵자후였기에 천지를 뒤덮는 매화 강기 속에서도 끝내 쇠사슬을 고집했다. 그러자 승기를 잡았다 싶 었는지 표홀히 날아오던 매화 강기들이 창날처럼 전신을 노려오기 시작 했다. 바로 그 순간, 묵자후는 창처럼 뻗은 백여 쌍의 다리가 생각났다.

두 번 다시 떠올리기 싫어 무의식 깊숙이 밀어 넣었던 만년오공과의 혈투!

그때 집채만 한 몸뚱이와 창날처럼 뻗은 백여 쌍의 다리로 자신을 공 격해 오던 괴물의 모습이 지금 상황과 비슷하다는 생각이 들었다.

그 생각이 들자마자 묵자후는 그때처럼 추혼색(追魂鑠)과 파혼색(破魂 鑠), 멸혼색(滅魂鑠)을 섞어 날아오는 강기를 일일이 부숴 버렸다. 그로 인 해 옥녀지가 핏빛으로 물들어 버렸고, 전대 매화이십사검수는 어육덩어 리로 변해 사방으로 튕겨났다.

참혹한 매화이십사검수의 죽음을 보고 충격을 받았을까.

"네 이노오오옴—!"

산천초목을 울리는 노성과 함께 여태 살아 있는 게 신기할 정도로 늙 은 노도사가 녹슨 철검을 날려 왔다.

순간적으로 눈앞이 캄캄했다.

천지가 자색 노을로 변하고 시야가 뿌옇게 흐려졌다. 뒤이어 천지가 빙글빙글 돌면서 자신의 몸이 어디론가 한없이 빨려 들어가는 것 같았 다.

마치 흑암승과 또 한 번 싸우는 듯한 기분이었다.

그때와 다른 점은, 피가 나도록 입술을 깨물며 겨우 정신을 차리니 눈앞에 천신의 검인양, 산악 같은 검첨(劍尖)이 미간을 꿰뚫을 듯 코앞에 들이닥쳤다는 사실이었다.

'화산의 전전대 장문인, 매화산인이라고 했던가?'

그가 펼친 초식은 자하신공의 극이라 불리는 자하등선(紫霞登仙)!

거의 이기어검에 필적하는 검공이었고, 그걸 받아내지 못했다면 매화산인은 분명 그 초식 이름처럼 우화등선할 수 있었으리라.

'지금도 어떻게 그 초식을 막아냈는지 모르겠어……'

이러다가 죽는 게 아닌가 싶을 정도로 막연한 기분이었는데, 어느 순간 눈앞이 환해지더니 산악 같은 검이 사라지고 매화산인은 피안개로 변해 천길 벼랑 아래로 사라져 버렸다.

추측컨대 흑암승과 싸울 때처럼 또 한 번 아수라 형상의 반탄강기가 나타나 자신을 보호해 준 게 아닌가 싶었다.

'어쨌든 강호에 출도한 이래 오늘처럼 힘든 싸움은 처음이었어……'

묵자후는 재차 한숨을 쉬며 포탄에 맞은 듯 무너져 내린 취운궁 기단 한켠에 앉아 먼 하늘을 바라봤다.

'매화이십사검과 자하검공! 화산이 왜 오악검파의 수장이라 불리는지, 그리고 왜 천하제일검을 가장 많이 배출했는지 그 이유를 알 것 같군……'

상념에 잠긴 묵자후의 눈에 하얀 연기가 보였다.

화산의 유일한 도주로로 예상되는 곳, 도림새 쪽에서 피어오른 연기였다.

나중에 보고를 들으니 과연 그쪽으로 몇몇 고수들이 도망쳤다고 했다.

'아쉽군……'

그러나 이 정도만 해도 어딘가.

흑암승과 삼만의 기병을 뚫고 구대문파가 합세한 화산을 무너뜨렸다.

그리고 승리의 찬가를 부르며 기뻐하는 수하들.

그중엔 불마성승과 싸우다가 같은 중이라서 봐줬다며 히죽 웃는 광마가 보였다. 그 옆에는 무당칠성검진을 상대하다가 안 그래도 탈모가 진행 중이던 머리카락을 거의 다 잘려 버렸다며 울상 짓는 무풍수라도 보였다.

그리고 무당칠성검진과 싸우느라 규지신개를 놓쳐 버린 무풍수라를 대신해, 내상 입은 몸으로 삼백 초 가까이 박투를 벌여 그를 격살한 음풍마제가 탈골되어 버린 한쪽 팔을 주무르며 퉁명스런 눈길로 두 사람을 노려보고 있는 광경도 보였다.

그 와중에 주위에서 울려 퍼지는 승리의 함성을 듣고 덩달아 기뻐하다가, 무슨 생각이 들었는지 광마에게 귀엣말을 속삭이는 흑오의 모습도 보였다.

그리고 흑오의 꼬드김에 넘어가 무풍수라에게 태양부를 넘겨주며 이참에 아예 삭발하라고 진지하게 권하는 광마와, 그런 광마를 보고 차마 폭소는 못 터뜨리고 속으로 배를 잡고 웃는 각 마도방파 수장들의 모습이 보였다.

그들 모두를 보며 빙긋 웃던 묵자후는 자기 옆에서 조심스럽게 붕대를 감아주고 있는 장미밀원의 원주를 돌아보며 물었다.

"혹시, 희사나 시마 숙부에게서 연락 온 건 없었나?"

그 질문에 장미밀원 원주의 손길이 순간적으로 멈칫했다.

"아직… 아무 소식이 없습니다, 지존. 죄송합니다."

힘든 싸움이 끝나자 곧바로 부모 소식을 그리워하는 묵자후.

장미부인 심소혜는 떨리는 손으로 붕대를 마저 감아나갔다.

민산 근처에 포진하고 있는 시마에게서 어제 서신이 도착해 있었기 때
문이었다.

제79장

관계

魔道
天下

강호는 마도의 공세에, 그리고 영웅성의 공세에 아비규환의 도가니에 빠진 듯했다.

그러나 희사가 포진하고 있는 청해와 사천, 섬서 접경지대인 아니마경산 부근은 조용하다 못해 한가롭기까지 했다.

'이러다가 지존령을 봉행하지 못하면 어쩌지? 그리고 혹시 지존의 부모님을 뵙게 되면 어떻게 행동해야 하지?'

희사는 아직 지존령을 완수하지 못하고 있다는 자책감과 생사도 묵잠 일행을 만나면 어떻게 행동해야 할지 몰라 전전긍긍하고 있었다.

"너무 염려 마십시오, 령주. 분명 시마께서 계시는 민산 아니면 이쪽으로 오실 겁니다. 그리고 세 분을 뵙게 되면 제가 다 알아서 할 테니 너무 걱정 마십시오."

고민하는 희사를 보며 냉희궁은 친정아버지처럼 위로했다.

마치 시어른을 어찌 맞아야 하는지 고민하는 딸을 챙겨주듯 그녀의 마음을 다독여 준 것이었다.

그렇게 회사와 냉희궁이 고민하고 낙관하면서 생사도 묵잠 일행이 나타나길 기다리고 있을 때 엉뚱한 사람들이 등장했다.

"그대들은 누군가? 왜 이곳에 무리지어 움직이는가?"

위압적인 태도로 시비를 걸어오는 이들.

알고 보니 곤륜속가였다.

연보옥즉산의 유일한 생존자이자 곤륜파 장로인 무담자가 자파에 신호탄을 쏘아올린 후, 청해 일대는 곤륜파 속가제자들뿐만 아니라 곤륜파 조금이라도 유대관계가 있는 부족들이 쫙 깔렸다.

그들 모두가 이목을 곤두세우고 생사도 묵잠 일행 추적에 나서던 중, 아니마경산 부근에 포진하고 있는 회사 등을 발견한 것이었다.

그때부터 엉뚱하게 회사 일행과 곤륜속가들 간에 격전이 벌어졌다.

아무리 절대고수들이 묵자후 쪽에 몰려 있어 상대적으로 빈약해 보인다지만 이곳에도 내로라하는 고수는 많았다.

천화루 시절부터 회사를 보호하던 초절정고수 흑백무상과 환영문의 문주인 능풍염라, 흡혈마동의 동주인 무음흡혈, 그리고 옛 철마성 부군사 출신인 신품귀수 냉희궁 등, 강호 어디를 가도 흔히 찾아볼 수 없는 초고수들이 득실거렸다.

그러나 곤륜은 청해의 하늘.

그들이 이때까지의 은거를 깨고 복수를 다짐하자 그 위세는 실로 대단했다.

중원 도가무학의 발상지답게, 그리고 철마성의 발호 후 이십 년 넘게 절치부심하며 내부에서 힘을 키운 덕분에 잠을 깬 거인처럼 강하게 회사 일행을 몰아쳤다.

또한 광활한 청해의 초원과 삭막한 고원분지를 주름잡던 각 부족들이 합세하자 수적으로 열세에 처한 희사 일행은 조금씩 포진을 풀고 뒤로 물러날 수밖에 없었다.

그러나 지존으로부터 받은 명은 곤륜파를 한 명도 남김없이 척살하는 것.

때문에 희사를 비롯한 청해 쪽 마인들은 곤륜 문하들을 교묘하게 아니 마경산 인근 계곡으로 유인하면서 민산에 포진하고 있는 흡혈시마에게 협조를 요청했다. 적당한 시점이 되면 한꺼번에 몰아쳐 곤륜파를 척살해 버리기 위해서였다.

그러나 반나절이 지나도록 흡혈시마 쪽 마인들이 나타나지 않았다.

"냉로. 아직 소식이 없어요?"

정신없이 몰려오는 적을 보며 희사가 초조한 표정으로 냉희궁을 돌아볼 때였다.

"으아악!"

"컥!"

"놈들이다—!"

갑자기 계곡 입구 쪽에서 요란한 비명이 들려왔다. 뒤이어,

쫘르르릉!

천지를 흔드는 폭음이 울리고 사방에 팔다리가 날아다녔다.

새까맣게 몰린 곤륜 문하 사이를 파죽지세로 갈라 버리는 세 사람.

아니, 그중 한 사람은 누군가의 등에 업혀 있었다.

"아아……."

희사는 그들을 보자마자 누군지 금방 알 수 있었다.

흑백무상이나 무음흡혈, 능풍염라 등도 마찬가지였다.

가장 먼저 흑백무상이 무릎을 꿇었다.

"일격필살의 마도혼(魔道魂), 파천혈룡단 단주께 철마성 흑사자대 대주였던 흑귀가 존모(尊慕)의 념으로 문후 여쭈옵니다!"

"이하 동문, 백사자대 대주였던 백귀가 마찬가지 념으로 문후 여쭈옵니다!"

그 옛날, 철마성 무인들이 생사도 묵잠을 보면 너나없이 존경의 표정으로 올리던 인사.

그 인사를 이십 년 세월을 넘어 다시 듣게 되니 생사도 묵잠은 감회가 새로웠다.

"혹시나 했더니… 역시 마도의 형제들이었구나."

"쳇. 이놈들이 나는 못 알아보는 모양이군."

옆에 있던 폭마가 괜히 푸념을 했다. 그러자 냉희궁이 웃으며 그에게 포권을 보냈다.

"막 당주. 오랜만에 뵙습니다. 다시 뵙게 되어 반갑습니다."

"어이쿠, 이게 누구야? 부군사 아니신가?"

"예. 기억하시는군요?"

"기억하다마다. 늘 마눌에게 잔소리 듣던 부군사를 어찌 잊겠는가?"

"이런! 하필이면 그 모습을 기억하십니까그려."

"껄껄껄. 어떤 모습이면 어떤가. 이렇게 만나게 되니 반갑네, 정말 반가워."

서로 부둥켜안다시피 하며 기뻐하는 두 사람.

나머지 마인들도 이십 몇 년 만에 천금마옥에서 살아 돌아온 묵잠과 폭마, 그리고 여전히 묵잠에게 업혀 있는 금초초를 향해 정중히 예를 표했다.

*　　　　*　　　　*

초원의 유목민을 따라 만든 천막.

그 안에 몇 사람이 마주 앉아 대화를 나누고 있었다.

바로 묵잠과 폭마. 그리고 냉희궁이었다.

금초초는 혼절한 상태로 천막 한쪽에 누워 있었고 희사는 그런 금초초 곁을 지키며 따뜻한 물수건으로 이마에 땀을 닦아주거나 이부자리를 봐주고 있었다.

대화를 주도하고 있는 사람은 냉희궁이었다.

아직 정식으로 소개를 하지 못했기에 희사는 금초초를 간호하며 조용히 듣고만 있었다.

마음 같아서는 힘겨운 세월, 머나먼 여정을 돌아온 세 사람에게 중원 최고의 약과 중원 최고의 차를 대접하고 싶었지만 지존령을 받고 급히 움직이는 바람에 현실은 시큼한 마유주(馬乳酒)와 물뿐이었다. 그래서 민망한 마음에 더더욱 몸을 사리고 있는지도 몰랐다.

그런 희사를 곁눈질한 냉희궁이 빙그레 웃으며 묵잠에게 질문을 던졌다.

"먼 길 오시느라 정말 고생 많으셨습니다. 그런데 어찌 알고 딱 맞춰 이쪽으로 오셨습니까?"

"그게 무슨 소린가?"

"모르셨습니까? 지존께서 세 분을 애타게 찾으셨습니다. 그래서 저희가 세 분이 움직일 만한 경로를 추측, 이곳에 포진하고 있었습니다."

"지존이라니……?"

어리둥절해하는 묵잠.

냉희궁은 기다렸다는 듯 대답했다.

"당대의 마도지존. 바로 단주님의 아드님이십니다."

"뭐라고?"

"후아가… 후아가 살아 있었단 말인가?"

너무 놀라 자리에서 벌떡 일어나는 묵잠과 폭마.

그러나 그들의 심정은 천막 한쪽에 누워 있던 금초초에 비할 바가 아니었다.

"가가……. 방금, 방금 무슨 소리였어요? 후아가, 후아가 어떻게 됐다구요?"

그동안 계속 기절해 있다가 아들 이름을 듣자마자 기적처럼 정신을 차리는 금초초.

묵잠은 상처투성이 몸에 화상으로 일그러진 아내 곁으로 날듯이 달려갔다.

"후아가, 우리 후아가 살아 있다는구려! 살아 있었다는구려!"

천금마옥에 갇힐 때 감정선을 다쳐 표정을 거의 나타내지 못하는 묵잠, 그러나 죽은 줄 알았던 아들의 소식을 듣게 되자 그의 눈에서 굵은 눈물방울이 뚝뚝 떨어져 내렸다.

금초초도 마찬가지였다.

"후아가, 우리 후아가 살아 있었다구요? 아아, 천시신명이시여, 고맙습니다, 정말 고맙습니다, 흑흑흑……."

감격에 겨워 몸을 부들부들 떨다가 서로를 껴안고 오열을 터뜨리는 두 사람.

그들의 눈물을 보고 폭마와 냉희궁, 희사는 한동안 아무 말도 할 수 없었다.

그야말로 기적 같은 생존 소식.

더욱이 아들이 마도지존으로 등극했다는 소식을 듣고 세 사람은 한동안 흥분했다.

그렇게 한바탕 오열과 흥분이 지나고 난 뒤, 금초초가 문득 생각났다는 듯 자신을 간호하고 있는 희사를 돌아봤다.

"그런데, 이 소저는 누구신지?"

드디어 노심초사하며 기다리던 순간이 도래했다.

희사는 심장이 쿵쿵 뛰어 입도 벙긋할 수 없었다.

이미 그런 상황을 예상하고 있던 냉희궁이 웃으며 자연스럽게 그녀를 소개했다.

"이분은 금 당주님과 매우 밀접한 관계에 계신 분입니다."

"나와 매우 밀접한 관계에 있다구요?"

'엄마야, 난 몰라…….'

밀접한 관계라는 말의 숨은 뜻을 짐작한 희사의 얼굴이 타는 듯 붉어졌다.

과연 늙은 생강이 맵다는 말처럼, 자연스러운 표현으로 희사에 대한 호기심을 증폭시키고, 또 관계라는 단어를 강조해 향후 지존후를 택할 때 금초초로 하여금 한 번 더 희사를 생각하도록 만드는 냉희궁의 화술은 절로 감탄이 나올 정도였다.

"소혼파파 두랑랑, 두 령주를 기억하시는지요?"

냉희궁의 자연스런 소개가 계속 이어지고 있었다.

"아! 절 키워주신 의모님을 어찌 잊겠어요?"

반색하는 금초초.

"저분 소저께서 바로 두 령주의 의발전인(衣鉢傳人)이자 당대의 마등 령주이시며, 또한 금 당주님처럼 두 령주님의 의녀이시기도 하지요."

"아! 그게 정말이에요?"

이제 희사를 바라보는 금초초의 눈에 따스한 정감이 흘렀다.

바로 이때를 놓치지 말라는 듯 슬쩍 희사에게 눈짓을 하는 냉희궁.

희사는 떨리는 가슴을 다잡으며 날아갈 듯 대례를 올렸다.

"희사라고 하옵니다. 천녀가 감히 지존의 생모이신 대부인께, 그리고 생부이신 대공께 문후를 여쭈옵니다."

"어머머. 이게 웬일이야? 아유. 의모님의 의발전인이자 당대 마등령주 시라면 저와 친자매간이나 마찬가진데 왜 대례까지? 이러지 말아요. 얼른 일어나요."

냉희궁의 소개는 그야말로 최고의 효과를 발휘했다.

만약 희사가 자기 입으로 그렇게 소개했다면 자칫 젊은 나이에 지나친 총애를 받았다며 오해할 수도 있었겠지만, 다른 사람도 아닌 옛 철마성의 부군사였던 사람이 소개하니 금초초와 묵잠은 정말로 남이 아닌, 자신들과 긴밀한 관계에 있는 소저라고 생각하며 흐뭇한 눈으로 희사를 바라보게 되었다. 물론 거기에는 천화루에서 갈고 닦은 희사의 기품도 영향을 미쳤겠지만.

그리고 희사의 소개가 끝난 뒤 두랑랑의 최후 소식을 듣고 금초초는 또 한 번 눈물을 쏟았다. 그리고 어린 시절 자신을 키워준 의모의 임종을 희사가 지켜줬다는 이야기를 듣고 더더욱 그녀를 사랑스런 눈으로 보게 되었다.

이후 묵잠 부부와 폭마는 그들의 최고 관심사인 묵자후 소식을 상세히 전해 듣고 모두 감탄하며 흥분했다. 또한 음풍마제와 무풍수라, 흡혈시마도 살아 있다는 말을 듣고 뛸 듯이 기뻐하기도 했다. 그러나 마지막에 묵자후가 공동파를 무너뜨린 뒤 화산으로 향하고 있다는 말을 듣고 저마다 우려의 빛을 나타냈다.

물론 냉희궁과 희사는 염려 말라며 묵자후의 무위를 본 대로 느낀 대로 알려주었지만 원래 부모 마음엔 늘 자식이 강가에 내놓은 아이 같은 법이다. 그래서 다들 어두운 기색으로 한숨만 푹푹 쉬고 있는데,

"참나. 듣자 듣자 하니까 짜증나서 못 듣겠군. 걱정도 팔자지, 비록 내가 가르쳤지만 나보다 조금 더 뛰어난 놈이, 혈영노조에 버금가는 미친놈과 이상한 시체를 끌고 다니는 괴상한 꼬마 계집애. 그리고 대형과 의형이 함께 하는데 걱정할 게 뭐 있다고 땅이 꺼져라 한숨이야?"

그러면서 나타난 사람.

바로 흡혈시마였다.

갑작스런 그의 등장에 세 사람이 놀란 표정으로 멍하니 앉아 있자 희사가 얼른 자리를 만들어주며 물었다.

"어머, 장로님. 연락드린 지가 언젠데, 왜 이렇게 늦으셨어요?"

그 말에 폭마가 어이없다는 표정으로 끼어들었다.

"장로? 이놈이 장로라고?"

예전부터 사이가 안 좋은 두 사람이었다. 그래서인지 흡혈시마는 폭마를 본체만체하며 희사의 질문에 대답했다.

"아! 곤륜파 떨거지 놈들이 몰려오길래 몽땅 청소하고 오느라고."

"어머? 그쪽에도 몰려왔어요?"

"음. 청성파 놈들도 일부 끼어 있더군."

"아……"

이야기를 들어보니 이곳 상황보다 훨씬 더 힘들었으리라.

하지만 그런 내색조차 하지 않는 흡혈시마.

이상했다.

평소 같으면 있는 사실조차 부풀려서 떠들 사람이 바로 흡혈시만데 지금은 왜 이러는 것일까.

이유는 간단했다.

"쳇. 오랜만이군. 용케 살아 있었나 보네."

"반갑소. 시마 선배."

"그다지 반가울 것까지야……. 그런데 저년은 왜 저래? 아, 이제 저년이라 부르면 안 되겠군, 젠장……."

그랬다.

서로 으르렁거리던 과거와 달리 이제 지존의 부모가 되어 나타난 묵잠과 금초초다. 그래서 기죽지 않으려고 계속 딴청을 부리고 있었던 것이다.

결국 흡혈시마가 합류하면서부터 묘하게 비틀린 분위기.

그러나 그런 분위기도 각자 지나온 여정을 이야기하는 과정에서 눈 녹듯 사라지고, 차츰 서로에 대해 고운 정은 아니어도 최소한 미운 정이 흐르기 시작했다.

그리고 묵자후의 화산행을 걱정하던 세 사람은 흡혈시마의 상세한 설명을 듣고 다소 안심한 표정을 지었다. 그러다가 냉희궁이 주저주저하며 꺼낸 이야기에 금초초는 또 한 번 오열을 터뜨릴 수밖에 없었다.

자신이 죽기 전에 마지막으로 찾아뵈려 했던 부친이 치매와 중풍을 앓고 있다는 소식 때문이었다.

그리고 부친이 평생 일궈왔던 사업이 한순간 무너지고 가문 또한 거의 멸문지경에 처했다는 소식을 듣고 한참 오열하던 금초초는 묵잠과 상의 후에 일단 아들보다 부친을 먼저 찾아뵙기로 했다.

아들 곁에는 든든한 사람들이 있으니, 부친에게 무슨 변고가 생기기 전에, 그리고 천축에서 이곳까지 오는 중에 병을 얻은 자신이 명을 달리하기 전에 부친을 찾아뵙고 다시 한 번 남편을 소개하려는 것이었다.

그 옛날, 자신들의 결혼을 한사코 반대하며 의절을 선언한 부친에게 마지막으로 '이 사람이 내 남편이자 당신의 사위입니다'라고 꼭 이야기해 주고 싶은 게 바로 금초초의 마지막 소원이었다.

그런 금초초의 결정을 들은 흡혈시마는 자신과는 전혀 상관없는 이야기인데도 혼자 끙끙 고민하다가 탁자를 후려치며 말했다.

"에라, 모르겠다. 지존령이고 뭐고, 이 참에 산서에 가서 분주나 실컷 마셔야겠다."

흡혈시마가 그렇게 나온 이유.

당장 내일이라도 털썩 쓰러질 것처럼 피곤해 보이는, 모두 환자처럼 보이는 세 사람을 산서까지 보호해 주기 위해서였다.

장미부인이 묵자후에게 차마 전서구가 왔다는 소식을 알리지 못한 데에는 바로 이런 이유가 있었다. 세 사람을 따라 산서로 가는 자신의 행방을 절대 알리지 말라는 흡혈시마의 엄포 때문에······.

*　　　*　　　*

마도에 의해 화산이 무너진 뒤, 강호 제(諸)문파들은 너무 놀라 반쯤 공황상태에 빠져 버렸다.

기련산에서 마도의 첫 준동 이후 공동파가 궤멸당하고 항산파가 봉문

했으며 언가장이 몰살당했다. 그리고 이제, 오악검파의 수장이자 구대문파 내에서 항상 수위를 다투곤 하던 화산마저 무너졌다고 하니 다들 충격과 공포로 문하 제자들을 단속하며 사태의 추이를 지켜보기에 여념이 없었다.

특히 이번 화산대전의 패배는 구대문파를 비롯한 정파 무인들에게 뼈아픈 상처를 안겨주었다.

전전대 고수로, 당금 강호의 최고 배분이자 화산의 상징이라 추앙받는 매화선인의 죽음.

전대 개방 방주인 규지신개의 죽음.

전대 무당 장로인 정석 도장의 죽음.

게다가 화산파 장문인인 벽송 진인뿐만 아니라, 천하 무공을 집대성했다는 소림의 나한전 전주마저 유명을 달리했다는 소식이 전해지자 모두 경악으로 할 말을 잃어버렸다.

또 이들 외에도 종남파 장문인인 운진자를 비롯해 화산파 장로인 소요선옹, 청성파 장로인 월영자 등, 숱한 문파의 장문인과 원로가 유명을 달리했다고 하니 그 충격은 이루 말할 수 없었다.

더욱이 놀라운 사실은 은연중에 뇌존과 비교되곤 하는 소림의 상징, 불마성승과 전대 검후로 마두관음이라 불리는 남해 보타암의 금정신니마저 화산대전에서 중상을 입거나 반폐인이 되었다는 소식에 강호인들은 낙담한 표정으로 저마다 긴 한숨을 내쉬었다.

이제 강호의 운명은 어찌될 것인가.

위에선 마도가 남하하고, 아래에선 영웅성이 강남을 휘젓고 있으니 민심이 흉흉하고 천하가 도탄에 빠졌다!

오죽하면 이런 말들이 객잔이나 주루, 다관마다 이구동성으로 튀어 나왔다.

결국 검을 든 무인들이 두셋이라도 모이면 다들 목에 핏줄을 곤두세우며 소림과 무당을 성토하기에 이르렀다.

"이제부터 소림과 무당이 직접 나서라!"

이때까지 마도와의 싸움에 소림과 무당이 참여 안 한 건 아니었다. 하지만 강호인들이 볼 땐, 과거 정사대전 당시 혁혁한 공을 세운 소림십팔나한이나 무당태극검진, 나아가 사백 년 전의 천하제일인이자 고금제일인의 한 사람으로 추앙받는 천마 이극창의 파괴적인 행보를 유일하게 멈춰 세운 오백나한대진을 발동하지 않은 이상, 소림과 무당이 진심으로, 전력을 다해 참여하지 않았다고 생각한 것이었다.

결국 화산대전에서 구사일생으로 화를 피한 강호 명숙들은 여론에 떠밀려 소림사로 모여들었고, 그들이 소림 방장과의 면담을 요청하며 향후의 강호 정세를 논의하고 있을 때, 의외의 인물이 소림사를 방문했다.

"뭣이라? 어느 분이 본 사를 방문하셨다고?"

너무 놀라 평소의 부동심마저 잃어버린 당금 소림의 얼굴, 광우 대사(光愚大師).

얼마 전 화산에서 유명을 달리한 광혜 대사와 같은 항렬자인 빛 광(光) 자에, 어리석을 우(愚) 자를 법명으로 쓰는 그는, '지혜로운 자는 오히려 어리석어 보인다' 라는 말의 표본과 같은 사람이었다.

하지만 지혜로운 만큼 신중하다 보니 늘 결단을 망설이는 경우가 많다는 지적 아닌 지적을 받곤 했는데 이번 경우도 그러했다.

사문의 어른이자 소림의 전설이라 불리는 불마성승이 나서고, 손아래 사제인 광혜 대사가 구대문파 위주의 무림맹을 창립하느라 동분서주할 때도, 그리고 두 사제가 마인들에 의해 목숨을 잃고 웃어른인 불마성승마저 심각한 내상을 입고 돌아왔을 때도 그는 여전히 대국을 살피며 부동심을 유지하고 있었다.

　그런 그의 평정심을 단번에 무너뜨린 사람은 과연 누구란 말인가.

　다른 사람일 리 없었다.

　"영웅성의 성주, 뇌존 탁군명, 탁 대협께서 직접 본 사를 방문하셨다고 합니다."

　"뇌존! 뇌존 탁 대협께서 본 사를……?"

　소림사의 방문객을 접대하는 지객당 수좌, 광료 대사의 말에 광우 대사는 마시고 있던 찻잔을 떨어뜨리고 말았다.

　그리고 뇌존의 방문 소식이 알려지자 지객당에 머무르고 있던 강호 명숙들도 모두 대경실색했다.

　가뜩이나 영웅성과 대립각을 세우고 있던 구대문파다.

　특히 이번 화산대전에서 대패하는 바람에 구대문파의 명운이 풍전등화의 위기에 처한 지금, 사전 통보도 없이 불쑥 소림을 찾은 뇌존의 의도를 어떻게 해석해야 옳을까.

　혹시 그의 입에서, 강남을 석권했으니 이제 강북으로 진출하겠다는 천하일통의 선언이 나오면 어찌하나.

　혹은 예전처럼 자신을 중심으로 한 무림맹을 결성하자고 하면 어찌 대처해야 하나.

　다들 우려와 근심 섞인 표정으로 방장실을 바라봤다.

사방이 한 장(丈)으로 된 공간이라 방장실로 칭해지는 곳.

천하의 기둥, 소림의 명성에 전혀 어울리지 않는 것 같으면서도 불문의 본산이라는 성격에 가장 잘 들어맞는 소박하고 정갈한 공간에 몇 사람이 마주 앉았다.

당연히 방장실의 주인인 광우 대사와 뇌존의 전격 방문 소식을 듣고 밤을 새워 날아온 무당 장문 정등 진인(庭燈眞人).

그리고 두 사람 곁에 물 흐르듯 담담한 표정으로 앉아 있는 허름한 복색의 노도인이 보였다. 바로 정사대전 당시 생사도 묵잠의 팔을 벤 주인공, 전대 무당제일검 정천 진인(庭泉眞人)이었다.

그 맞은편에는 영웅성의 창업자이자 현 강호의 천하제일인이나 다름없는 뇌존 탁군명과 강호에서 가장 강하다는 십대고수 중 삼왕의 자리를 차지하고 있는 고왕 종리협과 창왕 이군영이 앉아 있었다.

그야말로 구대문파와 영웅성을 대표하는 수뇌들의 만남이었다.

그러나 사람 사는 곳은 어디나 마찬가지인 법.

먼저 가벼운 안부와 덕담이 오갔다.

그리고 이런저런 환담이 오가면서 분위기가 무르익자 고왕 종리협이 뇌존을 대신해 오늘의 방문 목적을 꺼내놓기 시작했다.

"다들 마도 놈들 때문에 심려가 크신 것으로 알고 있습니다. 저희 역시 마찬가집니다. 특히 화산에서 성주님의 마음속 스승이나 다름없던 어른께서 비명에 가셨다는 소식을 듣고, 또 마음을 모아 함께 척마멸사에 나섰던 동료 선후배 명숙들이 유명을 달리했다는 소식을 듣고 저희 모두 비통한 마음으로 사흘 동안 곡기를 끊음으로 가신 분들의 명복을 빌었습니다."

그러면서 아직 영웅성과 구대문파가 남이 아니라는 사실을 은근히 피력한 종리협이 서서히 목소리에 힘을 싣기 시작했다.

"감숙과 산서를 장악하고 어느새 섬서를 손에 넣은 마도! 그들의 다음 목적지가 어디일지가 현재 강호인들의 최고 관심사일 것입니다."

고왕 종리협이 정곡을 찔렀다.

지금 구대문파가 화산에서 패퇴한 후 뿔뿔이 흩어진 이유가 바로 놈들의 다음 목표가 어디일지 몰라서였다.

섬서의 지리적 위치상, 청성과 아미가 있는 사천으로 향할 수도 있고, 무당이 있는 호북으로 향하거나 소림과 개방이 있는 하남으로 향할 수 있기 때문이었다.

그래서 소림과 무당뿐만 아니라 웬만한 강호변란에도 눈 하나 깜짝하지 않던 개방까지 두문불출, 모두 문하 제자들 단속하기에 여념이 없었던 것이다.

이어지는 종리협의 발언.

"외람된 소견이지만, 저희가 판단하기에 놈들의 다음 목적지는 바로 무당입니다."

그 말에 정등 진인의 표정이 와락 굳어버렸다.

"놈들의… 다음 목표가 우리라고 하셨소?"

"그렇습니다."

"그렇게 판단하는 근거라도 있으시오?"

"있습니다."

"으음……. 혹시 그게 뭔지 들어볼 수 있겠소?"

당혹스러움과 불쾌함, 그리고 걱정이 뒤섞인 정등 진인의 물음에 고왕 종리협이 슬그머니 고개를 숙이며 뒤로 빠졌다. 그리고 이때까지 침묵만 지키고 있던 뇌존 탁군명이 무심한 표정으로 말했다.

"본 성의 천밀각이 모든 상황을 놓고 추론을 해봤소. 그 결과 소림과 개방을 쳐봤자 또 다시 무당을 쳐야 하기에 무당부터 친다는 결론에 이르렀소. 청성이나 아미는 힘들게 촉도를 넘어야 하니 후순위로 미룰 것이고."

비록 속가 출신이지만 영웅성 성주라는 직위와 뇌존이라는 이름값 때문에 비슷한 배분임에도 불구하고 반 배분 정도 높게 대우해 주는 사람.

그가 입을 열자 주변 공기가 묵직하게 가라앉았다.

"그럼… 무당을 치고 난 뒤에는 소림이나 개방을 안 쳐도 된다는 말입니까?"

만약 고왕 종리협이 같은 말을 했다면 버럭 고함을 질렀을 정등 진인이다.

그러나 다른 사람도 아닌 뇌존의 입에서 나온 말이기에 그 무게감이 전혀 달랐다. 그래서 노성을 터뜨리는 대신 의아한 표정으로 되물었다.

"그 말이 아니라, 무당을 치고 난 뒤에는 급히 서두를 필요가 없기 때문이오."

"서두를 필요가 없다? 왜 그렇습니까?"

"설마하니 자비를 근본으로 삼는 소림에서 복수를 외치며 마도인들에게 선제공격을 가할 수 있겠소?"

"……!"

"아니면, 동냥질이 주관심사인 거지들이 쪽박을 흔들며 선제공격을 가할 수 있겠소?"

"……."

"결국 무당뿐이오! 무당은 척마멸사를 근본으로 삼으니. 따라서 마도 입장에선 힘들게 소림이나 개방을 쳐 봤자, 또 다시 무당과 싸워야 하니 아예 무당부터 치고 시간을 버는 게 낫지 않겠소?"

"으음……."

도저히 반박할 여지가 없는 추론이었다. 그러다 보니 정등 진인의 표정은 천하의 근심을 모두 떠맡은 듯 심각해졌고, 고요한 신색으로 앉아 있던 정천 진인 역시 이마에 내 천 자를 그리며 다 식은 찻잔을 집어 들었다.

"아미타불……. 그런데 말이외다. 이제껏 강 건너 불구경하듯 뒷짐 지고 계시던 뇌존께서 갑자기 본사를 방문하신 이유가 뭔지, 소승은 그게 더 궁금하군요."

역시 사람은 이름부터 나고 봐야 한다는 옛말이 옳은 모양이다.

뇌존이 입을 열 때처럼, 묵묵히 듣고 있던 광우 대사가 입을 열자 좌중의 시선이 일제히 그에게 쏠렸다가 뇌존에게로 이동했다.

소림사 장문방장이 직접 건넨 질문.

그 질문의 무게는 다른 사람의 질문과 차원이 달랐기 때문이었다.

"……."

뇌존은 대답 대신 광우 대사의 눈을 바라봤다. 그리고는 천천히 씹어 뱉듯 자신의 속내를 이야기했다.

"이가 없으면 잇몸이 시린 법이니까……. 그리고 감히… 놈이 내 마음속의 우상을 건드렸으니까……. 그래서 온 것이오."

그 말에 정등 진인의 눈에 한줄기 희색이 어렸다.

"하면 그 말씀은 손을 보태주시겠다?"

"그렇소."

"아미타불. 위기에 빠진 강호에 한줄기 빛 같은 말씀이구려. 그런데 듣자하니 예전에도 손을 보태주셨다고 들은 것 같은데?"

과연 소림사 장문방장은 아무나 하는 게 아닌 모양이었다.

담담한 목소리로 던지는 질문마다 정곡을 찌르고 있었다.

고왕 종리협과는 비슷하면서도 다른 성격의.

그 차이 때문인지 뇌존이 은은하게 눈꼬리를 세우며 대답했다.

"그때와는 다를 것이오. 이번엔 전력을 다할 작정이니."

뇌존의 입에서 그 대답이 나오고부터 분위기가 많이 바뀌었다. 이전 같이 딱딱하고 어색한 분위기가 아니라 향후 일정을 논의하고 핵심 사안을 되짚어보는, 진지하면서도 유연한 분위기로 변해간 것이다.

잠시 후 회동이 끝나고 방장실을 나서는 뇌존.

입구 양쪽으로 늘어선 소림사 팔대호원과 십계십승, 그리고 무당의 팔대궁주 등과 가볍게 눈인사를 나눈 뒤 경내를 빠져나오는 그의 눈에 얼핏 입설정(立雪亭)이 보였다.

선종 소림의 시조라 불리는 달마에 이어 이조(二祖)로 추앙받는 혜가.

그가 달마에게 배움을 청하기 위해 스스로 왼팔을 잘랐다는 고사가 어린 곳.

그로 인해 소림에 혜가의 신심(信心)을 기리는 반장(半掌)의 예법이 생겼지만, 뇌존은 입설정을 지나며 보일락 말락 미소를 지었다.

'그래. 때론 얻기 위해 버리는 것도 있어야 하는 법.'

그게 바로 소림을 찾은 진정한 이유였다.

이미 강남은 영웅성이 석권한 것이나 마찬가지인 상황.

때마침 마도가 욱일승천의 기세로 남하하니 중간에 낀 정파를 부추겨 그들과 건곤일척의 승부를 벌이게 만드는 것.

그래서 양쪽 모두 힘이 빠지면 일시에 휘몰아쳐 강호통일을 이루는 게 바로 뇌존의 진정한 속내였다. 이른바 두 호랑이를 싸움 붙여 서로 잡아먹게 만드는 이호경식지계(二虎競食之計)[*]!

물론, 약속대로 전력을 다해 구대문파를 지원할 것이다. 단, 이미 강남으로 파견한 전력은 예외로 하고.

항상 유비무환(有備無患)의 자세. 가진 패를 모두 내놓지 않는 게 바로 뇌존의 생존법칙이었으니.

"이제 곧 과거와 마찬가지로 정사대전이 벌어질 테니 그들에게 종대선생(鍾大先生)을 붙여주게."

"예? 종대선생을 말입니까?"

해연히 놀라는 고왕과 창왕.

방금 뇌존이 거론한 종대선생은 신산지술(神算之術)과 기관진학(機關陣學), 암계모략과 병법의 달인이라 불리는 귀곡자(鬼谷子)의 후계자였다.

과거의 정사대전 때도 신기막측한 모략과 전술로 혁혁한 공을 세운 인물로, 그의 정체와 능력을 아는 사람은 뇌존과 고왕, 창왕뿐이었다.

"그때처럼 이번에도 그가 물꼬를 틀어줄 것이야……."

들릴락 말락 한 뇌존의 중얼거림을 들은 사람도 고왕과 창왕뿐이었고…….

*   *   *

---

[*] 이호경식지계(二虎競食之計):삼국지에서, 허저가 유비와 여포를 무찌르기 위해 정병 5만을 요구하자 순욱이 제안한 전략.

뇌존 일행이 떠나고 며칠 뒤.

이번에는 반가운 인물이 소림사를 찾았다.

연락도 없이 찾아온 건 뇌존 일행과 같았지만, 그들과 달리 땀범벅 눈물범벅이 되어 소림사를 찾은 사람은 다름 아닌 은혜연이었다.

"사부님, 이게 어찌 된 일이에요? 정신차리세요. 네? 제발 정신차리세요, 사부님. 흑흑흑."

눈앞에 식물인간처럼 누워있는 사부.

화산에서 음풍마제와 싸우다가 반 폐인 상태로 혼절해 있는 사부를 보고 은혜연은 한없이 눈물을 쏟았다.

이황야에게 화산이 무너졌다는 소식을 듣는 순간 곧바로 달려오고 싶었지만 사부가 신신당부하며 맡긴 일이다. 더욱이 그때까지만 해도 흑마련의 잔당이 남아 있어 황실의 위기가 완전히 해소됐다고 말하긴 힘든 상황.

그래서 이황야와 함께 황궁을 지키며 초조하게 화산대전의 자세한 소식을 기다렸다.

그러다가 마른하늘에 날벼락처럼 떠도는 소문.

사부가 위독하다는 이야기를 듣는 순간 은혜연은 그 자리에서 실신하고 말았다. 이후 어떻게 여기까지 왔는지 잘 기억이 나지 않았다. 그저 정신을 차리자마자 눈물범벅으로 신법을 전개, 함께 출발한 정수 사태가 뒤처지는 것도 모르고 한달음에 달려온 것이었다.

그러나 아무리 불러봐도 정신을 못 차리는 사부.

관세음보살 사십이수진언을 외워보고, 항마진언을 읊어봐도 마찬가지였다.

할 수 없이 최후의 방법, 보살대능력(菩薩大能力)이라 불리는 진기도인법으로 사부의 상처를 다스리기로 했다.

보살대능력이란 자신의 진기로 상대의 기맥과 혈맥을 어루만져, 막힌 곳을 뚫고 좁아든 곳을 원래대로 넓혀주며, 원기가 빠져나간 자리를 시술자의 진기로 대신 채워주는 것.

그렇게 위험한 시술을 몇날 며칠에 걸쳐 시행할 때였다.

그날따라 사부의 상세가 호전을 보이는지 진기도인법이 조금 빨리 끝났다. 그래서 운기조식으로 지친 심신을 채우려는데 문뜩으로 누군가가 자신을 훔쳐보려 한다는 게 느껴졌다.

"누구냐?"

나직하게 호통 치며 상대의 맥문을 붙잡으니 의외로 머리카락을 길게 기른 소년이었다.

열두어 살 되어 보이는 소년의 이름은 청림이라고 했다.

그가 말했다.

"그래도 다행이에요. 누나는 아직 사부님을 잃지 않았으니까……."

그 말에 은혜연은 가슴이 먹먹해졌다.

"넌… 사부님을 잃었니?"

"아뇨. 사부님뿐만 아니라 사숙, 사백, 사숙조, 사백조, 사중조, 사고조……. 그리고 사제들까지 몽땅 잃어버렸어요."

"아……!"

은혜연은 너무 충격을 받아 한동안 말을 잇지 못했다.

"어쩌다가……."

차라리 묻지 않는 게 나을 뻔했다.

"마도 놈들이 쳐들어왔었어요. 그들이 사부님을, 사숙을, 사백을……. 그리고 글도 읽을 줄 모르는 사제를, 수영도 제대로 못하는 사제를, 무거

워서 검도 휘두르지 못하는 사제를 모두, 모두, 제 눈앞에서 모두……."

눈물을 흘리지 않으려고 입술을 깨무는 소년.

그의 잇새로 붉은 액체가 떨어져 내렸다.

'아아……!'

은혜연은 너무나도 가슴 아픈 청림의 사연을 듣고 눈시울을 붉혔다. 그리고 그의 입술에 난 상처를 어루만져 주며 물었다.

"그랬구나. 그런데 여기서 뭐하고 있었던 거니?"

청림이 씁쓸한 미소를 지으며 말했다.

"사부님께서 무조건 소림으로 가라고 해서 왔어요. 그런데 멸문한 문파라고 거들떠도 안 보더군요. 그래서 몇 번을 조르고 졸라 겨우 불목하니로 일할 수 있었고, 며칠 전부터는 운이 좋았는지 지객당에서 일하라고 하더군요. 향화객들을 살피는 게 제 일인데 마침 누나가 눈에 띄어서 나도 모르게……."

"그랬구나. 그럼… 앞으로 어떻게 할 생각이니? 혹시 이곳에서 출가할 작정이야?"

만약에라도 자신이 도와줄 수 있으면 도움을 주려고 한 질문이었는데, 청림의 입에서 나온 대답은 완전 예상 밖이었다.

"아뇨. 당분간 이곳에서 사제를 기다리며 무공을 익혀 나중에 마도 놈들에게 복수해 줄 거예요. 내가 받은 그 이상으로, 철저하게!"

'아……!'

은원 강호라더니 이렇게 은원이 돌고 도는구나.

가슴 아픈 현실, 그리고 열두 살 소년의 다짐치고는 너무 독해 보여 은혜연은 일부러 화제를 돌렸다.

"그럼, 그 사제는 언제 오기로 했는데?"

청림이 시무룩한 표정으로 대답했다.

"몰라요. 살아 있는지 죽었는지도……. 그러나 살아 있을 거예요. 그 녀석, 막내지만 아주 독한 녀석이거든요."

"그래?"

그때부터 막내 사제 자랑에 여념이 없는 청림과 대화를 나누며 은혜연은 잠시 외로움을 달랠 수 있었다. 그리고 누군가가 향화객이 왔다며 청림을 부르고, 다시 사부 곁에 홀로 남은 은혜연은 우울한 표정을 지었다. 잠시 전에 들은 청림의 사연에 나오는 마도의 지존이 바로 묵자후였기 때문이었다.

제80장

유인

魔道

天下

유등이 일렁이는 석실 안에 두 사람이 대화를 나누고 있다.

"클클⋯⋯. 이호경식지계라. 양쪽 다 동귀어진하도록 만들라는 이야깁니까?"

"그렇소."

"클클. 너무 과한 걸 요구하시는군요."

"과하다니?"

"이호경식지계란 양쪽의 힘이 비슷해야 가능한 계책. 그런데 지금은 양쪽의 전력 차이가 심합니다."

"음⋯⋯. 놈들이 그 정도였단 말인가?"

"⋯⋯."

"어쩔 수 없지. 얻기 위해선 버리는 것도 있어야 하는 법. 우리 아이들까지 포함시켜 보게."

"그게 문젭니다. 성주께서 과연 얼마나 내놓으실지, 그리고 구대문파에서 얼마나 많은 고수들이 나설지……. 변수가 너무 많습니다. 이래서야 원하는 답이 나오기 힘들죠."

"으음……."

"목표를 좀 더 좁히시는 건 어떻겠습니까? 과거에도 그가 쓰러진 뒤에 상황이 쉽게 풀렸지 않습니까?"

"그럼 이번에도 머리부터 먼저?"

"물론 그 전에 팔다리들도 적당히 주물러 주고요."

"그러다가 또 허송세월하게 되면?"

"그땐 운신의 폭이 좁으셨잖습니까? 지금은 호랑이 등에 날개를 다신 걸로 아는데요?"

"아무리 날개를 달아도 땅을 딛고 살아야 하지 않는가?"

"호랑이가 포효 몇 번 했다고 위엄이 무너진답디까?"

"음, 그렇군……. 알겠네. 전권을 줄 테니까 좋도록 하게."

대화가 끝나자 유등이 꺼지고 두 사람의 모습도 사라졌다.

*   *   *

"으드득! 나쁜 놈! 머저리 같은 놈! 적의 적은 동지라는 말뜻도 모르는 무식한 놈! 우리 공통의 적은 따로 있는데 감히 날 무시해?"

섬서 외곽의 어느 객잔.

그중 가장 크고 화려한 객실에서 신경질적인 목소리가 튀어 나왔다.

목소리의 주인공은 금소선자 양화연이었다.

얼마 전, 아들을 잃고 은혜연을 겁박하다가 뇌존 휘하 삼십육천강이 끼어드는 바람에 쫓기듯 황궁을 빠져나온 그녀.

이후부터 그녀는 뇌존과 은혜연에게 뼈아픈 복수를 안겨 주리라 다짐하며 묵자후와 연수(聯手)를 모색했다.

그러나 수하를 통해 받은 대답은 무참한 거절.

그것도 눈앞에 나타나면 당장 목을 베어버리겠다는 엄포 섞인 거절—서로 만나지 않고 서신을 통해 전달 받은—이었다.

"죽일 놈! 나는 흑암승이 돌아가셨다는 소식을 듣고 충격을 받았어도 대국적인 차원에서 용서했는데, 네놈은 고작 과거의 인연 때문에 날 거부해?"

어찌나 화가 나던지 답신을 보는 순간 바로 마도 놈들의 본거지에 쳐들어가고 싶었다. 그러나 놈들이 어디에 머무르는지 모르니 무작정 쳐들어갈 수도 없고.

할 수 없이 객잔에 머물며 울화를 삭히고 있던 중이었다.

"이제 어떡한다? 뭔가 방법을 찾아야 할 텐데……."

고심에 고심을 거듭했지만 딱히 이거다 하는 묘안이 떠오르지 않았다. 그래서 답답한 마음에 창밖을 바라보는데,

'음……?'

처음엔 자신이 잘못 봤나 싶었다.

'세상에……!'

잘못 본 게 아니었다.

"저들이! 저들이 살아 있었어?"

너무 놀라 하마터면 마시고 있던 술잔을 떨어뜨릴 뻔했다.

저 멀리 마차를 타고 가는 네 사람.

세월이 너무 흐른 탓에, 그리고 그들의 얼굴과 몸 상태가 많이 달라진

탓에 처음엔 긴가민가했다. 그러나 안력을 높이고 기감을 퍼뜨려 보니 확실히 자신할 수 있었다.

"생사도 묵잠, 마도요화 금초초. 그리고 폭마 막여립과 흡혈시마 사공 두!"

흡혈시마야 이미 살아 있다고 소문났지만 나머지 세 사람은 아니었다. 그런데 저들마저 천금마옥에서 살아나왔다니…….

"아니지! 지금 저들이 살아나왔다는 게 중요한 게 아니잖아!"

중요한 건 저들의 신분이다. 네 사람 모두 마도의 핵심 인물들이니.

"아냐, 그보다 중요한 건, 이제껏 내 일을 망치고, 내게 모욕을 안겨준 묵자훈가 나발인가 하는 놈! 그놈의 부모가 바로 생사도 묵잠과 마도요화 금초초란 사실이지!"

양화연의 얼굴에 비릿한 미소가 떠올랐다. 저들을 보니 뭔가 일이 풀 릴 것 같다는 예감이 든 때문이었다.

스스슷!

담 모퉁이 사이로 누군가가 유령처럼 스며들었다.

빠끔, 눈 부위만 내밀어 전방을 주시하는 그림자.

'치잇. 고민이네. 어떻게 해야 저들을 이용해 묵자후와 뇌존, 그리고 검후 계집애에게 복수를 안겨줄 수 있을까?'

뭔가 실마리를 발견하긴 했으나 그 다음 단계가 생각나지 않아 여전히 고민에 휩싸여 있는 양화연이다.

'방법이고 뭐고, 짜증나는데 그냥 다 죽여 버려?'

그러나 말이 쉽지, 다른 사람도 아닌 천하의 흡혈시마와 생사도 묵잠 이다. 더욱이 넷 모두를 상대하자면 자신도 피해를 감수해야 한다.

그리고 저들을 죽여 봤자 묵자후만 슬퍼할 뿐, 주 복수 대상인 뇌존과 은혜연에겐 아무 상관없는 일이 되고 만다.

'그렇다고 이대로 마냥 따라다닐 수도 없고…….'

황궁에서 호의호식하다가 밤이슬 쫓는 고양이도 아니고, 이게 무슨 신세란 말인가.

고민과 갈등 속에 또 하루가 지났다.

여전히 마차로 이동하는 네 사람.

그 뒤를 따라다니던 양화연은 울컥 짜증이 치밀었다.

'이럴 줄 알았다면 수하들에게 맡기는 건데 괜히 직접 나섰어…….'

부자가 망해도 삼 년 간다는 말처럼 한때 황실을 들었다 놨다 하던 양화연이니 아직 그녀 곁엔 예전에 부리던 수하들 일부가 건재한 상태였다.

'그나저나 어디 가는 거지? 이쪽은 태원(太原) 방향이 아니라 운성(運城) 방향인데?'

그랬다. 어느새 산서로 진입한 마차가 소금의 집산지라 불리는 운성 쪽으로 남하하기 시작했다. 그리고 이틀 내내 도둑고양이처럼 따라오는 양화연의 기분을 고려한 것일까. 날이 어둑어둑해질 무렵, 드디어 목적지에 도착했다.

'에게게? 이게 뭐야? 고작 일반 장원(莊院)이잖아?'

최소한 마도의 본거지는 아니더라도 뭔가 그럴 듯한 비밀 거점 정도는 나올 줄 알았다. 그런데 이런 평범한 장원이라니.

'아니군, 완전히 평범한 건 아냐. 마도 놈들이 곳곳에 은신해 장원을 보호하고 있어!'

그렇다면 비밀리에 호위해야 할 만큼 중요한 인물이 머무르고 있는 곳일까?

'그럴지도 몰라. 흡혈시마나 생사도 같은 이들이 직접 찾아올 정도면 마도 내에서 상당한 배분을 지닌 실력자가 은거하고 있는 곳이겠군……'

하지만 예상은 또 다시 빗나가고 말았다.

마차가 도착하자 놀란 표정으로 뛰어 나오는 사람들.

대부분 평범한 장사치였다.

간혹 무공을 익힌 사람이 끼어 있긴 했지만 이류에도 못 미치는 수준이었고, 나머지는 전형적인 상인들이었다. 그들이 나누는 대화를 들어봐도 그렇고, 주변 정황을 봐도 소금가마니나 차엽, 건초 같은 물품을 실은 수레들만 오가고 있었다.

'완전 헛다리 짚었군……'

결국 아무 소득 없이 시간만 낭비한 꼴이 되고 말았다.

'이렇게 된 거, 확 불 싸질러버리고 다른 방법을 찾아봐?'

양화연이 허탈해하며 내심 이를 갈 때였다. 갑자기 장원 안쪽에서 애절한 음성이 들려왔다.

"아버지—!"

"장인어른……"

그 음성을 듣는 순간 양화연의 눈가에 한줄기 빛이 번뜩였다.

'그랬군! 이곳이 바로 마도요화 금초초의 사가(私家)였었어!'

그때부터 양화연의 입꼬리가 잔혹하게 말려 올라갔다.

*   *   *

짹짹.

지저귀는 새소리와 함께 아침이 왔다.

금초초는 잠에서 깨어 멍하니 주위를 둘러봤다.

여기가 어딘지 잠깐 생각해 보던 그녀는 깜짝 놀라 튕기듯 일어났다. 그리고 얼른 세안을 마치고 남편의 이부자리를 돌봐준 뒤 떨리는 걸음으로 침실을 나섰다.

밀물처럼 떠오르는 지난밤의 기억…….

기대하고 갈망했던 모녀 상봉은 애달픈 기분만 안겨주었다.

근 삼십 년 만의 해후임에도 딸자식을 전혀 못 알아보는 부친…….

원망스러웠다.

그렇게 야박하게 인연을 끊으시더니…….

그러나 곧바로 눈물이 났다.

바늘로 찔러도 피 한 방울 안 나올 것 같던 양반이 옹알이하는 어린아이처럼 변해 버리다니…….

누구나 세월 앞에 장사(壯士) 없다지만 너무 비현실적인 느낌이라 가슴이 먹먹하게 아파왔다.

그러나 금초초는 이내 이를 악물었다.

'그래……. 어쩌면 이게 더 나을는지도 몰라…….'

만약 부친이 맨 정신이었다면 괴물처럼 변한 딸자식을 보고 얼마나 충격을 받으셨을까. 그런 불효를 저지르느니 차라리 사리판단을 못하시는 지금이 더 나을지도 모른다.

'그리고 내가 이제부터 그동안 못 해드렸던 효도를 해드리면 되니까……. 그럼 지난날의 아픔도 모두 씻겨 내려갈 테니까…….'

그런 생각을 하며 부친의 침실을 찾았다.

그런데 뭔가 이상했다.

호흡이, 인기척이 전혀 느껴지지 않았다.

"…아버지?"

조심스럽게 부친을 불러봤다.

…….

고요한 정적.

갑자기 심장이 쿵쿵 뛰었다. 불길한 예감이 뇌리를 꽉 조여 왔다.

"아버지!"

소리 지르며 와락, 문을 열어젖혔다.

"……!"

없었다.

부친의 모습이 흔적도 없이 사라졌다.

대신, 침상 위에 덩그러니 놓인 서찰이 금초초의 시선을 잡아당겼다.

가끔 사람들은 무심코 손가락질을 한다.

가족 중에 누가 납치를 당하면 왜 주위 사람들에게 곧바로 알리지 않느냐면서.

금초초도 손가락질 하던 사람 중 하나였다.

그러나 막상 자신이 그 입장이 되니 아무 생각도 할 수 없었다. 그저, 아무에게도 알리지 말고 혼자 오라는 서찰의 명령에 따랐다. 주위 사람 모두가 자신을 손가락질한다 해도 그들의 비난보다는 부친이 잘못될까 봐 그게 더 두려웠으니까. 그리고 자신의 능력을 믿었으니까.

금초초는 당차고 지혜로운 여인이었다. 그래서 마인들이 우글거리는 철마성 내에서 정보를 담당하는 군영당 당주직을 맡았다.

아는 사람은 다 아는 사실이지만 정보를 다루는 이들은 대개 침착하고 치밀하다. 또한 직관도 중요시하지만 단편을 모아 큰 그림을 예측하는 판단 능력을 더 중시한다.

부친이 사라지고 금초초가 제일 먼저 한 일은 침상 위에 있는 서찰을 훑어보는 일 따위가 아니었다. 정보를 다룰 때처럼 세밀하게 침상 주변을 먼저 살폈다. 그리고 확신했다.

'돈을 노린 단순 인질범이야!'

금초초가 그렇게 결론 내릴 정도로 어수룩한 흔적들이 곳곳에 널려 있었다.

흐트러진 침상. 열린 창문. 부서진 패물함.

그래서 상황을 낙관했다. 인질범이 남긴 서찰을 보고 더더욱 자신감을 가졌다.

'아무에게도 알리지 말고 황금 백 냥을 가지고 폐사찰로 오라고? 이 벌건 대낮에?'

코웃음이 났다.

만약 부친이 치매와 중풍을 앓고 있는 상태가 아니었다면 한 번쯤 의심해 봤을 지도 모른다.

아니, 패물함이 부서져 있지만 않았더라도 무슨 의도가 깔린 유인책이 아닐까 의심해 봤을지도 모른다.

아니, 아니다.

설령 그렇다고 한들, 감히 마도요화를 상대로 벌건 대낮에 흥정하겠다는 그 어이없는 발상에 금초초가 그만 낚이고 말았다.

그래서 이 어설픈 인질범이, 혹시 주위 사람들과 함께 가면 당황한 나머지 부친을 해칠지도 모른다는 우려가 결국 사건을 미궁으로 빠뜨리는 결과를 초래하고 말았다.

*   *   *

사실 양화연은 그렇게까지 치사한 방법을 쓸 생각은 없었다.

그냥 묵자후를 꾀어 뇌존과 은혜연, 그 둘에게 복수할 수 있는 방법을 모색하다가 우연히 묵잠 일행을 발견한 것뿐이었다.

그리고 그들 뒤를 좇다가 치매에 걸린 노인을 보고 꿩도 잡고 매도 잡는 방법을 떠올린 것뿐이었다.

지금 양화연은 혈도를 짚여 자기 발밑에 쓰러져 있는 금초초, 천금마옥에 갇히면서 얼굴이 바둑판으로 변하고 화산 폭발로 온몸이 일그러진 그녀를 죽일 생각은 애초부터 없었다.

또한 치매와 중풍을 앓고 있는 그녀의 아비, 자기가 왜 잡혀와 있는지도 모르는 채, 때 이른 봄기운에 폐사당으로 날아온 꿀벌을 보고 웃으며 박수를 치려 애쓰는 저 한심한 노인을 죽일 생각도 아예 없었다.

"이봐, 늙은이. 이 사당문을 열고 저잣거리에 나가면 빙당호로 파는 곳이 있을 테니 거기서 맛나게 먹고 놀다가 해 떨어지면 집으로 돌아가."

치매에 걸린 노인이야 돈 몇 푼 쥐어주고 발로 뻥 차버리면 그만이다. 그러면 멍하니 이 골목 저 골목 헤매 다니다가 누군가에게 발견될 것이니.

문제는 혈도를 짚였으면서도 앙칼진 표정으로 자신을 쏘아보고 있는 마도요화 금초초다.

"이년이 왕년의 성주 부인을 배알하고도 도끼눈을 치뜨다니. 자꾸 그

렇게 노려보면 눈알을 확 뽑아버리겠다!'

말은 그렇게 했지만 귀찮게 손을 쓰고 자시고 할 필요도 없는 일이다. 뼛속까지 마인인 계집이 엄포에 눌려 시선을 돌릴 까닭이 없고, 또 어차피 한독과 화독이 골수에 미쳐 오래 살지 못할 계집이니까.

투두둑!

그냥 계집의 목에 걸린 목걸이면 된다.

얼마나 귀하게 모셨는지 표면이 반질반질 윤이 나는 쇠사슬 조각을 목걸이로 삼은 것. 그 겉면에,

탐생망극(貪生忘剋).

자(自), 후(侯).

금옥 오년(禁獄五年), 곡대야(曲大爺), 모이야(茅二爺) 작명(作名).

극강의 공력으로 깨알같이 글자를 새긴 이 쇠사슬 조각만 떼어내면 된다.

'이걸 보면 제 어미인지 알아보겠지.'

그래도 혹시 몰라 화상자국으로 비틀린 손목 하나를 통째로 잘라 버릴까 하다가 모처럼 측은지심을 발휘해 새끼손가락 하나를 자르고 금초초의 품 안에 있는 암기 하나를 챙겼다.

'이래도 몰라보면 네놈이 불효자인거고……'

이제 모든 준비가 끝났다.

'저년은 뇌존에게, 저 쇠붙이와 손가락, 암기는 그놈에게. 호호호. 어디 네놈들끼리 피터지게 한번 싸워보라지!'

묵자후가 태어날 당시 음풍마제와 함께 이름을 지어주고 돌잡이 선물

로 자신의 비파골을 꿰고 있던 쇠사슬을 선물로 준 혈영노조.

그 선물에 감격한 금초초가 묵자후의 이름자를 누가 지어줬는지, 그 평생 운이 어떤지를 적어 고이 간직한 쇠사슬 조각에다, 빛 한 점 들어오지 않는 공간에서 묵자후를 낳아 기른 금초초의 손가락, 그리고 그녀의 독문 암기를 챙겨 어딘가로 보낸 뒤 잔혹하게 입꼬리를 말아 올리는 양화연이었다.

*　　*　　*

그즈음, 귀곡자의 후예 종대선생은 머리카락을 쥐어뜯으며 보고서를 구겨 버렸다.

"놈들이 화산을 떠난 뒤 아직까지 소식이 없다니……."

도저히 이해가 되지 않았다.

아무리 이호경식지계를 세우고 천면매복을 짜두면 뭘 하나.

싸움의 한 축이 사라져 버렸는데.

"이놈! 대체 무슨 꿍꿍이냐? 천하를 집어삼킬 듯 남하하더니 왜 모든 행동을 멈추고 사라져 버린 것이냐고?"

혼자 고래고래 고함을 질러봤지만 그 소리가 묵자후 귀에 들어갈 리 없다. 또 들어갔다고 한들 의도대로 움직여 줄 묵자후도 아니고.

결국 모든 계획이 허사가 될 궁지에 몰린 종대선생에게 어느 날 가뭄 끝에 단비 같은 소식이 날아들었다.

"뭐라고? 누군가가 마도요화를 영웅성에 던져 주고 사라졌다고?"

돌발변수의 등장이었다.

그러나 다른 사람도 아닌 귀곡자의 후계, 그것도 신룡의 꼬리처럼 위치가 어딘지, 구성원이 몇 명인지 전혀 알려지지 않은 신비문파, 귀곡문의 당대 문주가 이 사건의 숨은 의도를 꿰뚫어보지 못할 리 없다.

그런데도 종대선생은 내심 무릎을 쳤다.

'호재로고! 하늘이 주신 기회로다!'

비록 암중의 인물이 차도살인지계를 노리고 있음이 분명하지만 그건 활용하기 나름이다. 그가 뭘 노리든 결과는 자신의 뜻대로 흘러갈 테니까.

'후후. 딴에는 영웅성과 마도의 양패구상을 획책하는 모양인데, 안 됐다만 양패구상 당하는 건 구대문파야. 구대문파와 마도가 그대 덕분에 더 만신창이가 되도록 싸우겠군.'

종대선생은 회심의 미소를 지으며 급히 서찰을 작성했다.

그냥 썩혀두기엔 너무 아까운 떡이 손에 들어왔으니 그 기회를 십분 활용하기로 한 것이었다.

                    *   *   *

알음알음으로 소문이 번지고 있었다.

아직 아는 사람은 채 백 명도 되지 않는 소문. 그리고 어찌 보면 강호에서 흔히 들을 수 있는 이야기에 불과했으나 동관에서 홍등가를 운영하고 있던 장미부인은 그 이야기를 듣자마자 반쯤 혼이 나가 버렸다.

─누군가가 골동품 가게에서 상자를 구입했는데, 황당하게도 그 안에 자 자, 후 자라는 글씨와 금옥 오년이란 날짜가 새겨진 쇠붙이, 그리고 사람 손가락과 은하수 문양이 새겨진 암기가 들어 있었다지 뭐야.

그 이야기를 듣는 순간 장미부인은 정신이 아득해 급히 전서구를 찾았다.

또 하나의 소문이 번지고 있었다.

정파 쪽에서 은밀히 흘러나온 소문이었다.

며칠 전, 누가 무당파 해검지(解劍池)에 여인 하나를 던져 놓고 사라졌는데 그 여인의 얼굴이 흉측하기 짝이 없다는 소문이었다.

그리고 그 여인을 발견하는 순간 무당파를 비롯한 구대문파가 초긴장 상태에 돌입, 긴급 무림첩(武林帖)을 발동했다는 소문이었다.

무림첩이란 강호의 명운이 걸린 위난이 발생했을 때 구대문파 연명으로 정파 전체에 회람을 돌려 긴급사태에 공동대응하자는 호소문이자 격문(格文)이었다.

그에 불응하면 나중에 어떤 불이익을 받을지 모르기에 구대문파에 선을 대고 있는 중소문파는 대부분 자파 고수를 대동하여 무림첩에 응하곤 했는데, 그 무림첩이 담당자의 실수로 이미 마도 쪽에 넘어간 산서 문파 중 한 곳에도 발송되었다.

"맙소사! 지존의 모친으로 추측되는 분이 무당파에 구금되어 계신다고?"

잘못 전달된 무림첩을 보고 코웃음을 치던 대도문(大刀門) 문주는 재미 삼아 그 내용을 읽어보다가 그만 기절초풍하고 말았다.

잠시 후, 덜덜 떨리는 손으로 몇 번이고 붓을 놓친 대도문주가 이마에 홍건한 땀을 닦으며 겨우 묵자후에게 보내는 서찰을 완성했다.

"곧 지존령이 내릴 것이다. 대도문 전사들은 즉각 출전채비를 갖추도

록 하라!'

대도문주가 급히 휘하 무인들을 소집하고, 오밤중에 자다가 일어난 대도문 무인들이 후다닥 검과 암기를 챙겨 연무장 앞에 도열할 동안, 장미부인과 대도문주가 보낸 서찰은 모처에서 특급 서신으로 격상돼 곧바로 묵자후가 머무르고 있는 어느 화려한 전각에 도착했다.

그건 사실 전각이 아니라 궁에 가까웠다.

사시사철 꽃이 피는 정원과 드넓은 호수.

그 호수를 발아래 둔 인공가산과 그 모두를 배경처럼 아우른 화려한 전각들.

그중 장정이 팔을 뻗어도 감싸 안지 못할 아름드리 기둥과 장인의 흔적이 고스란히 담긴 처마, 그리고 각종 탱화와 신선도 등이 벽면을 가득 채우고도 모자라 천장까지 빼곡히 채우고 있는 전각.

더하여 무려 백 장 길이의 회랑이 전각을 중심으로 사통팔달 뻗어 있는 걸 보면 이 전각의 주인은 아무리 못해도 그 작위가 왕이나 후에 이를 듯했다.

사실도 그러했다. 이 전각의 주인은 다름 아닌 서안 왕부의 지배자, 양왕이었으니.

그런데 지금, 양왕이 집무를 보고 있어야 할 중앙대전의 태사의엔 의외의 인물이 앉아 있었다. 그리고 신하들이 시립해 있어야 할 자리엔 마기를 뭉클뭉클 흘리는 인물들이 도열해 있었다.

바로 화산을 무너뜨리고 연기처럼 사라진 묵자후와 마도의 핵심 요인들이었다.

대체 양왕과 그 신하들은 어디로 가고 묵자후와 마인들이 이곳을 차지하고 있는 것일까.

그런 의문은 별로 중요한 게 아니었다.

혈영노조에게 배운 양의합일도인법과 마녀에게 배운 천변만화공으로 남해검문을 제 집 안방처럼 들쑤시던 묵자후였으니.

그보다는 지금 당장에라도 대전 지붕이 폭발할 것 같은 살기에 휩싸여 있고, 마인들 모두가 묵자후의 눈치를 살피며 전전긍긍하고 있다는 사실이 더 중요했다.

묵자후의 눈은 피처럼 붉게 충혈되어 있었다.

그의 시선이 향한 곳.

그곳엔 한 사람이 오체투지의 자세로 벌벌 떨고 있었다.

하필이면 마도 본진과 외곽의 연락을 담당하는 바람에 묵자후의 살기를 온몸으로 받게 된 생사판이었다.

그가 죽을힘을 다해 엎드려 있는 대전 바닥엔 낡은 상자 하나가 황금빛 비단자락 위에 고이 모셔져 있었다.

그 비단자락 위에 놓인 상자. 보다 정확히 말해 그 안에 있는 내용물 때문에 지금 음풍마제를 비롯한 마인들이 묵자후의 눈치를 살피며 숨도 제대로 못 쉬고 있는 것이었다.

반질반질 윤이 나는 쇠사슬 조각과 피 묻은 여인의 손가락.

그리고 은하수 모양이 새겨진 암기.

"큭…… 크큭. 크크크큭……."

한동안 뚫어져라 상자 안을 바라보던 묵자후의 입에서 갑자기 괴소가 흘러나왔다. 뒤이어 묵자후가 손을 뻗자 상자 안에 있던 내용물들이 한꺼번에 빨려 들어왔다.

묵자후는 떨리는 손으로 내용물을 감싸 안았다.

"큭큭큭……."

어찌 잊으랴, 이 물건들을…….

그토록 그리워했고 보고 싶어했던 어머니의 물건, 어머니의 손이 아닌가.

특히 이 암기…….

은하수 모양이 새겨진 은한탈명침은 모친의 성명절기인 은한탈혼을 펼치기 위해 꼭 필요한 암기였다.

열네 살 때 생사투에 참여하기 위해 부모 앞에서 본신무공을 확인받던 날.

자신만만하게 부친의 도법과 보법, 그리고 당신의 암기술을 펼쳐 보이자 눈물을 글썽이며 품에 꼬옥 안아주시던 그날의 기억이 아직도 가슴에 선명한데…….

'그런데, 그런데……. 우욱……'

묵자후는 처음으로 수하들 앞에서 눈물을 보이고 말았다.

"지존……."

"후아야……."

그런 묵자후를 보고 마인들은 어쩔 줄 몰라 했고 음풍마제는 측은한 표정으로 눈시울을 붉혔다.

'이옹…….'

그리고 모처럼 묵자후를 지존이라 부르며 덩달아 눈물을 흘리는 흑오.

'후아. 불쌍해……. 꼭 엄마 잃은 새처럼 울어…….'

두 눈에 닭똥 같은 눈물을 줄줄 흘리며 묵자후를 훔쳐 보던 흑오는, 억지로 오열을 참으며 피 묻은 손가락을 뺨에 갖다 대는 묵자후를 보고 자기도 모르게 주먹을 움켜쥐었다.

'나쁜 놈들. 감히 후아 엄마 손가락을 자르다니, 절대 용서하지 않을 거야!'

파멸안이 발동되지도 않았는데 흑오의 눈이 벽록색으로 변해 대전 입구를 먼지 조각으로 만들어 버렸다. 그러자 대전 바닥에 부복해 있던 생사판이 그 자리에서 혼절해 버렸고, 상심에 젖어 있던 묵자후는 서서히 냉정을 회복했다.

"후후후. 그래! 끝장을 보잔 말이지? 오냐! 가주마! 그러나 각오해야 할 것이다! 내 어머니를 건드린 이상, 네놈들은 죽어도 마음 편히 죽지 못할 것이다!"

오싹한 묵자후의 다짐.

뒤이어, 대도문 문주에게서 구대문파가 무림첩을 발동했다는 소식과, 양화연이 영웅성에 던진 금초초를 다시 무당파로 보낸 종대선생이 구대문파 이름으로 묵자후에게 그간의 죄를 빌고 항복하라는 전언을 보내오는 순간,

우르르르, 콰콰쾅!

기어코 떨고 있던 대전 지붕이 산산조각으로 폭발하고 말았다.

제81장

변수

魔道
天下

무림첩이 돌고, 묵자후가 서안 왕부에서 살기를 터뜨리던 날.

세 사람은 좌불안석이 되어 전전긍긍 밤을 지샜다.

'내 잘못이야. 그때 지존께 사실대로 말씀드렸어야 했어⋯⋯.'

가장 먼저 화산에서 흡혈시마의 엄포 섞인 서찰을 받고 보고를 누락한 장미부인이 공포에 질려 잠을 못 이루고 있었다.

그리고,

'내 잘못이야. 무슨 일이 있더라도 세 분을 모시고 지존을 뵈러 갔어야 했어⋯⋯.'

희사가 아니마경산에서 눈물로 잠을 못 이루고 있었다.

그리고 그녀들에게 불면의 밤을 떠안긴 주범이자 공범, 흡혈시마가 산서 운성에 임시 거처를 마련한 은월상단 후원을 서성이며 충혈된 눈으로 밤하늘을 쳐다보고 있었다.

'내 탓이다! 내가 세 사람을 호위하겠다고 큰소리쳐 놓고 방심했다. 그 래서 이런 일이 벌어지고 만 것이다…….'

평소엔 누가 뭐래도 반성의 기미는커녕 제 성질대로 행동하던 흡혈시 마였다. 그러나 금초초가 납치당한 뒤에는 말 한마디 없이 슬픈 모습으 로 밤하늘만 쳐다보고 있었다.

그러나 그들 세 사람의 심정이 아무리 괴로워도 아내를 잃은 생사도 묵잠에 비할까.

치매에 걸린 장인이 저잣거리에서 발견되고, 아내가 연기처럼 사라진 날, 묵잠은 눈에 불을 켜고 저잣거리를 기준으로 사방 십 리를 미친 듯이 뒤졌다.

그리고 마침내 발견한 폐사당.

가슴을 철렁하게 만드는 핏자국과 마룻바닥을 뚫고 끝머리만 살짝 보 이는 암기를 발견하는 순간, 묵잠은 하늘이 무너져 내리는 기분이었다.

우려대로 아내에게 변고가 발생했다는 걸 인정한 묵잠은 밀려오는 분 노와 허탈감에 잠을 이룰 수 없었다.

그러다가 마침내 알게 됐다, 아내가 무당파에 구금돼 있다는 사실을.

은월 상단을 보호하고 있던 마인들에게서 그 소식을 들은 묵잠은 자신 의 애병을 손에 감아쥐며 파랗게 눈을 빛냈다.

'함정이다! 이건 후아를 끌어들이기 위한 함정이야!'

옛 철마성 최강의 전투집단을 이끌던 파천혈룡단 단주답게 묵잠은 곧 바로 아내의 실종과 관련된 음모를 간파했다.

'아비가 나서마! 아비가 나설 테니 넌 움직이지 마라. 내가 내 모든 것 을 걸고 내 아내를 구할 것이니 끼어들지 마라!'

생사도를 움켜쥐며 중얼거리는 묵잠.

당연한 결정이었다.

아비 된 입장에서 어찌 아들을 위험에 빠뜨릴 수 있을까.

더욱이 갇혀 있는 사람은 자신의 아내가 아니던가.

평생 한눈팔지 않고 백년해로하겠다고 맹세했다.

평생 그녀를 위해 모든 것을 바치겠다고 약속했다.

이제 그 맹세와 약속을 지켜야 할 순간이다.

파팟—!

일격필살의 도법으로 언제나 전투의 최선봉에 섰던 묵잠.

그가 평생의 애검, 생사도와 함께 무당파로 향했다.

생사를 도외시하고 아내를 구하려는 것이었다.

홀로 죽음의 길로 향하는 묵잠.

그러나 그의 의형인 폭마 막여립과 한때 앙숙이었던 흡혈시마는 눈 뜬 장님이 아니었다.

밤새 묵잠만 지켜보고 있던 폭마와 자책감에 휩싸여 후원을 거닐고 있던 흡혈시마는 묵잠이 어디론가 신형을 날리자마자 누가 먼저랄 것도 없이 그 뒤를 따랐다.

그리고 은월상단에 파견 나와 있던 마인들도 장님이 아니었다. 묵잠 일행이 무당파로 향하자마자 그들은 곧바로 묵자후에게 긴급 전서구를 날렸다. 마음 같아선 함께 따라가고 싶었지만 또 다시 묵자후의 모친 가문에 변고가 발생하면 안 되니 어쩔 수 없이 자리를 지켜야만 했다.

*　　　*　　　*

쿵, 쿵, 쿵!

강호에 오싹한 발걸음 소리가 울려 퍼졌다.

마치 소인국을 덮치는 거인의 발걸음 소리처럼 마인들이 일제히 움직이는 소리였다.

서안 왕부에서부터 시작된 마인들의 이동행렬은 군부조차 건드리지 못할 정도로 살벌하기 짝이 없었다.

여자와 노인, 어린아이에 대한 유괴와 납치는 마도에서도 잘 저지르지 않는 범죄였다. 그런데 감히 정파가 지존의 모친을 납치해 항복을 강요하다니!

무당파로 향하는 마인들의 눈에 불길이 이글거리는 이유였다.

한편, 무당파 장문인인 정등 진인의 눈에도 불길이 이글거렸다.

마인들과는 전혀 다른 이유였지만, 눈에서 새어 나오는 분노의 빛깔은 그들보다 더 했으면 더 했지 덜 하진 않았다.

"이보시오, 문주! 지금 그걸 말이라고 하시는 게요?"

평소답지 않게 노성을 지르며 다탁을 후려치는 정등 진인.

만약 그 다탁이 선대에서부터 내려오는 유물이 아니었다면 부서져도 열두 번은 더 부서졌으리라.

그럼에도 정등 진인과 마주앉은 귀곡문의 문주, 종대선생은 눈도 꿈쩍하지 않았다. 오히려 그의 화를 돋우기로 작정한 듯 비아냥거리는 어투로 이야기했다.

"클클. 물 같이 담담한 마음이 도의 기본이거늘 왜 이리 진노하십니까? 일단 고정하시고, 장문인. 아시다시피 맑은 물에선 고기가 살 수 없지 않습니까? 세상을 살아가자면 적당히 타협도 할 줄 알고 술수도 부릴 줄 알아야 하는 법. 특히 지금 같은 시국에선 구대문파도 살아남아야 구대문파 행세를 할 수 있지 않겠습니까?"

그 말에 정등 진인이 또 한 번 격노했다.

"뭣이? 궤변이오! 떳떳함을 아는 것이 밝음이라고 했소. 그리고 큰 원한을 풀어도 반드시 남는 원한이 있다고 했소. 그런데 어찌 사특한 방법으로 정도를 가겠단 말이오?"

"흐음…… 그럼 산속에 틀어박혀 우화등선이나 꿈꾸시지 강호의 일엔 왜 나서신단 말이오? 그거야말로 궤변이 아니외까?"

"갈! 삿된 말로 정녕 본파를 능멸하려는 것이오?"

지금 두 사람이 입씨름을 벌이는 이유는 바로 마도요화 금초초의 신병처리 문제 때문이었다.

구대문파, 특히 무당파가 바보멍텅구리 집단이 아닌 다음에야 갑자기 자파 해검지 앞에 던져진 금초초를 보고 그 배후를 의심하지 않을 리 없다.

그래서 앞뒤 정황을 따져 본 결과 영웅성이 개입했다는 심증을 확보했고 정등 진인이 공식항의하기에 이르렀다. 그러자 엉뚱하게도 영웅성이 아닌 귀곡문의 문주가 전권을 위임받았다며 무당을 방문했고 금초초 건에 대해 이런저런 변명으로 일관하자 정등 진인이 격노하고 있는 중이었다.

이제 두 사람의 대화는 거의 파탄나기 일보직전이었다.

그러나 오히려 이 상황을 노린 종대선생은 이글거리는 정등 진인의 표정을 보고 속으로 회심의 미소를 지었다. 그리고 짐짓 긴 한숨을 쉬며 대안을 제시했다.

"저희 의도는 그런 뜻이 아니었는데 장문인께서 오해하시니 어쩔 수 없군요. 그럼 인질 작전은 저희 쪽에서 대신 수행하겠습니다."

그 말에 정등 진인은 다탁에 놓인 찻잔을 그에게 확 집어 던져 버리고 싶었다.

이미 소문은 퍼질 대로 퍼진 상황인데 이제서야 그녀를 데려가겠다고?

"으드득! 좋소. 그러나 귀하가 됐든 영웅성 성주가 됐든, 반드시 이 일에 책임을 지셔야 할 것이오!"

불감청(不敢請)이 고소원(固所願)*인지라 종대선생은 냉큼 대답했다.

"알겠습니다. 장문인께서 어떤 요구를 하시든 다 받아들이겠습니다. 대신 목전의 전투가 임박했으니 일단 마도 놈들부터 처리하고 난 다음에 죄를 청하겠습니다."

"이이익! 나가시오! 당장 내 눈앞에서 사라지란 말이오!"

이미 쌀이 익어 밥이 된 상황이니 종대선생은 속으로 콧노래를 부르며 기분 좋게 축객령을 받아들였다.

그리고 다음 수순.

"저 계집을 대홍산으로 옮겨라. 준비는 다 되어 있을 것이다."

대홍산은 영웅성의 북로가 대기하고 있는 곳.

만약 묵자후가 예상을 벗어나 구대문파 연합을 돌파하고 계속 제 어미를 찾아 영웅성으로 진격한다면 그때를 대비해 세운 계획이었다.

이른바 참살작전.

'후후. 나는 말이지, 차라리 네놈이 구대문파의 저지선을 화끈하게 돌파해 주길 바래. 그래야 준비해 둔 불꽃놀이로 화려하게 대미를 장식할 수 있을 테니까……'

수하들에 의해 대홍산 절벽으로 옮겨지는 금초초를 보며 사이한 미소

---

* 불감청(不敢請) 고소원(固所願):감히 바라지는 못하지만 기대하고 원하는 바.

를 짓는 종대선생이었다.

*   *   *

"옴— 날지날지 날타바지 날제 나야바니 훔 바탁……."[*]

은혜연은 날마다 사부를 간호하며 진언과 게송을 읊었다.

그러나 당최 마음이 진정되지 않았다.

뒤숭숭한 소림사의 분위기 탓이었다.

이틀 전, 무림첩이 발동되고 방장스님과 사대금강, 그리고 나한전의 주력인 소림나한십팔승과 소림의 모든 힘인 오백나한이 무당으로 출발한다고 했다. 뿐만 아니라 소림속가 전체에도 무당으로 집결하라는 명을 내렸다고 들었다. 드디어 정사대전이 시작되고 있는 것이었다.

이런 시기에 사부의 병간호만 하고 있으니 마음이 진정될 리 없다.

'드디어 그의 최후가 다가오고 있구나……'

그런 생각을 하니 왠지 가슴이 아팠다.

은혜연은 가만히 눈을 감고 그를 떠올려 보았다.

오뚝하게 뻗은 콧날, 고요한 눈동자.

갸름한 얼굴선과 강인한 턱.

실로 가슴이 뛸 정도로 미남이지만 한 마리 야수처럼 위험해 보이던 사내.

"그렇게 토끼눈 뜨고 있지 말고 시간나면 곧바로 의가를 찾아가 보시오."

---

[*] 관세음보살 석장수진언, 자비심으로 일체의 중생을 덮어주는 진언.

그러나 차가운 목소리 뒤에 따스한 정을 갖고 있는 사내.

그가 이제 천하인의 비난 속에 사바세계(註:현 세상)를 떠나게 될 것이다.

'아……'

괜히 마음이 저려 눈시울이 붉어졌다. 그래서 그를 위해 잠시 게송을 읊어주기로 했다.

'사악한 이가 어떤 이를 살해하려고 수미산 꼭대기로부터 떨어뜨렸다 할지라도 관세음을 억념하면 태양처럼 공중에 정지한다. 또 금강석으로 된 산을 그 사람의 머리에 던졌다 할지라도 관세음을 억념하면 털끝만큼도 상처 입지 않는다. 칼을 든 적들에게 둘러싸였더라도 관세음을 억념하면 적들은 즉시 불쌍한 마음을 갖게 된다……?

은혜연은 관세음보살 보문품을 읊다가 자기도 모르게 흠칫했다. 이 게송대로라면 구대문파가 사악한 쪽이 되어버리지 않는가.

'이건 아니야. 다른 걸 외워야지……'

다시 마음을 가다듬고 구결을 읊었다.

그런데 떠오르는 구결이라곤,

'맑고 자비롭고 지혜로운 눈을 지닌 이여. 사랑스럽게 보는 청정한 눈을 지니고 아름다운 얼굴과 눈을 지닌 매력이 넘치는 이여……. 청정무구하며 더러움 없는 빛. 햇빛처럼 어두움이 없는 지혜의 빛. 바람에 흔들리지 않는 불꽃같은 빛을 갖춘 이여. 당신은 스스로 빛나며 세계를 비추나니……'

"아아……. 이것도 아냐……."

은혜연은 울상이 되어 게송을 중단했다. 그리고 답답한 마음에 선방을

나서 후원을 거니는데,

"사매! 사부님은, 사부님은 어떠셔? 괜찮으신 거지? 아무 일도 없는 거지?"

등 뒤에서 들려오는 기진맥진한 음성.

이곳으로 오는 중에 뒤처졌던 정수 사태가 헥헥거리며 이제야 소림사에 도착한 것이었다.

그녀를 보는 순간 은혜연의 눈에 살짝 생기가 돌았다.

"사자. 마침 잘 오셨어요. 안 그래도 무척 기다렸는데……."

은혜연은 얼른 정수 사태의 팔짱을 끼고 사부가 누워 있는 선방으로 안내했다.

              *   *   *

정파인들은 마인들을 가리켜 뼛속까지 악인이라고 말한다.

완전히 틀린 말은 아니다. 그러나 그 말에 전혀 안 어울리는 사람도 많았다. 그중 대표적인 사람이 바로 생사도 묵잠이었다.

무공 입문 당시 비싼 정파 무관의 입관료를 낼 형편이 못 되어 흑도인을 사부로 모시는 바람에 마인이 되고만 묵잠.

아니, 그는 마인이라기보다는 차라리 전사에 가까웠다.

타고난 승부 근성과 과감한 결단력, 거기다 수하를 이끄는 통솔력까지 갖춘, 그야말로 일인 전사에 가까웠던 것이다.

특히 그의 전사적 기질을 가장 말해주는 예화가 바로 마정대전 당시의 파천혈룡단 행보였다.

생사도 묵잠이 이끄는 파천혈룡단은 어떤 상황에 처하든 술수를 부리지 않았다. 오로지 정공법으로, 힘으로 돌파했다. 그래서 호쾌함과 투지를 최고로 꼽는 마인들로부터 절대 존경을 받을 수 있었던 것이다.

지금도 마찬가지다.

생사도 묵잠은 무림첩이 발동된 무당파를, 그것도 구대문파를 비롯한 정파 무인들이 구름처럼 몰려 있는 무당산을 단숨에 치고 들어갔다.

그리고 별호와 똑같은 이름의 애병, 생사도를 뽑아 일도단천의 수법으로 무당파의 입구 관문인 현악문(玄岳門)을 두 쪽으로 갈라 버렸다.

쩌저저적…….

요란한 소리를 내며 부서져 내리는 석문.

연이어 그는 아내가 내동댕이쳐졌던 해검지 앞에 서서 천주부동의 자세로 도를 번쩍 치켜세운 뒤 무당산 정상, 천주봉을 향해 벽력같은 사자후를 터뜨렸다.

"이놈들—! 내가 왔다! 네놈들에게 납치당한 마도요화 금초초를 찾으러 생사도 묵잠이 왔으니, 인두겁을 쓴 위선자들은 병든 아내를 풀어주고 대신 나를 상대하라! 몇 놈이 됐든 내가 모두 상대해 주마!"

느닷없는 묵잠의 고함 소리에 무당산이 발칵 뒤집어졌다.

"이게 무슨 소리요? 생사도 묵잠이 왔다니?"

"묵자후와 마도 놈들이 몰려올 거라고 하지 않았소?"

이렇게 어리둥절해하는 사람이 있는가 하면,

"엥? 납치당한 마도요화라니? 그럼 설마 무당파가 여인을 납치했단 말이오? 그것도 병든 여인을?"

"말도 안 돼! 우리 정파가 언제부터 여인을 볼모 삼아 무림첩을 발동했단 말이오?"

이렇게 회의적인 표정을 짓거나 고개를 설레설레 흔드는 사람도 있었다.

　사연인 즉슨 워낙 급히 무림첩을 발동하다 보니 아직 자세한 내막을 모르는 사람들도 많았던 까닭이었다.

　뭇 군중들의 의문에 무당파 장문인도 당혹스럽긴 마찬가지였다.

　'낭패로고! 일이 왜 이렇게 돌아간단 말인가? 설마하니 한 놈이 혈혈단신으로 뛰어들 줄이야…….'

　정등 진인이 난처한 표정을 짓는 이유.

　이제 와서 군웅들에게 마도요화 금초초가 어떻게 본파에 구금되었는지, 그리고 왜 영웅성 쪽에 넘겨줄 수밖에 없었는지 해명하기가 곤란했기 때문이었다. 그리고 물밀 듯이 몰려온다던 마도 놈들 대신 갑자기 한 놈이 나타나서 소란을 피우니 어떻게 대처해야 할지 골머리가 지끈거린 것이다.

　그나마 시간 차이를 두고 흡혈시마와 폭마가 도착해 다소 안심(?)이 되긴 했지만 상황이 꼬여 버리긴 매한가지였다.

　'이를 어쩐다?'

　정등 진인이 미간을 찌푸리며 고민할 때였다.

　"네 이놈! 자초지종은 모르겠다만, 감히 예가 어디라고 목청을 높이며 행패를 부리는 것이냐?"

　때마침 혈기왕성한 몇몇 군웅이 이름을 날리고 싶어 해검지로 뛰어 내려갔다.

　당연히 분노로 활활 타오르는 묵잠이 그들을 용서할 리 없고.

　쉬익!

　시퍼런 칼 빛이 번뜩이는 순간 십여 명의 목이 썩은 무처럼 잘려 나갔다.

후두둑!

금세 해검지 주변을 벌겋게 물들이는 핏물.

피는 언제나 사람을 흥분하게 만든다. 특히 자기들이 다수라고 믿고 있으면 더더욱 흥분지수가 상승하게 된다.

지금도 그랬다.

"저런 잔인한 놈을 봤나?"

"다짜고짜 사람 목을 베?"

"전인공노할 놈이로나! 아무리 사성이 있어도 그렇지 청정도량에서 함부로 칼질을 하다니?"

그때부터였다.

군중심리에 도취된 이들이 앞다퉈 해검지로 몰려가면서부터 누구도 예상치 못한 혈전이 시작됐다.

"와아아아!"

"죽여라! 마도 놈을 죽여 버려!"

아우성치듯 함성을 지르며 묵잠을 공격하는 강호인들.

그러나 이미 삼십 년 전부터 일격필살로 불린 묵잠이다.

더욱이 강호 십대마인의 한 사람이자 금옥팔마존의 한 사람이었으니 제아무리 다수가 협공을 펼친다 해도 호락호락 당할 리 없다.

쉐액!

투두둑!

"으악!"

"커헉!"

묵잠이 도를 휘두를 때마다 썩은 짚단처럼 쓰러지는 강호인들.

뿐인가.

"헐헐. 예나 지금이나 정파 놈들이 하는 짓거리는 늘 이 모양이구나! 옛다! 이몸이 하늘을 대신해 네놈들에게 불벼락을 안겨주마!"

휘익, 꽈르르르릉!

"으악!"

"화탄이다—!"

"크흐흐! 기껏 화탄 따위에 놀래? 이놈들! 이 어르신네는 눈에 보이지도 않는단 말이냐? 와하하하하!"

퍼퍼퍼퍽!

"케액!"

아끼는 의제가 다수에게 공격을 받고 있으니, 그리고 미운 정이나마 천금마옥에서 쌓은 정이 있으니 폭마와 흡혈시마가 두 눈 뻔히 뜨고 구경만 할 리 없다.

두 사람이 본격적으로 묵잠을 거들고 나서자 상황은 점입가경, 사방에서 피가 튀고 팔다리가 날고 비명이 터져 나왔다.

이제 냉정하게 상황을 지켜보던 강호인들도 더 이상 구경만 하고 있을 순 없었다.

"안 되겠소! 긴가민가했는데 우려가 맞아떨어졌소! 저 덩치 큰 돼지는 마도의 수괴 중 하나인 흡혈시마고, 저 외팔이는 죽었다던 생사도 묵잠이 확실하오. 그리고 키 작은 난장이는 폭마 막여립이 틀림없구려! 전대의 십대마인 중 세 사람이 나타났으니 우리도 한손을 거들어야겠소!"

드디어 구대문파 고수들도 일제히 해검지로 몰려가기 시작했다.

'아아! 어떻게 이런 일이……'

멀리서 그 광경을 지켜보며 남몰래 한숨 쉬는 사람이 있었다. 그 주인공은 바로 은혜연이었다.

묵잠이 무당산 초입의 단강구를 지날 때쯤 은혜연도 마악 무당파에 도착했다. 사부를 정수 사태에게 맡기고 소림승들을 따라온 것이었다.

당연히 은혜연은 정파무인들로부터 대대적인 환영을 받았다. 바야흐로 제이차 정사대전이 벌어지기 직전에 이기어검의 절대고수가 합류했으니 모두 마음이 든든했던 것이다.

해검지를 지키던 무당파 고수들 역시 그녀와 인사를 나누기 위해 잠시 자리를 비웠고, 그 덕에 묵잠온 해검지까지 아무 제지도 받지 않고 통과할 수 있었던 것이다.

아무튼, 지금 은혜연이 한숨을 쉬는 이유는 묵잠의 입을 통해 정파의 치부가 드러난 때문이었다.

처음엔 은혜연도 다른 군웅들처럼 '설마 그럴 리가?' 했었다. 그러나 잔뜩 일그러진 무당 장문인의 표정을 보니 어느 정도 사실인 듯했다.

가뜩이나 묵자후를 비롯한 천금마옥 마인들의 과거사를 듣고 마음 한편으로 동정하던 은혜연이었다. 그런데 이제 묵자후의 모친이 납치되고, 아내를 구하기 위해 단신으로 나타난 묵자후의 부친을 보니 더더욱 그들의 처지가 안타깝게 느껴졌다. 그래서 차마 해검지로 달려나가지도, 그렇다고 뒤로 물러나지도 못하는 어정쩡한 상태에 빠진 것이다.

그나마 상황이 워낙 혼란스러워서 그녀를 주시하는 사람이 아무도 없다는 게 다행이라면 다행이었지만, 은혜연은 목전의 혈투를 보며 어느 누구 편도 들 수 없는 자신의 처지가 답답해 어딘가로 시선을 돌리고 싶었다.

바로 그때 한 사람이 해검지로 내려가는 것이 보였다.

'아! 저분은……'

은혜연은 갑자기 심장이 쿵 떨어지는 기분을 느꼈다.

조금 전에 자신과 인사를 나눈 초절정고수!

막강한 기도를 안으로 완전히 갈무리해 물처럼 담담한 기도로 걸음을 내딛는 사람.

바로 전대 무당제일검인 정천 진인이었다.

듣기로는 그가 과거에 묵자후 부친의 팔을 베어버렸다고 했다.

'아아…… 이제 어쩌면 좋아…….'

은혜연은 자기도 모르게 안타까운 표정을 지었다.

이렇게 구름 떼 같이 몰린 강호인들만 해도 저들 세 사람의 최후가 예상되는데, 아예 숨통을 막아버리듯 전대 무당제일검이 나서다니.

두근거리는 은혜연의 눈에 바다가 갈라지듯 강호인들이 양쪽으로 물러서는 광경이 보였다. 그리고 마침내 서로를 향해 마주선 두 사람이 보였다.

고오오…….

바람도 없는데 두 사람 사이에 회오리가 일었다.

기파와 기파의 충돌이 저렇게 강렬하다면 둘 중 한 사람은 필연코 죽음을 맞이할 터.

아마도 그 사람은 삼십 년 전에 승리를 거둔 정천 진인보다는 이미 한번 패한 적이 있는 묵잠일 확률이 높았다.

'어떡해…… 말릴 수도 없고 이를 어떡해…….'

은혜연이 속으로 발을 동동 구를 때였다.

"오랜만이군……."

이글거리는 눈으로 생사도 묵잠이 먼저 입을 열었다.

"그렇구려. 오랜만에 뵙소이다."

간단한 인사말만 나눈 채 서로를 응시하는 두 사람.

고수들은 마주친 순간 이미 대결이 시작되었다고 할 수 있다. 때문에 한 치도 방심할 수 없다. 흐르는 땀방울에 눈썹을 꿈틀거릴 수도, 날리는 머리카락에 눈을 감을 수도 없다. 움찔하는 순간 바로 자신의 생사가 교차될 테니.

그때 예상외로 정천 진인이 한 발자국 뒤로 물러났다.

실로 위험천만한 행동!

그를 증명하듯 정천 진인의 도포 자락에 한줄기 도혼이 길게 새겨졌다. 어느새 묵잠의 도가 도포 자락을 베고 지나간 것이었다.

"무슨 뜻이냐?"

한 차례의 출수 후 묵잠이 물었다.

담담한 목소리로 정천 진인이 대답했다.

"그녀는 여기 없소이다."

'아⋯⋯!'

당사자인 묵잠이 아니라 두 사람을 지켜보고 있던 은혜연이 안도의 한숨을 내쉬었다.

'그럼 그렇지! 역시 오해였어. 무당파가 그런 짓을 할 리가 없지.'

마음속으로 은혜연이 가슴을 쓸어내릴 때였다.

"거짓말!"

짧고 단호한 묵잠의 목소리가 흘러나왔다.

"사실이오!"

"사실이라고? 이봐, 정천 진인. 당신 자신의 눈을 한번 쳐다보고 이야기하시지."

"으음⋯⋯."

명경지수 같던 정천 진인의 표정이 처음으로 흔들렸다. 뒤이어 그의 입에서 묵직한 한숨이 새어 나왔다.

"후우⋯⋯. 사실대로 말하리다. 그녀는 이미 이곳을 떠났소이다."

"떠났다고? 어디로?"

"우리도 모르오."

"모른다? 후후후. 모른다고? 어디로 갔는지 모른다고? 으아아아아!"

갑자기 묵잠에게서 시퍼런 강기가 뿜어져 나왔다. 이때까지와는 비교도 안 될 정도로 무시무시한 강기였다. 그러자 한 걸음 뒤로 물러나 있던 정천 진인이 안색을 굳히며 달무리 같은 검강을 뿜었고, 그때부터 다시 격전과 혼전이 벌어지기 시작했다.

은혜연은 그 광경을 보고 그만 낙담하고 말았다.

'그럼 결국 무당이 저분의 아내를 납치했었단 말인가?'

너무 실망스러워 싸움판에 끼어들기도 싫었다.

그런 그녀의 귓전을 울리는 소음들.

"크카카카카!"

"다 죽어라, 이놈들—!"

슈우욱!

쫘르르릉!

"으아악!"

"물러서지 마시오! 적은 셋뿐이오! 이 기회에 강호를 어지럽히는 마두들을 처단합시다!"

사방에 피보라가 튀고 폭발음이 지축을 흔들었다.

바로 그때였다.

우우우우웅!

갑자기 검이 울었다.

은혜연이 등에 교차로 메고 있던 검이었다. 좀 더 정확히 말하면 이황야에게 선물 받은 보검, 은혜연이 의형무상검(意形無上劒)이라고 이름 지은 검이 울기 시작했다.

'이게 무슨 징조지?'

은혜연이 얼떨떨한 표정으로 고개를 갸웃거릴 때였다.

"우우우우우우!"

갑자기 창룡이 울부짖는 듯한 음파가 무당산을 뒤흔들었다.

뒤이어,

"와아아아!"

천지를 진동시키는 함성과 함께 저 멀리서 새카만 그림자들이 몰려오기 시작했다.

"마인들이다─!"

"놈들이 몰려온다아아!"

사방에서 울려 퍼지는 고함 소리를 들으며 은혜연은 퍼뜩 정신을 차렸다. 그리고 시야가 탁 트인 바위 위로 올라가 한 손으로 이마에 해 그림자를 만들며 까마득한 허공을 쳐다봤다.

제82장

돌파

魔道

天下

묵잠이 시퍼런 눈길로 단강구를 지날 쯤.

활화산 같은 기세로 남하하며 강호를 진동시키던 묵자후가 갑자기 걸음을 멈추고 주먹을 부르르 떨었다. 방금 은월상단에서 급보를 받은 때문이었다.

'그랬군! 세 분이 외할아버님 댁에 가셨었어!'

서신을 받고 난 뒤에야 묵자후는 모든 정황을 이해할 수 있었다.

'아니마경산이나 민산에서 은월상단 소식을 접하셨겠지. 그래서 일단 외할아버님부터 뵙기로 결정하신 거고…….'

서운하진 않았다. 자녀 된 도리를 먼저 하시겠다는 거니까.

그러나 상황에 화가 났다.

부모님 때문이 아니라, 그 많은 수하들 중 단 한 사람이라도 보고를 했다면 이런 일은 없었을 게 아닌가.

그게 속상하고 화가 났다. 아니, 화가 나는 게 아니라 원망스러웠다.

물론 수하들이 자신을 속이려 했던 건 아니란 걸 안다. 부모님이나 시마 숙부의 부탁을 거절할 순 없었겠지.

하지만 고작 보고 누락 때문에 어머니가 납치당하고 이제 부친마저 위험에 처해 있다고 생각하니 도저히 평정심을 유지할 수 없었다.

"안 되겠다! 상황이 급하니 먼저 출발해야겠다. 모두 무당산으로 모이도록."

그 말을 남기고 묵자후는 곧바로 지면을 박찼다.

"우우우우우!"

꼬여 버린 상황에 울분을 토하듯 아득한 허공에서 장소성(長嘯聲)을 토하는 묵자후..

"이런! 이제 이 늙은이 따위는 안중에도 없다는 거냐?"

"지존, 호법 없이 움직이는 건 율법에 어긋나는 거랍니다아아."

"캇! 또 혼자 가?"

이미 까만 점으로 변해 버린 묵자후를 보고 투덜대던 음풍마제와 광마, 흑오가 곧바로 신형을 날렸다. 이어 흑암승이 죽고 묵자후에게서 아수라 형상이 발현되자 천마의 부활이라며 고개를 숙인 아홉 명의 호존승이 그 뒤를 따랐다.

그리고 오직 흑오만 따라다니는 추혼백팔사자가 땅속에서 튀어 나와 흑오를 쫓았고 그 뒤로 지존령을 따르는 마인들이 전력을 다해 무당산으로 질주했다.

물론 강호 전체에 지존령이 내렸기에 묵자후보다 먼저 무당산에 도착한 지근거리의 마인들도 있었다.

　　　　　　*　　　　*　　　　*

"우우우우우!"

광포한 창룡음을 터뜨리며 구름을 가르는 묵자후.

그의 등장은 장내에 엄청난 충격파를 안겨주었다.

쫘르르르릉!

사람이 도착하기도 전에 먼저 지면을 갈라 버리는 강기.

"으아악!"

"커헉……!"

비명이라도 지를 수 있었던 사람은 멀리서 강기에 스친 이들이었다. 공동파가 몰살당할 때처럼, 묵자후의 일격에 수백 명의 사상자가 발생했다.

그 끔찍한 광경을 보고 군웅들이 일제히 얼어붙었으나 묵자후는 그들이 얼어붙든 말든 상관하지 않았다.

"타아아아압—!"

부친에 대한 염려와 조바심 때문에 처음부터 비격탄섬참화류를 뿌려대는 묵자후.

그 무시무시한 기세에 군웅들이 속절없이 쓰러졌다. 해검지 좌우 계곡으로 흐르는 검하(劒河)와 동하(東河)가 금세 붉은 핏빛으로 물들 정도였다.

가히 파죽지세(破竹之勢)로 밀어붙이는 묵자후.

뭇 군웅들은 공포에 질려 감히 그 앞을 막아서기보다는 이리 뛰고 저리 뛰며 사방으로 몸을 피하기에 바빴다.

결국 무인지경(無人之境)으로 돌파하던 묵자후의 시선에 두 사람의 그림자가 보였다.

마악 각자의 필살기를 펼치며 서로를 향해 몸을 날리는 두 사람.

"안 돼—!"

묵자후는 자기도 모르게 비명을 질렀다.

꽈르르르릉.

비명을 삼켜 버리는 엄청난 격돌음.

이후 후폭풍이 휘몰아치고 허공에서 시뻘건 피가 폭우처럼 쏟아져 내렸다.

"아버지—!"

묵자후는 눈을 부릅뜨며 해검지로 달려갔다.

풍덩!

하얀 물보라를 튀기며 추락하는 사람.

바로 생사도 묵잠이었다.

"으음……. 아들……?"

파리한 안색의 묵잠이 입술을 달싹였다.

"크흑……! 괜찮으세요, 아버지……?"

터져 나오는 오열을 참으며 묵자후가 부친을 안았다.

천만다행이었다. 기적적으로 부친이 과거의 복수를 한 것이었다.

하지만 그 대가도 만만찮았다. 왼쪽 어깨에서부터 오른쪽 골반 부근까지 시뻘건 피를 쏟고 있었다. 치명적인 부상이었다. 그러나 전대 무당제 일검을 베고 목숨을 건진 게 어딘가.

묵자후는 조심스럽게 상처 주위의 혈을 짚어 더 이상의 출혈을 막았다. 그리고 불사혈영공의 진기를 이용해 부친의 기맥을 보호했다.

"일단 급한 불은 껐습니다. 당분간 요양을 하셔야겠어요."

눈물을 글썽이며 부친을 향해 짐짓 웃어 보이는 묵자후.

그토록 갈망했던 부자상봉이 이렇게 서글픈 모습일 줄이야.

그러나 묵잠은 이마저도 대만족인 모양이었다.

"녀석. 많이… 컸구나……. 더 늠름해졌어……."

보일 듯 말 듯 묵잠의 입가에 희미한 미소가 지어졌다.

"아버진 더 강해지셨네요. 멋있어요. 크윽……."

묵자후는 결국 뜨거운 눈물을 펑펑 쏟고 말았다.

주름진 얼굴. 파리한 안색. 그리고 부친을 반 괴물 상태로 만들어버린 끔찍한 화상…….

그 얼굴을 보자 부친의 지난 행로가 얼마나 힘겨웠을지 안 봐도 눈에 선했기에 목이 콱 메인 것이다.

자신을 껴안고 하염없이 우는 아들…….

묵잠은 떨리는 손으로 묵자후의 등을 어루만졌다. 그리고 어딘가를 노려보며 힘겨운 목소리로 말했다.

"아들……. 미안하지만 이럴 시간이 없구나. 네 엄마… 여기 없다. 놈들이 어딘가로 빼돌려 버렸어……."

그러면서 억지로 몸을 일으키려 애쓰는 묵잠.

묵자후는 또 한 번 눈물이 쏟아졌지만 억지로 마음을 다스리고 부친의 혼혈을 찍었다.

"여기까집니다. 아버지는 이미 최선을 다하셨어요. 나머지는 제 몫입니다. 제게 맡겨주세요……."

혼절한 부친을 안고 일어서는 묵자후의 눈이 용암처럼 이글거렸다.

'아아…….'

은혜연은 그 모든 광경을 지켜보고 있었다.

같은 정파의 존장인 전대 무당제일검이 핏덩어리로 화하는 모습을 보면서도 은혜연은 손가락 하나 움직일 수 없었다.

묵자후가 나타나는 순간 머릿속이 텅 비어버렸고, 그들 부자가 상봉하는 장면을 보고 자기도 모르게 온몸이 마비되어 버렸다.

이게 무슨 조화인지 스스로도 이해할 수 없었다.

한 가지 분명한 건, 자신이 그와 알 수 없는 운명의 소용돌이에 휘말려 있다는 사실이었다. 그걸 증명해 주듯 천수여의검과 교차되어 있는 의형무상검이 계속해서 웅웅 울음을 터뜨리고 있었다.

이제 묵자후 주변은 마인들로 가득했다.

혼절한 묵잠은 수하들에 의해 안전한 곳으로 후송됐다.

들것에 실려 가는 묵잠을 보고 흑오가 눈물 그렁한 얼굴로 꾸벅 인사를 올렸고 광마가 알아듣지도 못할 말로 불경을 외웠다.

음풍마제는 만감이 교차하는 표정으로 한동안 묵잠을 배웅하다가 묵자후와 오랜만의 해후를 나누고 있는 폭마 곁으로 가 따뜻한 눈인사를 보냈다. 그리고 어딘가를 향해 갑자기 고개를 홱 돌리더니 대갈일성을 터뜨렸다.

"시마, 네 이놈—!"

묵자후가 나타나는 순간부터 은근슬쩍 꼬리를 마는 흡혈시마를 발견하고 불호령을 터뜨린 것이었다.

당연히 화들짝 놀라 수하들 틈으로 숨어버리는 흡혈시마.

하지만 그 큰 덩치가 숨는다고 숨겨질 리가 없다.

"네놈이 감히 지존을 기만해?"

어찌나 분노했는지 이를 빠득빠득 갈며 모발이 곤두선 음풍마제.

그 살벌한 모습을 보고 가슴이 철렁했는지 흡혈시마가 후다닥 무릎을 꿇었다.

"아이고, 대형. 내 죄는 내가 알고 있습니다. 우선은 저놈들부터 족쳐야 하니 사정 좀 봐주십시오. 나중에 반드시 죄를 청하겠습니다. 진짭니다!'

순간, 음풍마제의 뺨이 푸들푸들 떨렸다.

지은 죄를 생각하면 단번에 때려죽이고 싶지만 그의 표정이 왠지 심상치 않았다. 자신이 알기로, 저 흉포한 놈이 저렇게 의기소침한 모습을 보인 건 처음이었다.

"으음⋯⋯."

그러나 마도의 철칙은 일벌백계.

이번처럼 지존을 기만한 죄는 즉참 아니면 사지 중 하나를 자르는 것이다. 그런데 이미 양팔이 없는 흡혈시마니 다리를 자를 수도 없고⋯⋯.

내심 고민하고 있던 차에 흡혈시마의 목소리가 들려왔다.

"일단 애들이 보고 있으니 요식행위는 치러야 할 터. 속 푸시는 셈치고 뺨이나 한 대 후려쳐 주시오."

"그래? 오냐, 후려쳐 주고 말고, 이 빌어먹을 놈아!'

그 말이 떨어지기 무섭게 음풍마제의 주먹이 바람을 갈랐다.

퍼억!

우당탕.

피를 뿌리며 저만치 나가떨어지는 흡혈시마.

"끄응. 노인네, 여전히 힘이 좋으셔⋯⋯."

핏물과 함께 어금니 주변의 이를 퉤 뱉더니 별말 없이 수하들 틈으로 사라진다.

'저 녀석이?'

왠지 침울한 흡혈시마의 모습을 보고 더 화가 치밀었지만 옆에 있던 무풍수라가 슬그머니 어깨를 잡았다. 그 역시 흡혈시마의 표정이 마음에 걸리는 모양이었다.

"끙. 네 죄는 추후에 반드시 치죄할 것이다!"

수하들 들으라는 듯 빽 소리 지른 음풍마제. 이번에는 반대편으로 고개를 홱 돌렸다.

그의 시선이 향한 곳은 다름 아닌 구대문파 쪽이었다.

*　　　　*　　　　*

'무량수불……. 흉다길소(凶多吉少)라. 아무래도 오늘은 길보다 흉이 많겠구나…….'

속으로 중얼거리며 정등 진인은 좌우를 둘러봤다.

왠지 기가 죽은 듯한 군웅들.

그럴 만도 했다.

고작 세 사람에 의해 수백 명이 죽거나 다치고, 전대 무당제일검이던 사제조차 목숨을 잃고 말았으니.

게다가 이제 마도지존으로 추측되는 자가 경천동지할 무위를 선보이며 등장하고 연이어 굶주린 들개 떼 같은 마인들이 나타났으니 다들 기가 죽을 수밖에 없다.

'할 수 없구나. 조금 이르긴 하지만…….'

손자병법에 기세는 쇠뇌와 같다고 했다. 그리고 용기와 겁은 기세에 따라 달라진다고 했으니 더 늦기 전에 분위기를 바꿔야 했다.

정등 진인은 굳은 표정으로 신호를 보냈다. 순간, 자소봉(紫霄峰) 쪽에서 듣는 이의 마음을 차분하게 만들어주는 계류(溪流) 같은 목소리가 들려왔다.

삶에서 나와 죽음으로 들어가노니,
삶의 무리가 열에 셋이 있고,
죽음의 무리가 열에 셋이 있으며,
삶에서 죽음으로 가는 것 또한 열에 셋이 있다
무슨 까닭인가. 삶에 너무 집착하기 때문이로다.

出生入死, 生之徒十有三, 死之徒十有三.
人之生 動之死地 亦十有三. 夫何故, 以其生生之厚.

한 목소리로 노자의 출생입사(出生入死)를 외우며 빠르지도 느리지도 않게 날아오는 일곱 사람.

다들 희끗한 반백의 나이에 고색창연한 검을 가슴에 품고 있었다.

"와! 무당 태극검진이다!"

그들을 발견한 군웅들이 일제히 함성을 질렀다.

그걸로 끝이 아니었다.

정등 진인과 시선을 교환한 소림 방장 광우 대사가 어딘가를 향해 신호를 보내자 이번에는 옥허궁(玉虛宮) 쪽에서 우렁우렁한 목소리가 들려왔다.

내가 금강 같은 세 가지 방편을 쓰되
몸은 금강 같이, 마음은 풍륜 같이 하여
단상 위의 입으로 광명을 쏟아 내리니
어리석은 네 몸이 완전히 불살라지리라!
옴 소마니 소마니 홈 하리한나 하리한나 홈 하리한나 바나야 홈 아나
야홈 바아밤 바아라 홈 바탁!

我以金剛三等方便, 身乘金剛半月風輪.
壇上口放喃字光明, 燒汝無明所積之身.

모든 마군을 물리친다는 항마진언을 외우며 마치 금강역사처럼 날아
오는 열여덟 사람.

"와아아! 소림 십팔나한진이다!"

그들만이 아니었다. 청성 건곤유유진(乾坤幽幽陣)을 비롯한 정파의 검
진이 총출동했고 그 뒤로 원로급 고수들이 내공을 끌어올리며 모두 출전
할 태세를 갖췄다. 그러자 군웅들의 표정이 일제히 달아오르기 시작했
다.

"와아아아아!"

"강호 동도들여! 드디어 척마멸사의 대업을 이룰 때가 왔소이다!"

"모두 죽기를 각오하고 강호의 정기를 바로 세웁시다!"

"죽여라! 마두 놈들을 때려죽여 정파 천하를 이루자!"

마치 봇물처럼 터져 나오는 함성.

등장할 때마다 강호 역사를 바꾼 무당태극검진과 소림십팔나한진이
맨 앞쪽에 포진하자 모두 사기가 하늘을 찌른 것이었다.

태산이라도 허물 듯 기세를 올리는 정파인들.

그들을 보는 음풍마제의 눈에 싸늘한 비웃음이 어렸다.

"후후. 제법이구나. 좋아, 좋아! 과거에 못 다한 승부, 이번엔 끝장을 보자꾸나!"

그 말과 함께 음풍마제가 먼저 소림 십팔나한진으로 뛰어들었다.

그게 신호탄이었을까.

"와아아아아!"

"가자, 마도의 전사들이여! 오늘은 저 오만한 무리들의 목을 베는 날이다!"

"크하하하하. 좋지, 좋아! 통쾌하게 정파의 위선자들을 때려잡자구!"

광소를 터뜨리며 일제히 신형을 날리는 마인들.

광마와 호존승들도 별반 다르지 않았다.

광마는 그 큰 덩치로 신형을 날리며 누굴 먼저 상대할까 고민하다가 적들 중 가장 강해 보이고 숫자가 많은 소림십팔나한진으로 달려갔다.

"흐흐. 같은 중끼리 싸울 테니 내 신선지경보다 고작 사흘밖에 차이가 안 나는 노인네는 뒤로 빠지시오!"

그러면서 남의 싸움판에 끼어들어 마구 태양부를 날리는 광마. 그러자 호존승들도 덩달아 끼어들어 마구 살기를 뿌리기 시작했다.

그들의 난동 아닌 난동에 어이가 없어 고개를 설레설레 내젓던 음풍마제는 할 수 없이 무당 태극검진으로 방향을 틀었다.

하지만 거기도 이미 임자가 있었다.

"캇. 여긴 내꺼. 내가 할 거야. 할아버진 딴 데 가!"

어느새 뛰어나왔는지 흑오가 무당 태금검진을 향해 마구 파멸안을 뿜고 있었다. 그리고 흑오의 기세에 질려 무당 태극검진이 우왕좌왕하는 순간 땅 속에서 툭툭 튀어 나온 추혼백팔사자가 그들의 발목을 붙잡고 늘 어졌다.

"허! 저 청개구리들이 오늘따라 왜 앞장서서 난리야?"

푸념 아닌 푸념을 터뜨렸으나 왠지 이해할 수 있을 것 같았다.

다른 사람도 아닌 묵자후의 모친이 납치되고 그 부친마저 위험한 부상 을 입었으니 오직 묵자후밖에 모르는 흑오와, 흑오밖에 모르는 광마 입장 에서 왜 복수심이 안 생기겠는가.

다른 이들도 마찬가지였다.

수십 년 가까이 정파의 위세에 눌려 있던 마인들이 그동안의 원념을 더해 미친 듯이 공격하고 있었다.

뿐인가.

의제인 무풍수라도 눈에 불을 켜며 청성 건곤유유진을 상대하고 있었 고 늘 속을 태우던 흡혈시마도 죽음을 각오한 듯 싸우고 있었다.

'음? 그러고 보니 저놈 저거!'

왠지 위태위태한 기분이 들었다. 그러나 묵자후가 발전시킨 둔겁탄마 공이 절정에 달해 있으니 별일이야 있으랴 싶었다. 지금 당장만 해도 상 대의 병장기가 그의 육신갑을 뚫지 못하고 있었으니.

또한 그의 분투에 자극을 받았는지 무풍수라가 더 열심히 움직이고 있 었다. 그러니 설령 위험에 처한다 해도 결정적인 순간엔 서로 도움이 되 리라 생각했다.

'다들 잘 싸우고 있군. 그럼 이제 난 누굴 상대한다?'

그러면서 좌우를 둘러볼 때였다.

고오오—!

갑자기 대기가 울부짖듯 거대하고 강맹한 기운이 다가오고 있었다.

'음? 이 기운은……?'

흠칫 놀라 뒤를 돌아보니 선장을 짚은 황색 가사차림의 노승 네 명이 굵은 염주알을 돌리며 다가오고 있었다.

'저들은 사대금강!'

보는 순간 알 수 있었다.

소림을 지키는 마지막 힘이라 하여 평소엔 오백나한진처럼 절대 산문 밖을 출입하지 않는 그들.

어쩌면 소림십팔나한보다 더 강할 것이라고 회자되는 그들이 장중한 기세로 자신을 에워싸기 시작한 것이었다.

'으음……'

그들에게 둘러싸인 음풍마제는 천금마옥에서 탈출한 이래 처음으로 온몸이 바짝 긴장되는 것을 느꼈다.

한편, 묵자후는 눈앞의 싸움엔 별로 관심이 가지 않았다.

오히려 이곳보다 더 거대한 기운이 일렁이는 곳, 천주봉 정상만 노려보고 있었다.

"후후. 이미 각오를 해두었다는 거냐?"

아마 저곳에 가면 모친의 행방을 알 수 있을 것이다. 그리고 저 거대한 기운의 정체 역시 알 수 있을 것이고.

"오냐. 무엇을 준비해 두었든, 네놈들의 죄를 물으러 갈 것이다!"

그 말과 함께 묵자후의 신형이 바람을 갈랐다.

"우우우우우!"

무당산을 뒤흔드는 장소성이 이내 천주봉 정상으로 내리꽂혔다.

　　　　＊　　　　＊　　　　＊

"으으! 물러나면 안 돼!"

"제발! 조금만 더 힘을 내봅시다!"

서로 독려하며 안간힘을 써보지만 구대문파를 비롯한 군웅들은 차츰 뒤로 밀리기 시작했다. 몸을 돌보지 않고 공격해 오는 마인들도 마인들이었지만 과연 저들이 사람이 맞나 싶을 정도로 무시무시한 괴력을 발휘하는 광마와 혹오 때문이었다.

과거, 절대사신이라 불리던 음풍마제조차 격퇴했던 소림십팔나한진이 광마 한 사람 때문에 태반이 목숨을 잃고 말았다.

또 그에 필적한다는 무당 태극검진이 혹오의 파멸안에 손발이 뒤엉켜 변변한 공격 한 번 제대로 못 해보고 하나둘 목숨을 잃고 있었다.

물론 호존승과 추혼백팔사자가 뒤를 받쳐 줬기에 가능한 일이었으나 그들이 도와주지 않았더라도 승부를 장담할 수 없을 만큼 무서운 능력이었다.

그리고 그들 덕에 비교적 쉬운 상대를 고를 뻔했으나 오히려 더 막강한 소림 사대금강을 맞이해 이마에 땀이 배일 정도로 고군분투하고 있는 음풍마제를 제외하면 대부분 상대를 거의 일방적으로 몰아붙이고 있었다.

특히 제 철 만난 듯 날뛰고 있는 무풍수라와 전에 없이 비장한 표정으로 살기를 터뜨리고 있는 흡혈시마. 그리고 마인들이 위기에 처할 때마다 상대편 요소요소에 화탄을 던지는 폭마 등, 모든 마인들이 일당백의 투지로 싸움에 임하니 도저히 당할 재주가 없었던 것이다.

결국 시간이 흐를수록 급속히 밀려나는 구대문파와 뭇 군웅들.

바로 그때였다.

"와아아아아!"

갑자기 저 산 아래에서 천지를 진동시키는 함성이 들려왔다. 뒤이어 마인들의 배후를 향해 빗발처럼 화살과 암기가 쏟아졌다.

"아! 영웅성이다!"

"드디어 영웅성이 합류했다아!"

거의 울음을 터뜨리듯 환호하는 구대문파와 뭇 군웅들.

그랬다. 단강구 일대를 빽빽이 메우며 날아오는 이들은 바로 영웅성의 무인들이었다. 그중에서도 선두에서 무시무시한 기세로 창을 휘두르는 사람은 삼왕의 한 사람인 창왕 이군영이었다.

그의 창이 번뜩일 때마다 마인들의 목이 후두둑 피를 뿜으며 한꺼번에 잘려 나가고 있었다.

그뿐만이 아니었다.

천화신검 장무욱과 운룡검 유소기가 죽는 바람에 유일하게 남은 뇌존의 제자 비룡검 양욱환이 척마단 전체를 이끌고 파죽지세로 마인들을 베어 넘기고 있었다.

또한 뇌존의 장남인 탁비성이 휘하 무인들의 호위를 받으며 청룡, 백호, 주작, 현무로 구성된 멸사단을 지휘하고 있었다.

그 외에도 창왕 이군영이 이끄는 천추전의 모든 무력과 웅풍단 단주가 이끄는 백의전의 모든 무력이 총출동하여 마인들을 공격하기 시작했다. 그로 인해 상황은 급반전, 후위에 있던 마인들이 속절없이 쓰러지기 시작했다.

쐐애액!

"으아악!"

"끄흐."

단말마의 비명을 지르며 맥없이 죽어가는 수하들.

음풍마제는 그때부터 마음이 바빠지기 시작했다.

놈들이 예상에 없던 수를 하나씩 꺼내놓고 있었기 때문이었다.

*   *   *

"우우우우우!"

산천초목을 떨게 만드는 장소성.

용안처럼 이글거리는 눈빛.

은혜연은 심장이 쿵쿵 뛰어 몸을 바들바들 떨었다.

야수처럼 울부짖으며 다가오는 묵자후.

그 얼굴과 표정을 보자 호흡이 가빠오고 눈앞이 어질어질하여 견딜 수
없었다. 바로 그때 어디선가 거대한 울림소리가 들려왔다.

제가 만약 칼산지옥에 가게 되오면

칼산은 저절로 꺾어지옵고,

제가 만약 화탕지옥에 가게 되오면

화탕은 저절로 고갈되오며,

제가 만약 모든 지옥 가게 되오면

지옥은 저절로 소멸되옵고…….

我若向刀山 刀山自摧折.

我若向火湯 火湯自枯渴.

我若向地獄 地獄自消滅.

'아!'

그 소리를 듣자마자 은혜연은 정신이 번쩍 들었다.

평소에 자주 외우던 구결, 천수경 신묘장구대다라니(神妙章句大陀羅尼)의 여섯 가지 맹세[六向]였다.

삼보(三寶)에 귀의하여 악업을 그치고, 탐욕과 노여움, 어리석음의 삼독(三毒)을 소멸하여 깨달음을 이루게 해달라는 주문.

'그래! 내가 지옥에 가지 않으면 누가 지옥에 갈 것인가……'

게송을 듣는 순간 그런 생각이 들었다. 그래서 마치 홀린 사람처럼 묵자후 앞을 막아섰다.

"소협. 멈추세요."

그 언젠가처럼 소협이란 말이 불쑥 튀어 나왔다.

"이런! 또 그대로군……."

잔뜩 인상을 찌푸리는 묵자후.

그 표정이 상상과 꼭 닮았다고 생각하며 은혜연이 입을 열었다.

"이쯤에서 물러나세요. 저번에 말씀드렸듯이 제행무상(諸行無常), 만법귀일(萬法歸一)이고 천망회회(天網恢恢), 소이불실(疏以不失)입니다. 돌아서면 피안이니 부디 살육의 길에서 벗어나시길……."

간곡한 눈빛으로 묵자후를 바라보는 은혜연.

그 절절함이 천신의 마음이라도 움직일 것 같았으나,

"훗. 나도 저번에 말했지 싶은데? 그대는 의가부터 가봐야 한다고?"

묵자후의 대답은 여전히 냉랭했다.

"의가는… 안 가도 돼요. 제 몸은 제가 잘 아니까요."

"그럼 나도 마찬가지요. 내 길은 내가 더 잘 아니까."

"소협……."

"이럴 시간 없소. 나 바빠. 기다리는 사람도 있고. 얼른 비켜주시지."

그 말에 은혜연이 반짝 눈을 빛냈다.

"아! 그대의 모친은 제가 구해 드릴게요. 그러니 제발 이쯤에서 마음을 돌이키세요."

"호? 그대가 구해주겠다고? 무슨 수로? 어디 계시는지는 알고 있소?"

순간 파르르 눈망울을 떨다가 힘없이 고개를 젓는 은혜연.

"아뇨……. 지금은 모르지만 어떻게든 알아낼 수 있을 거예요. 그러니 제발……."

"됐어. 말장난 할 시간 없으니 비키시오. 안 비키면……."

차마 뒷말을 잇지 못하고 입안으로 삼켜 버리는 묵자후다.

다른 사람은 몰라도 은혜연과는 별 은원이 없기에 차마 베겠다는 소리를 못하는 것이다.

그런 묵자후의 표정을 보고 다소 안심이 됐는지 은혜연은 자기도 모르게 등에 메고 있던 검을 불쑥 내밀었다.

"이렇게 해요. 나랑 비무해서 이기는 사람 말 듣기."

"이 아가씨가?"

어이가 없어 빤히 은혜연을 쳐다보는 묵자후.

그러거나 말거나 의형무상검을 떠안긴 은혜연은 천수여의검을 들고 몇 걸음 뒤로 물러났다.

"이제부터 제가 소협을 공격할 거예요."

"참 나. 자신있으면 공격해 보시오."

"휴우······. 그럼 죄를 짓겠어요."

그 말이 끝나자마자 벼락같은 광채가 번쩍였다.

"음?"

깜짝 놀라는 묵자후.

어느새 어깻죽지에 핏방울이 튄 것이다.

"정말, 혼이 나봐야 정신을 차릴 아가씨로군!"

그때부터 묵자후의 반격이 시작됐다.

그러나 어떤 공격을 해도 바람에 나부끼는 깃털처럼 전혀 상처를 입지 않는 은혜연.

묵자후는 서서히 마음이 무거워지는 것을 느꼈다.

몇 번 손을 섞어보니 그녀가 왜 검후라 불리고 강호인들로부터 절대적인 추앙을 받는지 깨달을 수 있었기 때문이었다.

'하긴, 이기어검은 아무나 펼칠 수 있는 게 아니었지······.'

그제야 저 청순한 얼굴을 하고 있는 소녀가 얼마나 무서운 고수인지 절감하는 묵자후였다.

그리고 그런 묵자후의 심정을 더더욱 무겁게 만드는 광경.

휘류류류릉!

언젠가부터 은혜연의 전신에 천개의 팔이 휘돌고 그 각각의 손끝에서 찬란한 광채가 맺히기 시작한 때문이었다.

제83장

함정

魔道
天下

우르르르릉, 콰아앙—!

마른하늘에 번개가 치는 광경을 본 적이 있는가.

뇌성벽력에 천지가 몸살을 앓는 광경을 본 적이 있는가.

지금이 바로 그러했다.

천주봉 아래 옥녀봉이 산사태를 만난 듯 흔들렸고, 천주봉 위의 구름
이 태풍을 만난 듯 소용돌이쳤다.

경천동지(驚天動地)!

실로 하늘이 놀라고 땅이 흔들릴 정도였다.

그 여파에 산 중턱과 아래에서 치열하게 혼전을 벌이고 있던 각 세력
들이 자기도 모르게 손을 멈추고 경악한 표정으로 천주봉 쪽을 쳐다봤
다.

산이 무너져 내리고 뿌리째 뽑힌 나무와 바윗덩이들이 우박처럼 머리

위로 쏟아지고 있었다.

마치 천상의 아수라와 관음보살이 현세에 강림해 인간들 보라는 듯 서로 검을 들고 싸우는 것 같았다.

그리고……

"아! 안 돼—!"

"와아아아아!"

인간들에게서 극과 극의 반응이 동시에 튀어 나왔다.

"지존—!"

마인들은 경악한 표정으로 고함을 질렀다.

"만세! 천수검후 만세!"

정파인들은 희열에 찬 표정으로 환호성을 터뜨렸다.

그들 모두의 시선에 천재지변 같던 후폭풍이 멈추고 한 사람이 피를 뿜으며 서서히 지면으로 쓰러지는 광경이 보였다.

"가가—!"

흑오가 비명을 지르며 가장 먼저 신형을 날렸다.

"후아야—!"

음풍마제 역시 신형을 날리려 했으나 사대금강의 세 사람이 반야금강장으로 그를 주저앉혔다.

"이건, 이건 말도 안 돼……."

그리고 또 한 사람.

남쪽 단애에서 느긋이 싸움구경을 하고 있던 이가 갑자기 사지를 부들부들 떨며 불신 어린 표정으로 천주봉 쪽을 바라보고 있었다.

그의 정체는 바로 이번 사건의 실제 배후인 금소선자 양화연이었다.

그녀는 지금 자신의 예상과 전혀 달리 전개되고 있는 상황을 보고 충격을 받아 말조차 제대로 할 수 없었다.

물론, 묵자후도 제대로 말을 할 수 없는 형편이었다.

"놀… 랍군……"

묵자후는 핏물을 울컥 뿜으며 피식 미소를 지었다.

"아악! 소협! 괜찮아요? 이게, 이게 아닌데……. 이게 아닌데……."

뿌옇게 흐려지는 시선에 당황으로 눈물범벅이 된 소녀가 보였다.

"당연히… 괜찮지 않지……."

심장이 뚫려 피를 콸콸 쏟으면서도 묵자후는 입을 열고 있었다. 그가 입을 열 때마다 목구멍으로 피가 울컥울컥 뿜어지고 있었다.

"으앙. 이를 어째? 이를 어째? 흑흑흑."

은혜연은 충격과 공포, 당혹감에 휩싸여 눈물을 펑펑 쏟았다.

일이 이렇게 될 줄은 몰랐다.

그저 그를 이겨 살육을 멈추고 부처님께 귀의하게 만들려고 했다.

그런데 일이 이렇게 되다니.

자신은 살검을 휘두르지 않았다.

예전에 기련산에서 살검을 휘둘러 봤기에, 그때의 후회와 자책감을 뼈저리게 느끼고 있었기에 살검이 아닌 활검을 펼쳤다.

그런데 어찌 이럴 수가.

그때 눈물범벅이 된 그녀의 시선에 웅웅 울음을 터뜨리고 있는 의형무상검이 보였다. 순간, 뇌리를 번쩍 스치는 생각!

'검! 저 검 때문이야!'

실로 충격적인 결론이지만 아마 틀림없을 것 같았다.

세상의 모든 물질에는 상극이 있듯이, 저 검이 천수여의검과 상극인 모양이었다. 그래서 자신이 활검을 펼쳤음에도 천수여의검이 저 검의 기운에 반발해 살검으로 변해 버린 것 같았다.

그걸 증명하듯 아직도 천수여의검이 검강을 서리서리 뻗은 채 이글거리고 있었으니.

"아아……. 미안해요, 미안해요……. 이런 의도가 아니었어요. 정말 아니었어요. 흑흑흑."

은혜연은 눈물이 앞을 가려 제대로 서 있을 수도 없었다.

그의 심장을 찌르고 난 뒤에야 깨닫게 된 사실.

이제껏 그를 향한 자신의 감정은 세상 사람들이 말하는 사랑, 그 미묘하고 복잡한 감정이었다는 걸.

그래서 그에 관한 소식을 들을 때마다, 그의 이름을 들을 때마다, 심지어 사경에 빠진 사부 곁에 있으면서도 계속 그의 얼굴이 떠오른 것이었다.

그런 그를 자기 손으로 죽이다니…….

은혜연은 너무 비통하고 괴로워 애간장이 찢어지는 것 같았다. 그래서 그에게 마검을 건넨 자기 실수를 후회하며 비틀거리는 걸음으로 묵자후를 안으려 했다.

바로 그때,

"캬오오오오!"

섬뜩한 괴성과 함께 등 뒤로 무서운 살기가 접근했다.

아니, 접근했다고 느낀 순간, 불벼락 같은 광채가 전신을 강타했다.

콰앙―!

"아악―!"

은혜연이 피를 토하며 뒤로 튕겨났다.

"너, 너! 너! 죽인다아아아!"

목소리의 주인공은 바로 흑오였다.

시뻘건 세 개의 눈, 아니, 그 위로 또 하나의 눈이 나타나 소름끼친 살기를 내뿜는 흑오.

지금 그녀의 모습은 악귀가 따로 없을 지경이었다.

세상의 모든 저주와 원한을 가득 담은 눈빛으로 은혜연을 쏘아보고 있었다.

그 눈빛을 보고 은혜연은 상황도 잊은 채 오싹, 공포에 떨었다.

하지만 그런 표정을 가진 사람은 흑오만이 아니었다.

"꺄아아악! 이년! 이건 아냐! 이건 아니란 말이야!"

또 다른 곳에서 소름끼친 괴성이 들려왔다.

"이년! 내 아들! 내 아들을 살려내—!"

얼마 전에 겪은, 꿈에 나타날까 두렵던 목소리가 무시무시한 살기를 동반하며 또 다시 들려오고 있었다.

지금 금소선자 양화연은 눈에 보이는 게 없었다.

심장에 피를 콸콸 쏟으며 죽어 있는 묵자후.

그의 주검을 보자 얼마 전에 죽은 아들이 겹쳐졌다. 그래서 자기도 모르게 묵자후를 아들인양 착각하고 피눈물을 펑펑 흘리는 것이었다.

"네년이! 네년이 또 다시 내 아들을 죽여? 으아아아악!"

미친 듯이 통곡하며 마구 은혜연을 공격하는 양화연.

그녀의 폭발적인 귀기에 질려, 그리고 묵자후를 죽였다는 자책감과 방금 흑오에게 느낀 공포 때문에 은혜연은 예전처럼 묘법연화경과 제행무상음으로 그녀를 달랠 생각조차 못하고 있었다. 그래서 거의 일방적으로 밀리고 있는 은혜연의 귀에 갑자기 조금 전의 그 울림소리가 들려왔다.

이 다라니 가진 몸이 광명의 깃발이요,
이 다라니 가진 마음 신통의 곳간이라.
모든 번뇌 씻어내고 고해 벗으니
큰 지혜의 방편문을 얻게 하소서…….

受持身是光明幢, 受持心是神通藏.
洗滌塵勞願濟海, 超證菩提方便門.

또 다시 들려오는 신묘장구대다라니.

마치 석가세존을 호위하는 팔부신중(八部神衆)*의 합창 같았다.

경황 중에도 은혜연은 이 소리의 근원이 어딜까 고개를 돌려봤다. 그때 그녀의 귓가로 한줄기 전음이 스며들었다.

"아미타불. 수고하셨소, 검후. 이제 노납이 저들을 맡을 테니 뒤로 물러나 조섭을 취하시는 게 좋을 것 같구려."

소림 방장 광우 대사의 전음이었다.

'아! 그러고 보니…….'

저 범음처럼 울리는 목소리는 바로 천주봉 정상, 무당의 상징이라는 금전(金殿) 주변을 지키고 있던 오백나한의 목소리였다.

묵자후가 죽고 나자 그들이 옥녀봉 쪽으로 천천히 내려오고 있었다.

---

*팔부신중(八部神衆):불법(佛法)을 수호하고, 대중을 교화하는 신장(神將). 용, 건달바, 제석천, 아수라, 긴나라, 야차, 마후라, 가루라.

소림을 지키는 마지막 힘, 오백나한대진.

그 위력은 과연 어느 정도일까.

사백 년 전의 천하제일인이자 고금제일인인 천마 이극창의 파괴적인 행보를 유일하게 멈춰 세운 힘!

그 위력은 어마어마했다.

의도치 않게 같은 편이 되어버린 금소선자 양화연과 흑오, 그리고 뒤늦게 달려온 광마와 호존승, 그리고 추혼백팔사자가 한꺼번에 달려들었지만 그들은 철벽같았다.

실로 이해할 수 없는 일이었다.

소림십팔나한진과 무당 태극검진을 궤멸시킨 주역들이, 그리고 흑암승에 버금가는 무위를 지녔다는 금소선자 양화연까지 힘을 합쳤음에도 왜 평수를 이루기는커녕 갈수록 밀리고 있는 것일까.

이유는 오백나한대진 특유의 격체전공(隔體轉功)과 이력타력(以力他力)의 묘 때문이었다.

가뜩이나 천하무공의 산실답게 내공과 외공을 충실히 겸비한 고수들이 격체전공을 통해 일순간 오백 명의 공력을 내뿜으니 어찌 감당할 수 있을 것인가. 게다가 상대의 공격을 받으면 이력타력으로 그 힘을 흘리거나 되돌아가게 만들어 버리니 마치 벽을 두드리는 듯 돌파구를 전혀 찾을 수 없었다.

그나마 나한대진의 운용원리를 깨달은 광마와 호존승들이 천마격체전공을 펼쳐 힘 대 힘으로 맞섰기에 망정이지 그렇지 않았다면 패색을 드러내도 벌써 드러냈을 것이다.

그런데 뭔가 석연찮은 점이 있었다.

힘 대 힘으로 싸울 때 밀리는 거야 어쩔 수 없다지만 파멸안이라는 희대의 이능을 가진 흑오는 왜 맥을 못 추는 것일까.

그건 오백나한대진이 사마(邪魔)의 기운에 극성이기 때문이었다.

지금도 장중하게 울려 퍼지는 오백 나한들의 진언이 흑오의 뇌파를 억누르고 있어 평소와 달리 염파를 전혀 쓸 수 없었던 것이다. 때문에 흑오와 정신적인 연결이 끊어진 추혼백팔사자들도 점점 활기를 잃고 하나둘 나한대진에 희생되고 있었다.

뒤늦게 그런 점을 간파했을까.

양화연의 눈에 독기가 어리더니 갑자기 주위에 있던 추혼백팔사자의 맥문을 틀어쥐었다.

기괴한 광경이었다.

ㄲㄲㄲㄲㄲ…….

양화연이 맥문을 틀어쥐고 공력을 운기하자 추혼백팔사자의 몸이 밀납처럼 말라갔다. 그에 비해 양화연은 새로운 힘이 솟는 듯 눈에 광채가 번쩍였다. 그런 과정을 몇 번 거치자 양화연은 이전보다 더 강한 공력으로 나한대진을 상대하기 시작했다.

"카앗!"

흑오는 그제야 추혼백팔사자의 희생을 눈치챘다.

영혼으로 이어져 있던 추혼백팔사자의 죽음에 흑오는 분노의 괴성을 터뜨렸다. 그러나 도저히 양화연에겐 대들 수 없는 흑오다. 왜냐하면 과거, 음양멸혼수정관을 거치면서 그녀에게 무조건 복종하도록 세뇌당한 기억이 있기 때문이다.

금소선자 양화연이 추혼백팔사자의 영기를 취하는 것도 비슷한 이유였다. 아들의 불구를 고쳐 주기 위해 대전륜원정흡음대법을 만든 사람이 바로 그녀가 아니던가. 그러니 비록 천마불사신공을 완벽히 익히지 못해 다소 부작용이 있다 하더라도 추혼백팔사자의 영기를 취하는 데는 아무 지장이 없었던 것이다. 그래서 그녀가 흑오를 비롯한 추혼백팔사자를 영 약단지 취급하는 것이고.

아무튼 양화연이 추혼백팔사자의 영기를 취하면서부터 상황이 다소 호전되기 시작했다.

그러나 산 아래에서 싸우고 있는 마도의 상황은 점점 안 좋은 쪽으로 치닫고 있었다.

충격적인 묵자후의 죽음을 보고 모두 공황상태에 빠져 있는 데다, 전 력의 삼분지 일 이상을 차지하던 흑오와 광마 등이 나한대진을 상대하기 위해 자리를 비우는 바람에 급속히 열세에 처하기 시작한 것이었다.

더욱이 새로 나타난 영웅성의 고수들이 구대문파와 함께 앞뒤로 협공 하니 시간이 갈수록 사상자가 늘어나는 마도였다.

그렇게 전세가 차츰 뒤집어지자 음풍마제와 무풍수라, 흡혈시마 등이 위기에 빠지기 시작했다.

어느새 영웅성 무리들이 호시탐탐 세 사람을 협공하기 시작한 것이었 다.

'아아……. 결국 마지막 선을 넘지 못하고 또 다시 분루를 삼켜야 한단 말인가?'

이제 음풍마제의 노안은 절망과 비통함으로 뒤범벅되어 있었다.

이미 지존은 죽고 수하들은 궁지에 몰려 있다. 여기서 상황이 더 악화 되기 전에 후퇴를 명해야 하는 것일까, 아니면 이대로 싸우다가 죽는, 마 정대전의 종지부를 찍어야 하는 것일까, 고민이 된 것이다.

바로 그때,

"시주. 드디어 끝을 낼 때가 왔나 보오!"

우렁우렁한 목소리와 함께 옆구리 쪽에 강맹한 일권이 날아들었다.

퍼억!

"쿨럭!"

피를 토하며 비틀비틀 뒤로 물러나는 음풍마제.

진기가 급속히 고갈되다 보니 이제 아수라파천무의 강기까지 뚫리고 있었다.

"크음…… 아직 멀었다. 그 정도로 끝날 것 같았으면 절대사신이라 불리지도 않았다!"

그 말을 외치며 억지로 다시 신형을 바로 세우는데 번쩍! 뇌전처럼 정수리를 타고 흐르는 생각!

'나는 절대사신, 혈영노조 곡 늙은이는 불사마제! 오오, 그래! 불사혈영신공! 맞아! 후아가 곡 늙은이에게 배운 불사혈영신공은 심장이 뚫려도 죽지 않는 불사의 무공이었잖아!'

그 생각을 떠올리는 순간 갑자기 온몸에 힘이 솟구쳤다.

"와하하하하하! 그래! 후아는 죽지 않았어. 아무렴! 천하의 마도지존을 감히 누가 죽일 수 있단 말인가?"

갑자기 가가대소를 터뜨리며 다시 아수라파천강기를 끌어올리는 음풍마제.

그의 통쾌한 웃음소리를 듣고 방금 회심의 일격을 성공시킨 마지막 사대금강은 물론이고 기진맥진한 상태로 싸우고 있던 무풍수라와 흡혈시마, 그리고 반쯤 절망에 잠겨 있던 마인들까지 모두 어리둥절한 표정을 지었다.

'……?'

아름드리 소나무 아래에서 정신을 집중해 오백나한대진을 운용하고 있던 광우 대사는 한순간 어리둥절한 표정을 지었다.

갑자기 나한대진 너머에서 이상한 기운이 뭉클뭉클 피어오르는 것을 느낀 때문이었다.

'이게 무슨 기운이지? 극도로 사악하고 위험한 기운인데?'

그가 그렇게 고개를 갸웃거릴 때였다.

"끙……. 죽는다는 게 바로 이런 기분이었군……."

저 너머에서 누군가가 투덜거리는 듯한 목소리가 들려왔다.

'이 음성은?'

광우 대사가 불신 어린 표정으로 눈을 부릅뜰 때였다.

"꺄악! 후아!"

나한대진 너머에서 요괴 같은 계집아이의 환호성이 들려왔다.

"아아! 아들! 내 아들이 살아 돌아왔구나!"

사람도 귀신도 아닌 미친 여자의 목소리도 들려왔다.

"이런? 지존! 한바탕 주무시고 일어나신 겁니까? 우리 모두를 속이시다니, 이건 율법에 어긋나는 일입니다!"

마지막으로 도저히 인간 같지 않은 파계승의 목소리도 들려왔다.

그 모두의 목소리를 듣는 순간 광우 대사는 갑자기 아득한 현기증과 함께 오백나한대진 전체가 무너지는 소리를 들었다.

꽈르르르르릉!

천지를 진동시키는 엄청난 굉음.

흑오에게 막혀, 그리고 금소선자 양화연과 오백나한의 등장으로 인해 전권 바깥으로 밀려나 텅 빈 눈빛으로 넋을 잃고 있던 은혜연의 귀에 갑자기 심혼을 흔드는 목소리가 들려왔다.

"끙……. 죽는다는 게 바로 이런 기분이었군……."

이 목소리가 먼저였을까. 아니면 천지를 진동하는 굉음이 먼저였을까.

어느 쪽이든 상관없다.

지금 꿈같은 일이, 기적 같은 일이 벌어지고 있었다.

저 너머에서 그가 날아오른다.

그의 피를 흡수해 붉은 빛으로 변한 의형무상검이 태양빛을 반사하며 노을 같은 강기를 뿌린다.

촤아아아아!

은은하고 아름다웠다. 다른 한편으론 섬뜩하고 끔찍했다.

그의 일검에 홍수 같은 피가 허공으로 튀었다.

피를 머금어 더욱 찬연하게 빛나는 검.

'이건 악몽이야……'

은혜연은 더 이상 바라볼 용기가 나지 않아 그만 혼절하고 말았다.

죽음에서 살아난 묵자후의 신위를 보고 혼절한 사람은 은혜연 혼자만이 아니었다.

"무량수불……. 이건 도저히 믿을 수 없어……."

"아미타불……. 마군의 환생이로구나……. 끔찍한 악몽의 시작이로구나……."

핏빛으로 물든 의형무상검에 심장을 찔린 무당 장문인과 소림 장문인도 죽음보다 더한 혼절상태에 빠지고 말았다.

왜 죽음보다 더한 혼절이냐고?

묵자후가 양의합일도인법으로 그들의 뇌리를 샅샅이 훑고 있었기 때문이었다.

이후 모든 기억을 빼앗긴 두 사람은 그제야 양의합일도인법의 압제에서 벗어나 홀가분한 죽음의 세계로 떠날 수 있었다.

하지만 이들 세 사람보다 더한 충격을 받은 사람은 누가 뭐래도 산 아래에서 마인들과 치열하게 싸우고 있던 정파인들이었다.

"맙소사! 죽은 사람이 되살아나다니?"

"으으. 저건 사람이 아냐! 악마야!"

영웅성의 합류로 겨우 승기를 잡은 그들은 묵자후의 부활을 보고 모두 전의를 상실해 버렸다.

반면 조금 전까지 절망에 빠져 있던 마인들은 그야말로 용기백배, 다들 불사신처럼 힘을 내기 시작했다. 그도 그럴 것이 죽음에서 살아난 지존이 아닌가?

마도에서 회자되는 전설처럼, 이제 지존을 위해 죽어도 다시 살아날 수 있으니 무엇이 두려우랴.

여태까지의 맹목적인 충성이 이제는 거의 종교적인 믿음과 확신 단계에 이른 마인들이었다.

그리고 그런 마인들을 더욱 열광케 한 건 죽음에서 살아난 묵자후의 무위가 이전보다 더 무시무시해 보인다는 점이었다.

난생 처음 죽음의 실체를 맛본 묵자후.

그 경험이 새로운 눈을 뜨게 한 것일까.

아직까지 미처 체화(體化)하지 못하고 있던 천마와 지존령의 구결이 갑자기 손금 보듯 환하게 보였다. 그 결과 금소선자 양화연과 광마, 아홉 명의 호존승, 그리고 흑오와 추혼백팔사자 등이 안간힘을 써도 안 되던 오백나한대진을 의형무상검 몇 번 휘두름으로 모두 처리해 버린 것이었다.

더욱이 양의합일도인법을 펼쳐 무당 장문인에게서 모친의 행방을 알아낸 묵자후는 분노가 극에 달해 산 아래의 영웅성 무인들을 노려봤다.

"우아아아아아!"

이후 괴성을 토하며 검을 발출하자 기련산에서 은혜연이 그랬던 것처럼, 의형무상검이 어검(馭劍)으로 변해 음풍마제를 겁박하던 사대금강과 창왕 이군영의 목을 단숨에 베어버렸다.

뿐만 아니라 멸사단을 지휘하던 탁비성은 물론이고 척마단을 이끌던 비룡검 양욱환까지 베어버렸다.

물론 양욱환은, 묵자후 옆에서 묘한 광기를 흘리는 금소선자 양화연을 보고 억울하다는 표정을 지었다.

"끄으. 이제껏 의조모님 말씀을 모두 지켰는데……. 뇌존의 딸인 탁가 계집도 유혹했고 이번 싸움도 대충 흉내만 냈는데……. 그렇게 하면 사령마혼단을 해독해 주고 련의 후계자로 삼겠다고 약속해 놓고……."

그렇게 원망 섞인 하소연을 늘어놓다가 결국 숨을 거둔 양욱환이었다.

하지만 금소선자는 그에게 눈길조차 주지 않고 묵자후의 행동 하나하나가 예뻐 죽겠다는 표정이었다. 마치 갓 태어난 아들을 바라보듯 그녀의 눈에 기이한 광기가 어려 있었다.

광기는 묵자후의 눈에도 넘실거리고 있었다.

"후후. 영웅성이라고? 대홍산이라고?"

장내의 전세가 완전히 역전된 뒤 이글거리는 묵자후의 시선이 어딘가로 향했다. 이곳 무당산과 영웅성의 중간 지대, 대홍산 쪽이었다.

대홍산!

바로 그곳에 모친이 갇혀 있다는 걸 알아냈기 때문이었다.

＊　　　＊　　　＊

엄밀히 말하면 금초초는 갇혀 있는 게 아니었다.

절벽 중간에 거의 시체처럼 매달려 있었다.

온몸의 혈도를 짚인 채 혼절한 상태로 쇠줄에 묶여 있는 금초초.

그녀를 중심으로 절벽 주위는 온통 천라지망이 펼쳐져 있었다. 빼곡한 함정과 진법, 매복과 은신 등, 설령 대라신선이 오더라도 순식간에 천참만륙, 벌집이 될 정도였다.

그러나 절벽 주위를 에워싸고 있는 영웅성 무인들의 얼굴엔 극도의 긴장감이 흐르고 있었다.

잠시 전, 무당산에서 날아온 긴급 전서구 때문이었다.

무당 태극검진 파훼, 구성원 전멸.

소림 십팔나한진 파훼, 구성원 한 명 제외, 나머지 전멸.

소림 사대금강 파훼. 구성원 전멸.

소림 오백나한진 붕괴. 구성원 대부분 사망.

소림 장문인 서거.

무당 장문인 서거.

청성 장문인 서거.

종남 장문인 서거……

이때까지만 해도 영웅성 무인들은 희색이 만연했다.

소림을 지키는 최후의 힘, 사대금강과 오백나한대진이 무너진 건 의외의 충격이었으나 애초의 계획대로 이호경식지계가 완벽히 성공한 것 같아 모두 축제 분위기였다.

하지만 그런 분위기는 순식간에 뒤집혀 버렸다.

마치 약속이라도 한 듯 빗발처럼 거의 동시에 날아온 전서구들.

척마단 궤멸. 척마단주 사망.
멸사단 궤멸. 멸사단주 사망.
백의전 궤멸. 임시 전주 사망.
천추전 패퇴. 창왕 서거……

"맙소사!"

"이건 말도 안 돼!"

"이런 결과를 우리더러 믿으란 말이야?"

분위기는 한순간에 초상집처럼 변해 버렸다.

다른 사람도 아닌 창왕 이군영과 성주의 장남, 그리고 성주의 마지막 남은 제자가 죽고, 영웅성 최고의 무력이라던 척마단과 멸사단이 궤멸했다니.

더욱이 본성의 양대 축인 내전과 외전, 천추전과 백의전이 총출동했건만 겨우 내전인 천추전만 궤멸을 면하고 필사적으로 후퇴 중이라니! 이 말을 믿으란 소린가?

이번 작전을 총지휘한 종대선생은 물론이고 강남 공략에 총력을 기울이면서도 마도와 구대문파의 양패구상을 기대하던 천밀각의 각주 제갈

청운마저 충격과 경악에 휩싸여 말문을 잃어버렸다.

그리고 무엇보다 믿을 수 없는 소식.

"이놈들이 단체로 돌아버렸나? 천수검후가 놈의 심장을 찔렀는데 죽지 않고 다시 살아났다고? 이게 말이나 되는 소리야?"

너무 황당하고 어이가 없었다.

그러나 한두 사람이 보낸 전서구도 아니고 이번 작전에 참여한 모든 정보원들이 보내온 소식이니 믿지 않을 도리도 없었다.

'설마, 설마……. 무슨 착오가 있었겠지…….'

애써 그렇게 마음을 달래면서도 종대선생은 만약의 경우를 대비해 모두에게 초특급 경계령을 내렸다. 그리고 휘하의 귀곡문 문도를 총동원해 절벽 주변에 펼쳐 놓은 천라지망과 함정을 재점검하고 그 수위를 최대한 높이도록 지시했다.

"그뿐만 아니라 불꽃놀이에도 만전을 기울여. 이전보다 두 배, 세 배, 아니, 화약을 있는 대로 몽땅 쏟아 넣어! 이번엔 죽었다가 살아나니 마니 하는 그런 황당한 소리가 아예 안 나오게 말이야!"

그렇게 수하들에게 엄명을 내릴 때였다.

우우우우우우!

갑자기 저 산 너머에서 심장을 덜컥 내려앉게 만드는 장소성이 들려왔다. 뒤이어 외곽 경계망에서 다급한 신호가 날아왔다.

"놈입니다! 놈이 오고 있습니다!"

그 말을 듣는 순간 종대선생의 안색이 하얗게 굳어갔다.

상대가 예상보다 더 빨리 들이닥쳤기 때문이었다.

그러나 묵자후보다 더 빨리 들이닥친 게 있었다.

까악. 까아악!

끼이이이이이!

이 소리!

듣는 사람의 귀를 오싹하게 만드는 소리들이 먼저 들이닥쳤다.

"이게 무슨 소리지?"

"하늘이, 하늘이 온통 새까매!"

"으아아. 무슨 조화야?"

순식간에 번지는 공포.

마치 무서운 일이 벌어질 것이라는 걸 예고하듯 죽음과 불길(不吉)을 상징하는 까마귀와 독수리 떼가 새까맣게 하늘을 뒤덮고 있었다. 그리고 누군가의 명을 받기라도 한 듯 수천만 마리의 새떼가 일제히 지면으로 내리 꽂히기 시작했다.

파파팟!

촤아악!

"어이쿠, 이게 뭐야?"

"으악! 내 눈, 내 코!"

"우우웁! 으으으, 저리가! 제발 저리가!"

난리도 이런 난리가 없었다.

사람이고 공간이고 모두를 새까맣게 뒤덮어 버리는 새떼.

그들의 난입으로 인해 애써 설치했던 기관과 함정, 매복이 난장판이 되어버렸다.

그리고 은신해 있던 영웅성 무인들이 때 아닌 새들과 실랑이를 벌이는 찰나,

번— 쩍!

아득한 허공에서 불벼락 같은 강기가 작렬했다.

짜자자자작!

지면을 거북이 등껍질처럼 쪼개 버리는 강기.

뒤이어 심혼을 뒤흔드는 장소성이 무서운 속도로 다가왔다.

절벽 중간에 매달려 있는 모친을 발견하고 묵자후가 완전히 폭주해 광속비행으로 날아오고 있었던 것이었다.

"쏴라! 놈이 접근하지 못하게 마구 쏴—!"

인질을 빼앗겨 버리면 만사 도로아미타불, 닭 쫓던 개 지붕 쳐다보는 꼴이 되니 종대선생이 입에 거품을 물며 소리쳤다.

쐐애애액!

쉬쉬쉬쉭!

명이 떨어지자 수천 수만 발의 화살과 암기가 날았다.

그러나 대부분이 강기의 보호막에 튕겨났고, 그럼에도 수도 없이, 끝도 없이 이어지는 암기의 공세에 묵자후는 잠시 지면으로 착지할 수밖에 없었다. 그 순간 종대선생의 눈이 섬전처럼 빛났다.

"지금이다! 모두 공격! 기관과 함정을 모두 작동시켜!"

"와아아아! 쳐라!"

덜커덩! 파앗!

끼이이잉!

쾌애애액!

고막을 찌르는 함성과 사방에서 작동하는 기관장치.

죽음을 손짓하는 함정과 폭우처럼 쏟아지는 암기.

게다가 대기가 웅웅 소용돌이치며 진세가 발동했다.

그러나 지금 종대선생이 내린 명은 매우 무모한 명령이었다.

먹구름처럼 모인 새떼가 공간을 장악하고 시야의 대부분을 차단하고 있었기에, 묵자후를 쓰러뜨리기 위한 기관과 함정이 오히려 매복하고 있던 영웅성 무인들을 잡고 있었다.

또 평소였다면 진의 흐름을 숙지, 각 진세의 변화에 따라 기습을 가할 수 있지만 지금처럼 시야가 차단된 상황에서는 오히려 빗발치는 암기의 희생자가 될 수밖에 없었다.

그럼에도 불구하고 다들 엄선된 정예였기에 어느 정도 시간이 흐르자 차츰 상황에 적응, 묵자후를 향해 일제히 살검을 펼치기 시작했다. 마치 벌떼가 한곳으로 몰려가 모든 힘을 쏟아붓듯 장렬한 공격이었다.

그러나 묵자후는 이미 금강폭혈공과 아수라파천무, 그리고 한층 완벽해진 비격탄섬참화류의 요결을 모두 발휘하고 있는 상태.

퍼퍼퍼퍽!

"으아악!"

"끄흑."

묵자후가 손가락을 떨칠 때마다 공간이 폭발하고 강기가 폭사돼 사방에 피보라가 일었다.

뿐인가.

고오오오!

의형무상검이 노을 같은 검기를 뿜을 때마다 사지가 절단된 시신이 짚단처럼 쌓여갔다.

하지만 영웅성 무인들에게 가장 끔찍했던 공격은,

쾌애애애액!

뻐버버버벅!

"으악!"

"케엑……."

회전하는 원이 반경 십여 장을 모두 파괴해 버리는 쇠사슬 공격이었다.

그 공격에 당하면 병장기는 물론이고 시신조차 제 형태를 간직할 수 없었으니.

게다가 설상가상이었던 건,

쉬이익! 깡……!

요행히 운이 닿아 공격을 성공시키면 뭐하나, 금강불괴를 방불케 하는 강기막에 튕겨 오히려 어깨만 탈골되고 마는 걸.

"으으! 도저히 상대가 안 돼!"

"진법도 통하지 않고 암기도 통하지 않아. 합공도 전혀 안 먹히니 방법이 없어……."

이제 영웅성 무인들은 공포에 질려 슬금슬금 꽁무니를 빼기 시작했다.

그러나 묵자후는 그들이 물러나든 말든 상관하지 않았다. 오히려 진기를 극성으로 끌어올리며 앞을 가로막는 건 뭐든지 부숴 버렸다. 그게 사람이든 바위든 기관이든 가리지 않았다.

그 결과 완전히 뒤죽박죽이 되어버린 주변 지형.

"으으! 이제 기관도 믿을 수 없어."

"저자는 인간이 아냐!"

"모두 도망쳐! 버티면 우리까지 몰살당해!"

사방에서 튀어 나오는 경악성.

결국 천라지망 중심부에 있던 이들이 작전상 후퇴가 아닌 공포에 질려 모두 도망치기 시작했다.

"이런! 저놈들이 대체 뭐하는 거야? 명령도 없이 달아나면 뭘 어쩌자는

거야?'

멀리서 그 광경을 지켜보고 있던 종대선생이 노발대발했다.

그러나 어쩌겠는가, 더 이상 명이 통하지 않는 걸.

게다가 설상가상으로 날아오는 보고.

음풍마제를 비롯한 마인들이 무서운 속도로 달려오고 있다는 소식이었다. 특히 일부는 곧 묵자후와 합류할 수 있을 정도의 거리에 도달했다는 소식이었다.

"허허. 어이가 없군. 놈들이 벌써 이곳에 도착해?"

기가 막혔다.

이건 예상을 뛰어넘은 정도가 아니라 아예 막을 엄두가 나지 않는 속도였다.

"으음…… 어쩔 수 없군."

종대선생은 고민고민하다가 결단을 내렸다.

"외곽의 아이들을 모두 물리고 수색참살조를 대기시켜. 그리고 놈들이 합류하는 순간 화탄을 터뜨리도록!"

"예에?"

수하 하나가 대경실색하며 말했다.

"너무 빠릅니다. 바람의 방향도 좋지 못한 데다가 일부 아이들이 추가 매설에 투입됐습니다. 그리고 가장 걱정되는 건, 외곽 쪽은 몰라도 절벽 쪽에 있는 아이들이 폭발의 여파에 휘말릴 우려가 큽니다."

수하의 반박에도 불구하고 종대선생은 냉정하게 명을 내렸다.

"그래도 어쩔 수 없다. 대(大)를 위한 희생은 불가피한 것. 잔말 말고 놈들이 합류하는 순간 터뜨려 버려! 더 늦으면 화탄을 쓸 기회도 놓쳐 버릴지 모르니까."

그렇게 명을 내린 뒤 종대선생은 자리를 떴다.

이곳에서 철수해 좀 더 안전한 곳에서 불꽃놀이를 지켜보기 위해서였다.

제84장

폭발

魔道
天下

고금을 통틀어 화공법(火攻法)은 매우 유용한 공격 수단이었다. 하지만 예상한 만큼 효과를 거두기 위해서는 철저한 준비가 필요했다.

손자병법에서도 그런 점을 가리켜 이르기를.

화공법은 다섯 가지 불의 변화에 따라 대응해야 한다. 불이 적진 안에서 일어나면 밖에서 호응하여 공격하고, 불이 났는데도 적진이 고요하면 공격하지 말아야 한다. 그리고 불길이 극성할 때 공격할 수 있으면 공격하고 공격할 수 없으면 그만두어야 하고, 불을 밖에서 붙일 수 있으면 적당한 시점에 불을 질러 변화에 따라 호응해야 한다. 또한 불이 바람 부는 위쪽에서 일어나면 바람 아래쪽에선 공격하지 말아야 하고, 낮에 바람이 오래 불면 밤엔 바람이 그치니, 군(軍)은 반드시 다섯 가지의 변화를 주목하여 술책으로 써야 한다.

정리하자면, 화공법을 쓸 때 상황과 시점, 그리고 바람의 방향을 잘 살펴야 한다는 말이다.

그런데 종대선생이 내린 명을 보면 상황과 시점, 그리고 바람의 방향이 모두 적절치 않았다. 그럼에도 불구하고 그가 명을 내린 이유는 묵자후의 신위가 그만큼 엄청났기 때문이었다.

더욱이 지금 종대선생이 펼치려는 화공법은 불을 질러 대량살상을 노리는 게 아닌, 화탄을 터뜨려 특정인을 폭사시키는 것이었다. 그러니 위의 조건에 부합하지 않더라도 과감히 진행시킬 수 있었던 것이다.

뇌존 탁군명이 종대선생에게 전권을 위임한 이유도 바로 그 때문이었다, 상황이 어떻든 가장 적절한 판단을 내릴 수 있는 독심의 소유자였기에.

*   *   *

명이 하달되자 땅속에 묻은 화탄을 담당한 귀곡문 문도들은 바짝 긴장했다.

과연 어느 시점에 터뜨리는 게 가장 효과적일까에 대한 판단뿐만 아니라 서로의 호흡도 잘 맞아야 하기 때문이다.

각자 맡은 심지의 길이와 방향이 모두 다르니 폭발을 극대화할 수 있게 시간 배분을 잘해야 한다. 안 그러면 엉뚱한 곳에서 먼저 터져 상대에게 의도를 들킬 수 있으니……

그런 이유로 다들 입안이 바짝 마르는 가운데 시간이 흘렀다.

멀리 외곽 경계망에 포진하고 있던 이들이 도망치듯 물러나는 게 보였다.

그러나 문제는 저놈의 까마귀와 독수리 떼에 가려 마인들이 어디에, 얼마나 합류하는지 잘 안 보인다는 점이었다.

문주의 명은 놈들이 합류하는 순간 터뜨리라는 것.

하지만 현장에선 도저히 그게 판단이 되지 않았다.

'어떻게 할까요?'

누군가의 물음에 조장이 대답했다.

'조금만 더 기다려 봐. 절벽 쪽에서 신호가 올 거야.'

'절벽 쪽에서요? 그럼 그쪽에 있는 동료들은?'

'……'

'……'

잠시 침묵이 흘렀다.

다들 상황이 짐작 됐는지 우울한 기색으로 시선을 바닥으로 떨어뜨렸다.

바로 그때였다.

'지금이야! 황자조부터 눌러!'

조장의 목소리가 들렸다.

콰악!

누런 심지를 맡은 귀곡문도가 가장 먼저 부싯돌이 내장된 기관을 눌렀다. 이어 각 문도들이 시간 배분에 따라 손잡이를 눌렀다.

*   *   *

묵자후는 충혈된 눈으로 전면을 바라봤다.

저 절벽 중간에 짐짝처럼 매달려 있는 모친.

살았는지 죽었는지 미동조차 없었다. 그저 바람 따라 이리저리 흔들리고 있었다.

'살아 계실 거야. 반드시 살아 계실 거야!'

마음속으로 되뇌며 묵자후는 또 다시 공력을 끌어올렸다.

티티티팅!

앞을 막아서던 무리들은 이제 거의 보이지 않았다. 그러나 뒤죽박죽된 기관과 진법이 예고없이 발동되고 있었으니 앞으로 나아가는 내내 강기막을 운용해야 했다.

만약 중간에 저지당하지만 않았더라도 몇 호흡 안에 닿을 수 있었던 거리가 그 때문에 조금 멀게 느껴졌다.

물론 요 며칠 무리한 탓도 없진 않았다. 흑암승과 아찔한 혈투를 벌였고 은혜연에게 심장을 찔렸다. 그 상황에서 곧 바로 오백나한진을 무너뜨리고 이기어검술을 펼쳤으니 천하의 묵자후라도 지칠 수밖에 없다.

그러나 육체의 한계를 뛰어넘는 정신력으로 또 다시 이곳에서 괴력을 발휘하고 있었으니 실로 초인적인 의지력이라 아니 할 수 없다.

그에 대한 보상으로 과연 하늘은 무엇을 준비해 놓았을까.

'괜한 잡념이다!'

묵자후는 심호흡을 하며 다시 지면을 박찼다.

이제 곧 모친을 만날 수 있으리라.

자신이 이곳에서 이목을 끌고 있는 동안 광마와 흑오 등이 절벽 쪽으로 접근했을 테고, 또 이 주위를 모두 파괴시켜 놓았으니 음풍마제 등도 쉽게 따라올 수 있을 것이다.

미리 계획한 건 아니었지만 놈들의 저지가 양동작전에 도움이 됐다고

생각하며 묵자후는 신형을 날렸다. 저 절벽 끝머리에서 광마와 흑오가
신호를 보내는 것을 발견한 때문이었다.

                    *   *   *

  "흑흑. 이놈의 신법은 아무리 노력해도 당최 늘지를 않아……."
  흡혈시마는 투덜거리며 용천혈에 더욱 진기를 가했다. 모두 다 같이
출발했는데 자신이 가장 뒤처진 기분이 들어서였다.
  그러나 실제로는 앞서 출발한 묵자후와 광마, 흑오에 이어 그가 네 번
째로 합류하고 있었다.
  '아니군. 다섯 번째야. 젠장! 저 미친 여편네는 왜 자꾸 후아 뒤를 졸졸
따라다녀?'
  흡혈시마의 삐딱한 시선이 막 절벽으로 도착하는 금소선자 양화연을
향했다.
  '저년 때문에 후아도 죽을 고비를 넘기고 흑오 저 계집애도 고생을 했
는데, 젠장…….'
  마음 같아선 목을 콱 부러뜨려 놓고 싶었지만 그럴 능력도 안 될 뿐더
러 예전에 모시던 주군의 아내다. 더욱이 지금은 제정신이 아닌 상태로
묵자후를 제 아들 보듯 따라다니고 있으니.
  아마 그래서 음풍마제 등도 그녀에게 이를 갈면서도 차마 떼어놓지 못
하고 있는 것이리라.
  어찌 됐든 철혈마제의 유일한 아내인 데다가, 남편 잃고 세력 잃고 아
들마저 잃은 채 정신착란 상태에 빠져 있으니.
  '그래도 언젠가는 저년에 대한 처리를 결정해야 해!'

아무리 그녀의 처지가 동정이 간다지만 마도를 배신한 죄가 있지 않는가. 더욱이 악마 같은 술법으로 수많은 여아들을 희생시켰으니 언젠가 집법회의를 열어 그녀의 죄를 논해야 하리라.

흡혈시마가 그런 생각을 하며 장내에 도착할 때 숨죽인 오열 소리가 들려왔다.

'제기랄……'

묵자후의 울음소리였다.

한눈에 봐도 고문당한 흔적이 역력한 금초초.

이미 화산 폭발과 목숨을 건 중원행으로 명이 경각에 달린 상탠데 그런 그녀에게 또 다시 잔인한 고문을 가하다니.

'뿌드득!'

절로 이가 갈리고 분노로 눈물이 솟구쳤다. 그와 함께 엄습하는 뼈저린 후회.

그때 산서로 따라가는 게 아니었다. 차라리 예전 성질 그대로 엉뚱한 짓거리 벌이지 말라며 욕을 하고 후아에게 데려갔어야 했다.

'하지만……'

흡혈시마에게도 나름대로 변명거리가 있었다.

아니마경산에서 그들을 보는 순간 자신도 모르게 눈물이 핑 돌았으니.

해저화산 폭발 후 헤어진 지 고작 이년에 불과했다. 그런데 그들의 몰골을 보니 이십 년도 넘게 흐른 것 같았다.

얼마나 먼 길이었는지, 천리가 아니라 만리 길도 넘는 타국에서 모진 고생을 하며 중원으로 돌아온 그들……

철마성 시절 뭇 마인들의 선망 어린 시선을 받던 그들 부부가 저렇게 흉측하게 폭삭 늙어버릴 줄은 꿈에도 생각지 못했다.

그런데 그런 그들이 죽기 전에 치매에 걸린 부친을 찾아뵙겠다는데 무슨 재주로 말릴 수 있겠는가. 아니, 자신도 그들 이야기를 들으니 오래 전에 돌아가신 부모 생각이 나서 괜히 눈물을 찔끔거렸었다. 그래서 함께 가겠다고 한 것인데…….

'망할…….'

다 죽어가는 제 어미를 안고 꺽꺽 오열을 터뜨리는 묵자후를 보자니 더 이상 이 자리에 서 있기가 미안했다. 그래서 슬그머니 뒤로 빠져 자리를 옮기는데 금소선자 양화연도 슬그머니 뒷걸음질을 치더니 자신을 따라왔다.

'빌어먹을!'

내심 못마땅해 두어 걸음 더 물러나 주변 산세를 구경할 때였다.

우르르르…….

갑자기 발밑에서 미세한 진동이 일어나기 시작했다.

*   *   *

은혜연은 한바탕 악몽을 꾼 것 같았다.

늘 마음속으로 그리던 그의 얼굴을 보고, 그와 검을 섞고, 그의 심장을 찌르고, 죽었던 그가 다시 살아나고…….

"아아아아악!"

더 이상 생각을 이어나가지 못하고 은혜연은 비명을 지르고 말았다.

피, 피, 피!

그가 살아나자마자 세상이 핏빛으로 변했다.

자애롭던 고승들이 목 없는 시체로 변하고 강호정의를 외치는 군웅들이 모두 피바다 속에 누워 있었다.

그리고 지금……

그 끔찍한 광경은 빛바랜 그림처럼 사라지고 없었다. 대신 사방에서 피어오르는 타다만 불길만이 당시의 상황을 흐릿하게나마 되새겨 주고 있었다.

'내 탓이야! 내가 모질지 못한 탓이야!'

차라리 그때 울지 말걸 그랬다.

차라리 그때 그의 심장뿐만 아니라 목까지 베어버릴 걸 그랬다.

'그랬다면…… 그랬다면…….'

이런 참상은 벌어지지 않았을까?

자신없었다. 정파의 군웅들이 죽는 대신 마인들의 피로 무당산이 붉게 물들었겠지.

"모르겠어. 뭐가 뭔지 하나도 모르겠어. 흑흑흑……"

과연 누가 옳고 누가 그른 것일까.

강호 정의를 수호한다며 마인들을 죽이고 가둔 정파인들이 옳은 걸까. 아니면 과거의 복수에 나선 마인들이 옳은 걸까.

아니, 아니다.

차라리 정파와 마도의 구분이 사라지고 나면 세상은 평화로워질까? 그렇게 되면 이 세상 모든 사람들이 서로 아끼고 사랑하는 도솔천(兜率天)[*]이 임할 수 있을까?

"모르겠다……. 정말 모르겠어……"

어차피 속세는 인(因)과 연(緣)이 교차하며 업보를 만드는 사바세계.

---

[*]도솔천(兜率天): 미륵불이 머무르는 천상(天上)의 정토(淨土).

그 업보에서 벗어나려면 피안의 길로 들어서는 수밖에 없다.

'그래! 어떻게든 그를 피안의 세계로 인도하고 말리라!'

그러면 당분간은 강호가 평화로워지고 그의 죄과가 조금은 씻기겠지.

은혜연은 그런 결심을 하며 자리에서 일어났다. 그리고 묵자후의 행로를 추측해 보다가 그녀의 어머니가 납치당했다는 사실을 떠올렸다.

'대홍산이랬지?'

혼절한 상태였는데도 그 말은 또렷이 기억에 남아 있었다.

"가자! 가서 그의 모친을 구하고 그를 부처님께 인도하는 거야!"

그 말이 끝나는 순간 은혜연의 몸이 공간이동을 하듯 대홍산 자락에 나타났다. 실로 상식을 초월한 신기였다.

설마하니 그녀도 묵자후처럼 무당산에서 뭔가 깨달음을 얻은 것일까? 그래서 무공의 최후 경지라 일컫는 초월경(超越境)을 넘어 조화경(造化境)에 다다른 것일까?

그에 대한 답은 하늘만이 해줄 수 있을 것이다.

그리고 지금 당장 은혜연이 알 수 있는 사실은 대홍산 중턱, 가파르게 솟은 절벽 주변에 뭔가 위험한 기운이 치솟아 오르고 있다는 사실이었다.

"안— 돼—!"

찢어질 듯한 비명을 지르며 은혜연의 신형이 절벽 쪽을 향해 폭사되었다.

＊　　　＊　　　＊

우르르르르……

최초의 진동은 매우 미약했다.

그러나 뭔가 이상하다고 느낀 순간 매캐한 화약 냄새와 함께 화끈한 열기가 온몸을 휘감았다.

'이건?'

흡혈시마는 단숨에 알 수 있었다.

그 악몽 같은 폭발이 지금 이곳에서 다시 재현되고 있다는 사실을.

"안 돼! 후아야! 피해—!'

찢어져라 고함을 지르며 흡혈시마는 온몸으로 묵자후를 감쌌다.

쿠쿠쿠쿠쿠쿠!

혹시 자신이 꿈을 꾸고 있는 것일까?

갑자기 시간이 지독하게 느리게 흘렀다.

자신이 몸을 날리는 순간 지반에 쩍쩍 금이 가고 묵자후가 놀란 눈으로 고개를 돌렸다.

평소답지 않게 그의 눈에 당황이 어렸다.

'크흐흐. 이번엔 네놈보다 내가 먼저 알아차렸지?'

왠지 기분이 좋았다. 이제야 녀석의 진정한 사부, 진정한 숙부 노릇을 할 수 있게 된 것 같았다.

콰콰콰콰콰콰!

그때부터 눈앞의 경물이 미친 듯이 흔들렸다.

묵자후의 눈망울도 덩달아 흔들리고 있었다.

녀석이 입을 열어 뭐라고 말하고 있었다.

"숙부. 안 돼요! 피해—!'

'저런 답답한 놈. 널 위해 이 몸을 바치겠다는 데 감히 피하라고? 흥. 어림없다, 이놈아.'

코웃음을 치며 흡혈시마는 온몸으로 묵자후를 감쌌다.

콰아아아아―앙―!

'아! 무지 뜨겁다…….'

아직 안녕이란 인사도 못했는데…….

녀석 장가가는 것도 못 봤는데…….

아, 녀석 피도 아직 제대로 못 먹어봤는데…….

그 생각을 끝으로 모든 단상이 끊어져 버렸다.

콰아아아악!

흡혈시마의 몸은 폭발에 휘감겨 어육덩어리처럼 찢어지다가 이글거리는 불길에 소멸되어 버렸다.

"시마 숙부―!"

묵자후의 절규 역시 폭발의 굉음에 휘감겨 흔적도 없이 사라져 버렸다. 그리고 그게 끝이 아니었다.

드드드드, 콰아아아아― 앙!

지축이 미친 듯이 무너져 내리고 흡혈시마를 삼킨 시뻘건 불덩어리가 곧바로 묵자후를 덮쳤다.

바로 그때였다.

"안 돼애애애!"

누군가가 비명을 지르며 묵자후 앞을 막아섰다.

금소선자 양화연이었다.

"내 아들, 내 아들은 안 돼―!"

쿠콰아아아앙!

양화연의 목소리가 채 메아리를 울리기도 전에 그녀의 몸이 허공으로 붕 치솟았다.

"끼아아아악!"

그 순간 흑오에게서 찢어질 듯한 비명이 터져 나왔다. 그녀 눈앞에서 거대한 버섯구름이 치솟더니 묵자후의 전신을 휘감아 버린 것이었다.

"안 돼, 안 돼, 안 돼—!"

흑오는 비명을 지르며 묵자후를 안으려 했다. 하지만 바로 그때 묵자후와 정면으로 눈이 마주쳤다.

"어머니를……!"

그의 몸에 투명한 강기가 맺혀 있었다. 그러나 등 뒤로 어마어마한 불덩어리가 강기막을 뚫고 그의 온몸을 휘감으려 하고 있었다.

"후, 후아……."

흑오는 부지불식간에 눈망울을 떨었다.

지금 묵자후가 뻗은 두 팔엔 혼절한 그의 어머니가 안겨 있었다.

"와아아악!"

흑오는 울음을 터뜨리며 금초초를 안아들었다. 순간, 묵자후가 최후의 힘을 발휘하는 듯 등 뒤로 덮쳐 오는 불길을 잠시 튕겨냈다. 그리고는 곧바로 화염에 휘감겨 까마득한 허공을 사라져 버렸다.

"안 돼, 안 돼, 안 돼—!"

흑오는 금초초를 안은 채 넋 나간 사람처럼 외쳤다.

바로 그때,

"누나, 피해—!"

누군가가 바람처럼 그녀를 안고 전속력으로 뒤로 물러났다.

광마였다. 그런 광마의 앞을 추혼백팔사자가 보호했다. 하지만 그들의 육신은 이내 치솟는 화염에 휘감겨 잿더미로 변해 버렸다. 그때부터 흑오의 눈에 주위 경물이 미친 듯이 뒤로 물러났고, 저 앞에 아홉 명의 호존승들이 뭐라고 주문을 외우며 불덩어리를 향해 양손을 내미는 광경이 보였다.

콰아아아아아아앙!

끔찍한 폭발음과 함께 그들의 몸도 사라져 버렸다.

"아아악! 후아아아아아!"

흑오는 몸부림을 치며 묵자후의 이름을 불렀다. 그리고 어느 순간 눈앞을 덮쳐 오는 시뻘건 화염덩어리를 보면서 그만 의식을 잃어버렸다.

*　　　*　　　*

은혜연은 손발이 덜덜 떨렸다.

'너무해……. 이건 정말 너무해…….'

그녀의 눈에 한 폭의 지옥도처럼 변한 풍경이 보였다.

마치 종말이 임한 듯 초토화되어 버린 산자락.

절벽이고 능선이고 나무고 바위고, 모두 사라지고 검게 탄 폐허만 남았다.

'인간은 어찌 이리 잔인할 수 있단 말인가…….'

이젠 눈물도 나오지 않았다. 모든 것이 덧없고 허망했다. 그래서 털썩, 아무 데고 엉덩이를 붙이고 앉았다. 그런 그녀 옆에 세 사람이 누워 있었다.

광마와 흑오, 그리고 흑오가 안고 있던 금초초였다.

은혜연은 잠시 눈을 돌려 그들을 바라봤다. 초점 없던 그녀의 눈이 한 사람에게 고정됐다. 바로 마도요화 금초초였다.

'가여우신 분…….'

그녀의 일생 이야기를 듣고 같은 여자로서 동정심이 일었다. 그리고 남편과 아들에 대한 그녀의 헌신을 알고 난 뒤 왠지 모를 존경심이 들기도 했다.

그러나… 이 시점에서 그게 다 무슨 소용이란 말인가.

정작 그녀의 외모는 망가져 버렸고 목숨은 생사 경각에 달렸다.

뿐인가? 그녀가 그토록 애지중지하던 아들은 폭발에 휘말려 유명을 달리해 버렸다.

'아냐! 아직 그의 시신을 확인하지 못했어!'

내심 도리질을 쳐보지만 그럴수록 가슴만 메어져 올 뿐이었다.

'후우……'

은혜연은 잠시 긴 한숨을 내쉬었다. 그리고 마음을 차분하게 가라앉힌 뒤 가부좌를 틀고 앉아 금초초의 기맥을 다스리기 시작했다.

그나마 혼절한 상태여서 폭발의 충격은 그리 크지 않았다. 하지만 과거에 입은 내상과 긴 행로를 거치느라 입은 한기와 화기의 침습이 그녀의 생명을 갉아먹고 있었다. 그러니 기맥을 다스려준다 한들 조금의 도움은 몰라도 이미 명재경각에 달린 그녀의 수명에는 아무 도움이 되지 못하리라.

그럼에도 전심전력을 다해 그녀의 기맥을 치료한 은혜연은, 그녀가 깨어나자마자 또 다시 충격을 받을까 봐 혼혈을 짚었다. 그리고는 광마와 흑오를 치료해 주기 위해 고개를 돌리는 순간, 섬뜩한 기운이 망막으로 쏟아져 들어오는 것을 느꼈다.

흑오였다.

어느새 정신을 차렸는지 그녀가 살기 띤 눈빛으로 노려보고 있었다.

"음? 이제 정신이 드니? 몸은 좀 어때?"

걱정스런 어조로 말을 건네봤지만 얼음장 같은 표정만 되돌아온다.

그 눈빛에 어린 뜻을 왜 모를까.

은혜연은 장탄식을 삼키며 자리에서 일어났다.

"하고픈 말이 많지만… 원치 않는 것 같구나. 먼저 일어설 테니 몸 잘 돌보고 저분… 잘 모시도록 해라."

그러면서 자리를 떠나려 할 때였다.

"찾아내!'

갑작스런 흑오의 목소리가 가슴을 쿵 찔렀다.

"……?'

"그를, 후아를 찾아내!'

그 말을 듣는 순간 은혜연은 왈칵 눈물이 날 것 같았다.

"바보야……. 그는, 그는……."

차마 뒷말을 못 잇고 눈물만 글썽이는데,

"아냐! 후아, 죽지 않아! 후아는 절대 죽지 않아!'

마치 어린아이처럼 떼쓰는 흑오.

"흑……."

"찾아내! 얼른 찾아내란 말이야!'

"이 바보야……."

"안 떠올라. 항상 후아, 어디 있는지 알았는데, 안 떠올라. 그러니까, 찾아내!'

소리치는 흑오의 눈에 어느새 눈물이 그렁그렁했다.

은혜연은 그런 흑오를 보면서 가슴이 무너져 내리는 것 같았다.

이미 그가 죽어버렸기에 염파가 끊긴 것을 이 아이는 폭발의 후유증으로 자기가 못 느끼고 있다고 착각하고 있는 모양이다.

"네 잘못이 아냐. 그는, 그는……."

바로 그때였다.

흑오의 눈망울이 화악 커지더니 뇌리를 온통 장악해 왔다.

'이 아이가……?'

당혹스러웠지만 예전에도 한 번 겪어본 일이다. 언젠가 영웅성에서 회의에 참석하고 있을 때 갑자기 찻잔 위로 떠오른 염파, 그것과 비슷한 현상이었다.

은혜연은 내심 그녀의 염파를 거부하려다가 자기도 모르게 그 안을 들여다봤다.

지금의 흑오 심리상태를 반영하듯 온통 어둠뿐인 공간.

'역시 아무것도… 음?'

은혜연은 고개를 가로젓다가 어느 순간, 자기도 모르게 그 자리에서 딱 굳어버렸다.

*　　　*　　　*

"그러니까 소저 말은 후아가 아직 살아 있을지도 모른다는 이야기요?"

"그렇… 습니다."

"헐헐. 아마 그럴 것이오. 후아는 결코 화탄 따위에 당할 아이가 아니니. 그 무시무시한 화산폭발에서도 살아났는데 고작 화탄 따위야……."

"그럼요! 후아는 이미 불사의 몸입니다!"

"당연하지요. 심장을 뚫리고도 살아나신 분이 바로 지존 아니십니까!"

여기저기서 튀어 나오는 목소리들.

은혜연은 머리가 아팠다.

이 사람들은 과연 제정신일까.

자신이 이야기한 건 일 푼도 안 되는 희망일 뿐이다. 그런데 이들은 마치 그게 기정사실이라도 되는 듯, 그리고 그가 무슨 불사의 몸이라도 되는 듯 확신하고 있다.

하지만 이들의 면면을 보면 그럴 수도 있겠다는 생각이 들기도 했다.

지금 자신과 대화를 나누고 있는 사람은 다름 아닌 음풍마제와 무풍수라를 비롯한 마인들이었으니.

앞서 출발한 묵자후와 흑오, 광마와 흡혈시마 등과 달리 음풍마제는 무당에서의 혈전을 마무리하느라 뒤늦게 출발했다. 그래서 폭발에 휘말리는 것을 모면할 수 있었고 또 그 바람에 폭발 현장을 보고 주위를 수색하다가 은혜연과 대화를 나누는 흑오 등을 발견할 수 있었던 것이었다.

물론 처음부터 대화 분위기가 형성된 건 아니었다.

이미 그녀가 묵자후의 심장을 찌르는 걸 본 마인들이었기에 모두 살기를 드러내며 그녀를 공격하려 했다. 바로 그때 흑오의 입에서 나온 한마디가 그들 모두를 얼어붙게 만들었다.

"후아, 뜨거운 바람에 날려갔어. 근데 이 언니가 알아, 어디 있는지."

그때부터 살기는 눈 녹듯 사라지고 다들 기대 어린 눈빛으로 은혜연을 바라보기 시작한 것이다.

그리고, 장시간의 대화 끝에 은혜연은 흑오를 비롯한 몇몇 마인들과 함께 묵자후를 찾으러 나섰다. 나머지 마인들도 모두 따라나서려 했으나 시퍼런 음풍마제의 눈길 한 번에 찍소리도 못하고 물러났다.

게다가 그들에겐 묵자후를 찾는 것만큼이나 중요한 임무가 남아 있었다. 바로 사방을 수색해 오는 영웅성 무리들을 상대로 흡혈시마 등의 복수를 해주는 일이었다.

*　　　*　　　*

기대는 종종 사람을 배신하곤 한다.

이번에도 마찬가지인 것 같았다.

"아……. 지존께서……."

"설마……. 설마……."

묵자후를 발견하자마자 마인들은 아연실색한 표정으로 굳어버렸다.

은혜연이라고 다르지 않았다.

그녀 나름대로 예상은 했지만, 그래서 더더욱 마음을 강하게 먹고 찾아오긴 했지만, 막상 처참할 정도로 새까맣게 타버린 그의 시신을 보니 억장이 무너지고 다리에 힘이 확 풀렸다.

그러나 음풍마제는 달랐다.

"화산 폭발에서도 살아난 후다. 이 정도로는 죽지 않아!"

그는 두 눈이 벌겋게 충혈되었으면서도 한사코 고개를 가로저었다.

"하지만 대장로. 호흡이… 기맥이 전혀 잡히지 않고 있습니다."

"갈! 네놈이 터진 입이라고 어디서 함부로 나불대는 것이냐?"

퍼엉!

한 사람이 눈치없이 나섰다가 음풍마제의 장력에 맞아 피곤죽이 되어버렸다.

그 광경을 보고, 아니, 참혹하게 쓰러져 있는 묵자후의 시신을 보고 마인들은 모두 할 말을 잃은 채 비통한 표정을 지었다. 다들 말은 하지 못해도 묵자후의 죽음을 기정사실로 받아들이기 시작한 것이었다.

하지만 그런 분위기 탓이었을까.

"카앗!"

흑오가 갑자기 괴성을 질렀다.

"아냐, 아냐, 아냐! 죽지 않았어! 후아 죽지 않았어!"

눈물을 줄줄 흘리며 흑오가 어미 잃은 새처럼 울부짖었다.

그런 흑오를 보고 마음이 아파 어느 누구도 선뜻 그녀를 달래주지 못했다. 심지어 묵자후의 죽음을 완강하게 부인하던 음풍마제조차도 슬그머니 고개를 돌리며 눈물을 글썽이고 있었다.

그런 모두의 표정을 읽은 것일까.

두려움에 떨며, 정말로 온몸을 덜덜 떨며 흑오가 말했다.

"안 죽어! 후아 안 죽어! 내가 살릴 거야! 엉엉……."

그렇게 펑펑 울면서 소리치는 흑오의 귀에 갑자기 환청 같은 목소리가 들려왔다. 지금의 심정을 헤아리는 듯 아주 슬픈 목소리였다.

"흑오야, 내 삶의 마지막 목표인 흑오야. 이제 네 인생을 어찌할꼬? 그가 죽으면 더 이상 너를 돌봐주거나 제어할 사람이 없는데……. 그럴 바에야 너를 죽여 천하의 안위를 도모해야 하건만, 함께한 정이 있어 도저히 그럴 수가 없구나. 그러니 흑오야. 지금부터 내 말을 똑똑히 기억해라. 그를 데리고 나와 함께 약초 캐던 곳으로 가라. 거기 가면 내가 모시던 신상 밑에 쇠사슬이 있고 작은 약단지가 있을 것이니, 쇠사슬을 당겨 동굴을 무너뜨리고 약을 꺼내 먹어라. 반드시, 반드시……. 약속할 수 있겠느냐?"

엄마였다.

그에게 자신을 부탁하고 죽은 엄마가, 그가 죽은 지금─물론 흑오는 절대 그렇게 생각하지 않았다—그때의 목소리로 이야기하고 있었다. 그곳으로 가라고.

"크르르. 그래, 그곳! 엄마와 약초캐던 곳!"

그 말을 내뱉으며 흑오가 묵자후를 안아들었다. 바로 그때였다. 협곡 한쪽 구석에 내팽개쳐진 채 묵자후만큼이나 처참한 상태로 쓰러져 있던 고깃덩어리가 힘겹게 입을 열었다.

"나를… 나를 데려가줘……. 내 아들… 내 아들을 살릴 방법이 있어……."

기적 같은 일이었다.

이미 죽은 줄 알았던 금소선자 양화연이 어디가 입인지도 모를 흉측한 살덩이를 달싹이며 애원했다.

"살릴 방법? 후아 살릴 방법?"

"그래……. 내 아들… 내 아들……."

"캇! 아들 아냐! 후아야!"

새까맣게 타버린 고깃덩어리를 향해 빽 소리 지르던 흑오. 그러나 무슨 생각이 들었는지 그녀를 들쳐 업었다.

"이 녀석, 흑오야. 지금 무슨 짓을 하려는 것이냐?"

흑오가 두 사람을 안고 일어서자 음풍마제가 대경실색해 그녀를 말렸다.

은혜연도 놀란 눈으로 흑오를 쳐다봤다.

그러나 흑오는 모두의 시선을 아랑곳하지 않았다.

하도 울어 퉁퉁 부은 눈으로 딱 한마디만 남겼다.

"내가, 내가 살릴 거야!"

그 말이 메아리를 울리는 순간, 흑오의 신형이 꺼지듯 사라져 버렸다.

"어허! 저 녀석이?"

"쫓아라! 아가씨를 쫓아!"

마인들이 깜짝 놀라 그녀를 찾으려 했지만 이미 거짓말처럼 사라져 버린 흑오였다. 그리고 은혜연은 한동안 망연자실한 표정으로 흑오가 사라진 쪽을 바라보고 있었다.

*　　　*　　　*

호북과 사천 접경지역에 신농가(神農架)라 불리는 원시림이 있다.

고대, 농사의 신이라는 신농(神農)씨가 호북에 이르렀다가 아찔한 절벽이 앞을 막아 그곳에 서른여섯 개의 하늘 사다리를 만들고, 거기서 원시림이 자라, 훗날 신농씨가 만든 구름다리라는 의미에서 신농가라 부르는 산.

그 산 일대가 얼마나 깊은 원시림 지대인지 한여름이나 되어야 간신히 눈이 녹고 가끔 전설 속의 야인족(野人族)이 출몰하기도 한다는 곳이었다.

그렇게 깊은 산, 양 갈래로 흐르는 폭포마저 얼어붙은 계곡에 깎아지른 듯한 벼랑이 서 있었다.

마치 천신이 막대기를 쿡쿡 찔러놓은 듯 늘어서 있는 벼랑들 가운데 가장 우뚝 솟은 벼랑.

특히 쌍둥이처럼 비스듬히 기대서 있는 벼랑과 맞닿은 곳에 입구가 무너져 내린 동굴이 보였다.

그 동굴 안에 기이하게도 희미한 불빛이 비치고 모기 울음소리 같은 들릴락 말락 한 목소리가 새어 나오고 있었다.

"헉헉……. 선남과 옥녀가 서로 화합하는 것은 천지가 상생하는 것과 같다. 천지가 서로 조화롭게 상통하기 때문에 세상이 영원히 끝나지 않는 것이다. 흐으……. 사람도 이와 같은 음양을 나누면 영원히 죽지 않는 방도가 된다. 무슨 말인지 알겠느냐? 헉헉. 선남은 하늘을 본받고 옥녀는 땅을 본뜨며 그 도리를 깨달은 자는 생명력을 기를 수 있다……."

간헐적으로 들려오는 목소리.

그녀의 목소리 따라 흑오의 표정이 들떴다가 일그러졌다가 하고 있었다. 동시에 가녀린 그녀의 몸도 올라갔다가 내려갔다가 하고 있었다.

"그게 아니고, 으……. 천지도 닫혔다가 열렸다가 해야 하고, 음양도 그 변화를 시행해야 하는 법. 사람인들 오죽하랴. 인내심을 가지고……. 음양이 사시사철 변하는 법칙을 본받아라. 무슨 말인지 알겠느냐? 남는 것은 내뱉고 모자라는 것은 받아들이고……. 양은 음을 만나야 변화를 일으키고, 음은 양을 얻어야 소통이 된다……."

"으음……."

설명대로 움직이며 살풋 아미를 찡그린 흑오.

도홧빛으로 물든 뺨에 땀방울이 송골송골 맺히고 있었다.

"그래. 잘하고 있다. 그의 혼을 온몸으로 받아들이되 강요하지 말고 품 안에 보듬듯……. 그래, 그렇게. 너무 서두르지도 말고 너무 미루지도 말고, 또한 너무 깊이도 말고 너무 얕게도 말고……."

대체 무슨 소리일까.

정확한 건 알 수 없지만 흑오의 몸이 점점 뜨겁게 달아오르고 있었고, 금소선자 양화연의 목소리가 차츰 꺼져 가고 있었다. 그리고 시체처럼 싸늘하게 식은 묵자후의 몸이 조금씩 온기를 회복하고 있었다.

＊　　　＊　　　＊

콰아아앙—!

눈이 멀어버릴 듯한 섬광과 귀를 찢는 굉음.

그리고 전신을 녹여버릴 것 같은 뜨거운 열기…….

묵자후는 순간적으로 정신이 아득했다. 그러나 사력을 다해 호신강기를 끌어올렸다. 하지만 이내 단전어림이 찢어져 나가는 듯한 통증을 느끼고 정신이 아득해졌다.

'여기서 끝이란 말인가……?

어렴풋이 그런 생각이 떠올랐다. 바로 그때 눈앞이 밝아지더니 거대한 뭔가가 자신을 덮치는 것 같았다.

끼아아아아악!

아주 예전에 들어본 듯한 괴성.

마치 화산폭발 때 화령신조가 울부짖는 듯한 괴성을 들으며 묵자후는 서서히 의식을 잃어버렸다.

화르르…….

언젠가부터 후끈한 열기가 엄습했다.

'뭐지? 더워……. 그리고 목말라…….'

속으로 중얼거리며 묵자후는 힘겹게 눈을 떴다.

그때 찬연한 눈동자가 자신을 바라보고 있었다.

'네가 어떻게……?

묵자후는 깜짝 놀라 눈을 껌뻑였다.

시뻘건 용암 속에서 황금빛 광채를 뿌리던 녀석.

그리고 화산이 폭발할 때 그 무시무시한 화염을 흡수하며 자신을 보호하던 녀석이 눈앞에 나타날 줄이야.

'그때 어디 갔었어? 왜 갑자기 사라진 거야?'

묵자후는 잘 잡히지 않는 초점을 잡으려 애쓰며 화령신조를 쳐다봤다.

그런데,

"음?"

자세히 보니 화령신조가 아니라 흑오였다.

"너…… 네가 어떻게 여기에? 아……!"

안력이 거의 돌아오는 순간 묵자후는 깨달을 수 있었다.

녀석이 자신을 구했다는 걸.

"고맙…… 구나……."

더 이상 무슨 말을 할 수 있을까.

흑오가 목덜미를 붉히며 수줍은 표정으로 고개를 푹 숙이고 있는데.

'음? 그리고 보니……'

벗고 있는 건 그녀만이 아니었다.

자신도 상처투성이 몸으로 벗고 있었다.

'하아……'

묵자후는 자기도 모르게 얼굴이 붉어졌다.

'대체 어쩌다가 일이 이렇게 된 거지?'

사연인즉 이러했다.

이미 시신이 되어 동굴 한쪽에 쓰러져 있는 양화연.

그녀가 이곳까지 따라와 흑오에게 천마유혼합일대법을 펼치라고 했다. 그리고 반생반사 상태인 묵자후에겐 끊임없이 대전륜원정흡음대법을 구술했다.

물론 무의식 상태인 묵자후는 대전륜원정흡음대법을 기억할 수 없었다. 그러나 흑오의 움직임에 동조해 몸이 반응하면서 자연스럽게 음원곡에서 본 춘화도를 떠올렸다.

적나라한 남녀 교접 장면이 그려져 있던, 그리고 뱀처럼 가늘고 채찍처럼 긴 혀로 남자의 정기(精氣)를 빨아들이고 있는 요녀 형상의 그림이 그려져 있던.

그 그림에 있던 장면 따라 몸이 무의식적으로 움직였다.

그리고 나중에야 안 사실이지만 그때 본 춘화도가 바로 나부파의 비전인 천지초혼반선무(天地招魂返仙舞)라는 것이었다.

또한 그걸 토대로 하여 만든 것이 바로 대전륜원정흡음대법이었고.

그러니 광마와 음풍마제가 오매불망 소원하던 천마유혼합일대법을 반쯤 죽은 상태에서 기어코 성공하게 된 것이었다.

그런 사실을 증명이라도 하듯 화염에 새카맣게 그을린 묵자후의 몸이 눈 깜짝할 사이에 재생되어 있었고, 그 이전에 입은 상처자국만 은은히 남아 있는 것이었다.

그리고 당연한 이야기지만, 금소선자 양화연이 묵자후를 아들로 착각한 이유가 있었다. 곽보패의 비참한 주검을 목격한 지 얼마 되지 않아 죽음의 위기에 봉착한 묵자후를 본 때문이었다.

그래서 아들에 대한 사념(思念)이 그대로 묵자후에게 이어졌고, 또 묵자후가 펼치는 무공이 그녀가 익힌 천마의 무공인 데다, 묵자후 곁에 있는 이들이 과거에 함께 했던 이들이었다. 때문에 혼란에 빠진 정신착란 증세가 그녀의 마음상태를 과거로 되돌려 버린 것이었다.

그래서 아들, 곽보패를 위해 쓰려고 만들었던 대전류원정흡음대법이
운 좋게(?) 묵자후에게 돌아간 것이었다.

아무튼 졸지에 천마유혼합일대법을 성공하는 바람에 자연스럽게 천마
불사신공까지 십이성으로 깨달아 버린 묵자후.

자신과 눈이 마주칠 때마다 수줍게 고개를 숙이는 흑오를 보고 웃지도
울지도 못하는 상황에 처해 버렸다.

'에혀…… . 이게 말이 되는 상황이냐? 내가 어쩌다 저 까마귀 같은 녀
석과……. '

그러거나 말거나 묵자후를 볼 때마다 빨갛게 얼굴을 붉히며 사지를 배
배 꼬는 흑오였다.

그리고 며칠 후.

"우우우우우우!"

산천초목을 흔드는 장소성과 함께 남녀 한 쌍이 손을 잡고 신농가산을
떠나갔다.

제85장

그리고……

魔道

天下

1

"와아아아!"

전쟁이 끝났다.

서글프고 지루하던 전쟁이 드디어 끝났다.

무창 북동쪽 분지.

앞쪽엔 황궁을 방불케 하는 성이, 뒤쪽엔 아름다운 동호가 흐르고 있는 곳에서 마인들은 목이 터져라 환호성을 터뜨렸다.

병장기를 흔들며, 서로를 얼싸 안으며 감격에 겨워하는 그들 뒤로 지치고 피로한 기색의 백의인들이 망연자실한 표정으로 눈물을 흘리고 있었다.

"크흑! 성주님……."

"어찌 이럴 수가……."

백의인들.

뭇 강호인들이 영웅성 무인이라 부르며 경외와 존경심 어린 눈빛을 보내는 그들은 도저히 눈앞의 현실을 받아들일 수 없었다.

분명 자신들이 이기고 있었는데. 그래서 승리가 바로 눈앞에 있다고 확신하고 있었는데.

지나간 일은 되돌릴 수 없다.

눈앞의 결과 역시 마찬가지다.

뇌존 탁군명.

화산파 속가제자 출신으로 제일차 정사대전을 승리로 이끈 강호의 전설. 그리고 영웅성의 창립자이자 당금 천하의 제일인이라 불리던 그가 안면이 피범벅으로 변한 채 쓰러져 있었다.

그리고 그 옆에는 흑의 차림의 청년이 이글거리는 눈빛으로 좌우를 둘러보며 한손을 번쩍 치켜들고 있었다.

"와아아아아!"

또 다시 우레 같은 함성이 메아리쳤다.

장장 이십 년을 끌어왔던 제일차 마정대전에 이어 이십사 년 만에 다시 발발한 마정대전.

그 길고 치열했던 전쟁은 일만 마인을 휘하에 거느리고 천하를 공포의 도가니로 몰아넣은 전왕이자 환마, 도마라 불리는 묵자후가 천 초에 달하는 혈투 끝에 뇌존 탁군명의 안면을 꿰뚫어버림으로써 그 대단원의 막을 내리게 됐다.

그날 오후.

아직 격전의 열기가 채 가시지 않은 전장에는 단전이 폐쇄되고 사지가 결박된 영웅성 무인들이 피눈물을 흘리고 있었고, 그들 옆에는 하얗게 질린 얼굴로 장문영부를 받쳐 들고 있는 각 문파 장문인들이 보였다.

그리고 하늘에는 그들의 참담한 심정을 비웃듯 먹구름 같은 까마귀 떼가 빙글빙글 원을 그리며 춤을 추고 있었다.

그 까마귀 떼 중앙에는 흑요석처럼 까만 눈동자를 지닌 소녀가, 손가락 사이에서 꼬물꼬물 재롱을 부리는 천년오공과, 그런 천년오공을 질투 어린 눈길로 바라보는 금빛 원숭이를 쓰다듬으며 헤실헤실 웃고 있었다.

2

검푸른 바닷가.

넘실거리는 파도 사이로 대형 범선이 보였다.

마치 바다의 제왕이 순시라도 하는 듯 무려 수백 척에 달하는 대선단이었다.

그 선단의 정중앙. 가장 크고 화려한 배의 갑판에는 익숙한 얼굴들이 눈에 띄었다.

독사 같은 눈빛에 툭 튀어 나온 광대뼈를 지닌, 한때 광동 연안을 휩쓸던 자였으나 지금은 남해의 제왕이라 불리는 흑경방의 방주, 흑경만리 좌무기가 가장 먼저 보였고, 그 좌우로 남해가 좁다고 설치던 공포의 해적 두목 백교천리 장천리와 구룡반도 인근에서 악명을 떨치던 해적 두목 포뢰백리 오백리가 보였다.

그러나 남해가 좁다고 설치던 그들이 오늘따라 고양이 앞의 쥐처럼 고개도 못 든 채 벌벌 떨고 있었다.

천하에 누가 있어 이들, 남해를 주름잡는 해적들을 공포에 떨게 만들 수 있을까.

가만히 보니 한두 사람이 아니었다.

은발은염에 인자한 미소를 짓고 있지만 한쪽 다리가 잘려 목발이 그 자리를 대신 채우고 있는 노인과, 푸르뎅뎅한 안색에 얼굴 반쪽이 흉측하게 얽혀 있는, 더욱이 하체마저 허벅지 아래에서 댕강 잘려 있는 노인.

그리고 정신병자처럼 깎은 머리에 빛바랜 가사 차림. 그리고 거대한 체구에 그 덩치만큼이나 큰 도끼를 든 파계승 같은 노인과, 오척 단구에 통통한 뺨을 자랑하고 있었지만 한쪽 손목이 날아가 버린 노인 등이었다.

그러나 그들도 몇 사람에겐 넌지시 양보하는 듯한 표정을 짓고 있었다.

바로 흑의 차림에 긴 머리카락을 휘날리고 있는 청년과 그 옆에서 흑요석 같은 눈을 반짝이고 있는 까무잡잡한 소녀. 그리고 그 한 쌍을 보며 대견한 표정을 짓고 있는 초로인 부부 등이었다.

그런데 초로인 부부는 누가 봐도 깜짝 놀랄 정도로 흉측한 몰골을 하고 있었다.

남자 쪽은 오른손이 팔꿈치 아래에서부터 싹둑 잘려 있었고 한쪽 눈 역시 퀭하니 뚫려 칙칙한 안광을 흘리고 있었다.

그리고 여자 쪽은 얼굴 전체에 바둑판 같은 칼자국이 그어져 있었는데 화상까지 입어 원래의 용모를 전혀 알아볼 수 없을 지경이었다.

이들 모두의 외모라면 천하 어디를 가도 단번에 소문이 나고 말 지경이었다. 그리고 사실도 그러했다.

바로 당금 강호를 일통한 마도지존 묵자후와 그 일행이었다.

이들은 모두 어느 한곳을 바라보고 있었다.

은발은염의 노인 음풍마제가 감회 어린 목소리로 중얼거렸다.

"저기 저쪽인가?"

옆에 있던 푸르뎅뎅한 안색의 노인이 고개를 끄덕였다.

"아마 맞을 거요. 벌써부터 가슴이 콱 메는 걸 보니……."

그 말에 모두의 표정이 아련하게 흐려졌다. 왠지 묵직한 분위기였다.

그리고 묵자후가 수하들에게 손짓해 하얀 상자를 가져오면서부터 몇 사람의 눈에 눈물이 흘러내리기 시작했다.

묵자후는 공손히 상자 뚜껑을 열고 음풍마제에게 건넸다.

음풍마제가 상자 안으로 손을 넣어 뭔가를 뿌리며 말했다.

"잘 가거라. 이 멍청한 놈아……. 죽어서 시체조차 남기지 못한 바보 같으니라구……. 그래도 우리가 네놈이 폭사한 대홍산 자락의 흙을 담아 왔으니 이걸로라도 원을 풀도록 하려무나. 그리고… 네놈이 입버릇처럼 돌아가고 싶다고 말하던… 천금마옥이 있던 곳을 네 안식처로 만들어줄 테니 저 바닷물처럼 자유롭게, 마음껏 성질도 부리고 마음껏 웃어도 보면 서 이승에서 못 다한 한을 풀려무나. 그동안… 즐거웠다……."

그 말과 함께 눈물을 주르륵 흘리는 음풍마제.

묵자후와 흑오의 눈에도 투명한 이슬이 맺혔다.

'잘 가, 팔 없는 돼지 할아버지. 앞으로는 돼지 할아버지라고 놀리지 않을게. 정말, 정말 고마워. 후아의 목숨을 살려줘서…….'

속으로 중얼거리는 흑오의 눈물방울 속에 활짝 웃고 있는 흡혈시마의 얼굴이 맺혔다가 환상처럼 사라졌다.

3

은혜연은 시름시름 앓았다.

원인도 이유도 알 수 없는 병이었다. 그래서 내공을 모두 잃은 금정신니와 함께 보타암으로 돌아갔다.

은혜연이 돌아오자 방방 뛰며 반기는 사질들.

"소사숙님이 안 계신 동안 심심해서 죽는 줄 알았어요. 완전히 절간이 텅 빈 것 같았다니까요."

그렇게 재잘거리는 사질들의 수다를 들으며 좀 나아지는 듯했으나 묵자후가 뇌존을 꺾고 천하일통을 달성했다는 소문을 듣고 다시 심각해져 이젠 병석에서 일어나지도 못했다.

그런 은혜연을 보고 금정신니는 물론이고 정수 사태와 정화 사태까지 날마다 눈물을 글썽이곤 했다.

그러던 어느 날, 누군가가 보타암으로 찾아왔다.

"아! 그대는……."

은혜연은 의외의 방문객을 보고 눈이 휘둥그레졌다.

"쯧쯧. 그러게 내가 진작부터 의가를 찾아가 보랬지 않소?"

퉁명스런 표정으로 은혜연을 바라보는 사람. 바로 묵자후였다.

그날 둘이서 무슨 이야기를 나눴는지는 알 수 없었다.

다만 묵자후가 떠난 뒤로, 검가(劒架)에 홀로 놓여 있던 천수여의검 옆에 의형무상검이 놓여 있었고, 다음날부터 은혜연은 씻은 듯이 자리를 털고 일어났다.

예전처럼 발그레한 뺨을 회복한 은혜연.

그 언젠가처럼 온천 주변에서 원숭이들을 훈련시키며 활짝 웃는 모습을 보고 멀리서 정수 사태가 눈시울을 붉혔다.

'정연아. 용서하거라. 용서하거라……'

누군가의 이름을 부르며 연신 소맷자락을 훔치는 정수 사태.

'어쩌겠느냐? 네가 유난히도 아끼던 연아의 목숨이 걸렸으니, 못마땅

해도 네가 이해를 해다오…….'

지금 정수 사태가 마음속으로 용서를 비는 사람은 정사대전 당시에 흡혈시마에게 목숨을 잃은 그녀의 사매, 정연 사태였다.

그녀의 죽음으로 인해 금정신니가 대노하여 흡혈시마의 팔을 베어버렸고 지금은 폐인 상태가 되어 불공에만 전념하고 있는 중이었다.

따라서 사부와 사매가 희생당했으니 마인들에 대한 원한이 골수에 사무칠 만도 했지만, 정수 사태는 은혜연의 목숨을 구하기 위해 그동안의 원망을 내려놓고 직접 묵자후에게 부탁을 한 것이었다. 죽음에서도 살아난 묵자후니만치 은혜연을 살릴 무슨 방법이 없을까 하여.

다행히 그녀의 바람이 이뤄져 정연만큼이나 아끼던 은혜연이 건강을 회복했다.

그리고 얼마 후, 왠지 홀가분한 표정의 은혜연이 불단 앞에 양손을 모으고 무릎을 꿇었다.

정수 사태는 그런 은혜연의 삭발식을 집도해 주며 마음속으로 중얼거렸다.

'그래. 비록 가슴 아픈 사랑을 하고 그보다 아픈 포기를 했지만 인생이 고해란 걸 깨달았으니 감사한 일이 아니냐. 이제 부처님께 귀의하여 마음의 평화를 누리도록 해라…….'

그렇게 축복을 비는 정수 사태와 달리 화운 스님은 입술을 삐죽이며 투덜댔다.

"쳇. 검후와 마도대종사의 열애. 그야말로 이야기책에 나올 것 같은 제목인데 이게 뭐니? 난 네가 정말 그 사람과 이뤄지길 바랬는데……."

그렇게 중얼거리다가 정수 사태에게 맞아죽을 뻔한 화운 스님이었다.

물론 화운 스님도 짝사랑하던 수채의 호걸을 잊고 불도에 전념하는 중이었다.

그리고 사르륵, 사르륵 깎여 나가는 자신의 머리카락을 보면서 은혜연은 남몰래 눈물을 한 방울 흘렸다.

'그래요…… 한바탕 꿈이었다고 생각할게요. 그래도 그 말씀만은 잊지 않을래요. 제가 그대를 위해 처음으로 뜨겁게 울어준 사람이란 말……. 그리고 처음으로 선물을 해준 사람이란 말……. 그 말씀 하나로 충분해요. 물론 심장에 박힌 제 검을 기억하면서 더 이상 무고한 복수극은 벌이지 않겠다는 말씀도 감사하긴 했지만요…….'

마음속으로 중얼거리는 은혜연의 눈망울 속에 묵자후가 환히 웃으며 바닥으로 떨어져 내렸다.

4

희사는 한동안 근신에 처해졌다.

그리고 그녀의 근신이 풀리던 날, 금초초가 와서 따뜻하게 안아주었다.

흑오는 그런 두 사람을 보며 왠지 신경이 곤두서는 것을 느꼈다.

그리고 다음날부터 금초초에 대한 흑오의 아양이 늘어갔다.

그러나 언제나 희사보다 한 발 늦어버리는 흑오.

"에휴……. 넌 언제쯤 말투와 예법이 늘겠니? 명색이 지존후인데 수하들 보기에 민망하지도 않느냐? 희사 좀 봐라. 얼마나 조곤조곤 행동하고 정숙하게 말하니? 어머나. 내가 또 둘을 비교해 버렸네. 미안하구나. 비교하려던 의도가 아니었고, 나보다 나은 점이 있다면 어린아이한테도 배운다고 하지 않았니? 그런 뜻에서 한 말이란다."

"……네."

고부간의 갈등과 회사에 대한 질투는 흑오에게 영원한 숙제가 되어버렸다.

"어허. 며늘아가에게 왜 자꾸 타박이오? 나는 볼 때마다 귀엽고 이쁘기만 하구만……."

물론, 며느리에 대한 시아버지의 사랑 때문에 웃으면서 견딜 수 있기도 했다.

5

지존령에 굴복하고 봉문을 선언한 구대문파는 가끔 마인들의 눈을 피해 장문인 회합을 가지곤 했다(공동파가 궤멸했지만 설산파가 들어왔다. 그리고 무당과 화산은 멸문지경에 처하긴 했으나 명맥만은 유지되고 있었다).

그러던 어느 날, 마도천하에 대한 불만을 논의하던 끝에 누군가가 물었다.

"하면, 누가 그를 치는 데 앞장서시겠습니까?"

청성 장문인이 주저주저한 표정으로 대답했다.

"저기… 우리 청성은 이 사안에 대해 손을 떼겠습니다."

그러자 소림 장문인과 무당 장문인이 잇달아 말했다.

"소림도 마찬가지요."

"무당도 마찬가집니다."

"이, 이런……."

잔뜩 인상을 찌푸리다가 횟술을 벌컥벌컥 들이키는 사람은 최근에 개방 방주 자리를 꿰찬 적면주개 봉달평이었다. 그는 정파를 다시 일으켜 세워 규지신개의 복수를 하고자 했다. 그러나 상황은 늘 지지부진. 어느 천 년에 마도천하를 무너뜨릴 수 있을지 한숨만 나왔다.

6

오대세가는 각자 세력을 재건하기에 바빠 회합 같은 건 가지지 않았다. 대신 그들은 자금력을 이용해 모종의 세력과 은밀히 서신을 주고받았다. 그 세력은 강호의 유명한 살수단체들이었다.

오대세가가 그들과 접촉하는 이유는 단 한 가지뿐이었다.

묵자후에 대한 살인청부를 받아줄 수 있겠느냐에 대한 문의였다.

돌아오는 회신은 언제나 한결 같았다.

─그는 암습불가의 괴물이오. 벌써 두 번이나 죽었다가 살아났다는 소문이 떠돌아 우리 문파에서는 정중히 거부하는 바이오.

그러나 세상에는 왕왕 남들이 모두 불가능하다고 할 때 가능하다고 외치는 무리가 있게 마련이다. 마찬가지로 두어 곳의 살수단체가 막대한 금액을 요구하며 청부를 수락했다.

그리고 훗날 들려오는 소문.

그 문파에 속한 살수들이 묵자후를 암습하러 갔다가 가는 족족 포로로 잡혀 버렸고, 결국 그들을 인질 삼아 몸값을 요구하는 마도의 협박에 견디다 못해 살수문파 전체를 넘겨 버렸다는 소문이었다.

그리고 가뭄에 콩 나듯 하긴 했지만 몇 번 그런 일이 반복되자 그마저도 귀찮았는지 묵자후가 한꺼번에 모든 살수문파에 청부해 그들 모두를 휘하에 복속시켜 버렸다는 소문이 전해졌다.

이후 오대세가는 묵자후가 죽는 날까지 청부의 청자도 꺼내지 않았다는 후문이 떠돌았다.

7

광동 백리상단의 후계자였던 백리혜혜는 얼마 전부터 광동을 넘어 강남 전체를 아우르는 상계의 거목이 되었다.

그 배경에는 마도지존, 지금은 군마성이라고 이름 지은 곳의 성주와 각별한 교분 때문이라고 알려졌다.

그에 호기심을 가진 몇 사람이 자세히 알아봤더니, 한때 묵자후의 안법에 심령을 제압당해 크게 앓아누운 백리혜혜는, 거금을 들여 초대한 검후의 치료를 받고 병석에서 깨어났지만 엉뚱하게도 묵자후를 마음속의 우상처럼 여기게 됐다는 것이었다.

그 이야기를 듣고 정신 상담을 전문으로 하는 의원들이 말하기를, 누군가에게 정신적으로 억압을 당하면 기이하게도 자신을 억압한 가해자를 오히려 가장 믿음직한 사람으로 느끼는 경우가 종종 있다고 했다.

아무튼 그래서인지, 백리혜혜는 어느 날인가 묵자후를 만나고 싶어서 백리상단의 공금을 횡령해 군마성으로 찾아갔다고 전해진다. 그리고 운이 닿았는지 그와 독대하는 데 성공, 무슨 이야기로 그의 호감을 살까 하다가 얼떨결에 마도의 모든 물품을 독점으로 거래하겠다고 이야기했단다. 그런데 일이 되느라고 그랬는지, 그녀의 배짱을 높이 산 묵자후가 그 거래에 선선히 응했다는 것이다.

그날 이후 백리상단의 위세는 욱일승천하여 강남 상계를 주름잡게 됐고, 지금은 검후와의 인연을 이용해 황실 거래까지 노리고 있다는 소문이 떠돌았다. 하지만 강남 상계의 거목으로 우뚝 선 백리혜혜의 관심은 오로지 묵자후에게만 향해 있다는 풍문이 거의 정설로 통하는 분위기였다.

과연 오매불망 묵자후를 그리워하는 그녀의 마음은 혹오 살아생전에 통할 수 있을지 의문이었다.

8

공동파의 마지막 제자라 불리는 청림은 얼마 전부터 소림사를 나와 홀로 수련을 시작했다.

매일같이 침식을 잊고 뼈를 깎는 수련을 하던 그에게 어느 날 한 사람이 찾아왔다.

누군가에게 쫓기는지 끊임없이 주위를 살피며 말하는 노인.

그는 스스로를 가리켜 귀곡자의 후예, 종대선생이라고 했다.

"내가 이래 봬도 천하의 모든 정보망을 읽는 사람이다. 듣자하니 네 재질이 공동파에서 제일 뛰어났다더구나. 그래서 하는 말인데, 내가 십 년 안에 천하를 안겨줄 테니 너는 단 하나만 약속해 다오! 묵자후, 그놈을 십 년 안에 반드시 쓰러뜨리겠다고!"

순간, 청림의 눈에 싸늘한 한기가 피어올랐다.

"죄송하지만 어르신. 나는 천하 따위는 관심없습니다. 단지 마도지존이자 군림성의 성주라 불리는 자, 그자에게 태어난 걸 후회할 정도로 처참한 복수를 안겨주고 싶을 뿐입니다."

그 대답을 듣는 순간, 종대선생은 눈에 이글거리는 열기가 피어올랐다.

"네 뜻이 바로 내 뜻이다! 아무렴! 사내라면 뜻을 크게 가져야 하고 남의 도움 따위는 바라지 말아야지! 좋구나, 좋아! 조금 전의 제안은 철회하도록 하마. 대신 언제고 내 도움이 필요할 날이 있을 테니 그때 연락하거라. 네가 어떤 상황, 어떤 처지에 있든지 전력을 다해 도와주마."

그 말과 함께 종대선생은 귀신 문양이 새겨진 대나무 패를 던져 주고 껄껄 웃으며 어둠 속으로 사라졌다.

훗날, 청림이 무투자(武鬪者)란 찬사를 받으며 강호비무행에서 승승장구하고 있을 때 종대선생이 먼발치에서 그를 바라보며 흐뭇하게 웃고 있었다.

"십 년이 아니라 오 년 안에 그놈의 목을 딸 수 있겠구나."

혼잣말을 중얼거리며 웃고 있는 그의 뒤에는 수천 명의 복면인이 극공의 자세로 고개를 숙이고 있었다.

돌고 도는 은원강호.

과연 청림은 묵자후를 꺾을 수 있을까?

흐르는 세월이 그에 대한 답을 안겨주리라.

〈大尾〉

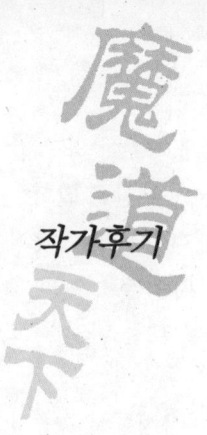

작가후기

　어느 날 갑자기 해저 화산폭발과 이천 명의 사부라는 화두를 떠올린 뒤, 완결권을 끝낸 오늘까지 무려 5년 2개월이 걸린 마도천하.
　독자 여러분께 너무 죄송하고 출판사 볼 낯이 없어 뭐라고 후기를 적어야 할지 막막하기만 하군요……

　먼저, 완결권까지 기다려 주신 분들께 마음 깊이 감사와 사과를 드립니다.
　예상에 없이 오래 걸렸고 의도치 않게 너무 기다리시게 만들었습니다. 그 바람에 거의 다 잊어버린 스토리를 다시 떠올리게 만드는 불편함을 드려 죄송하기 짝이 없습니다.
　사실 목구멍 안에서 이런저런 이야기와 하소연하고픈 말들이 울컥울컥 튀어 나오려 하지만 작가의 길에 들어선 사람은 오롯이 작품으로 말해야 하는 법. 마음속으로 삭이고 그저 독자님들께 고마운 마음을 전할 뿐입니다.
　이때까지 글을 쓸 때는 작가인 제가 독자님들께 꿈과 희망, 위로와 상상을 안겨 드린다고 착각하고 있었습니다.

그런데 이번 작품을 마무리하면서 돌이켜 보니 오히려 제가 독자님들께 위안을 받고, 독자님들 때문에 꿈을 꾸고 상상을 하고 희망을 느낀 것 같더군요. 그래서 재삼 재사 독자님들께 감사의 념을 전합니다.

그리고 5년 가까이 이 작품 때문에 속을 끓이셨을, 그러나 늘 좋은 말씀으로 위로와 격려를 해주신 서경석 대표님께 특히 고맙다는 말씀을 드립니다. 진심으로 감사합니다.

그리고 지난 세월, 방황과 절망에 빠져 있을 때 제 마음을, 제 영혼을 위로해 준 소중한 벗들과 동료 선후배 작가님들께도 진심으로 고맙다는 말씀을 전합니다. 일일이 거명하지 못함을 양해해 주시기 바랍니다.

이제 제 인생의 5년 이상을 앗아간 마도천하를 떠나보냈으니 다른 작품으로, 그러나 다시는 작가와 독자를 힘들게 만들지 않을 작품으로 찾아뵙겠습니다.

차기작 제목은 [총군새]입니다.

늘 그래왔듯이 꿈과 희망을 이야기하는 글입니다.

차기작이 나올 때 다시 찾아뵙기로 하고 부족한 완결에 대한 후기를 맺습니다.

2012. 2
지난겨울이 아무리 힘들어도
봄은 기어이 찾아오고야 마는 계절에
따스한 기운이 흐르는 위안의 마을에서.
박현 拜

1월 0일

진호철 장편 소설

살아진다고 사는 것이 아니다.
스스로 살아야만 진정한 삶이다!

우주의 법칙마저 뛰어넘은 미증유의 힘, 반물질과의 만남.

1월 0일, 운명이 격변하는 날!
오늘은 새로운 삶의 시작이다!

Book Publishing CHUNGEORAM

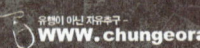
유행이 아닌 자유추구 -
WWW.chungeoram.com